KB021382

겨울이 봄날처럼 따뜻하기를

겨울이 봄볕처럼
따뜻하기를

전규호 全圭鎬 시부집 詩賦集

明文堂

들어가는 말

    필자가 한시(漢詩)를 접한 시기는 14세 때에 충청도 부여군 내산면에 있는 녹간서당에서 공부할 때이다. 훈장이신 소남(紹南) 이백훈(李佰勳)선생께서 경서공부 이외에 한시(漢詩), 서간문(書簡文), 서법(書法), 간단한 역술(易術) 등을 가르쳤다. 그 뒤에 군대에 가서 한가할 때에 절구(絕句)와 율시(律詩) 등을 읊었는데, 그때 지은 시들은 모두 없어졌다.

    이 시부(詩賦)집에 수록된 시부는 필자가 번역원을 운영한 이후에 지은 시인데, 필자가 선인들의 많은 문집과 시집을 번역했기 때문에 비교적 쉽게 시의 세계를 습득하게 되었고, 그리고 시작(詩作)에 많은 도움이 되었다.

    이 시부집에는 장시(長詩)가 많이 수록되었는데, 이는 필자가 2007년 11월에 중국 태산에 올라가서 장시(長詩)를 지어보니, 유람한 여정을 생생하게 보는 듯함을 느끼었고, 이에 매료되어서 유람할 때는 반드시 장시(長詩)를 지었기 때문이다.

    한시의 세계는 60년대에는 한문을 전문으로 배운 선비들에 의해 겨우 명맥을 유지해 왔는데, 그 이후에는 한시를 읊는 사람을 보기가 힘들었다. 그러나 대체로 1995년 이후에는 한시의 바람이 불어서 많은 사람들이 한시를 배우고 또한 읊고 있다. 들리는 말에 의

하면, 전국적으로 한시대회를 여는 곳이 100곳을 훨씬 상회한다고 하니, 매우 고무적인 일이고 다행한 일이 아닐 수 없다.

또한 시집(詩集)이라 하지 않고 시부집(詩賦集)이라 한 것은 어느 날 정자(亭子)에 붙일 기문(記文)을 요청하는 사람이 있었는데, 20항(行)~30항(行)의 기문을 채우려면 복복률(復復律)을 넣어도 문항을 채우지 못하므로 부(賦)를 지어서 채우니 매우 좋았다. 이것이 부(賦)를 짓는 그 처음이다. 동파(東坡)선생의 "적벽부(赤壁賦)"로 대표되는 부(賦)는 요즘은 짓는 사람이 매우 제한적이어서 없어진 장르나 다름없는 세태인데, 이를 짓고 보니 많은 매력이 생겨서 앞으로는 이 부시(賦詩)를 많이 지으려고 한다.

어느 날 도서출판 명문당의 김동구 사장을 만나 대화하던 중에 시부집(詩賦集)의 출판을 흔쾌히 승낙해주시어서 힘을 얻어서 출판을 하게 된 것이다. 요즘은 소인묵객(騷人墨客)이 많아져서 앞으로 이런 한시집이 많이 출간될 것으로 사료된다. 비문박재(非文薄才)한 필자의 졸렬한 시집이지만, 강호제현(江湖諸賢)께서 따뜻한 마음으로 이해하고 많은 질정(叱正)을 부탁한다.

2013년 10월 28일

순성재(循性齋)에서 하담(荷潭) 전규호(全圭鎬)는 기(記)한다.

차
례

한시(漢詩)와 시부(詩賦)

신춘(新春)

飛燕來越江	제비는 강 건너 찾아오고
비 연 래 월 강	
雪鳥去玄邦	겨울새 북쪽으로 날아가네.
설 조 거 현 방	
與友訪漢水	벗과 같이 한강에 나가니
여 우 방 한 수	
銀光映艓窓	은빛 광채가 선창에 부서지네.
은 광 영 접 창	

〖여설(餘說)〗 제비를 익조(益鳥)라고 한다. 제비는 사람에게 전혀 해를 끼치지 않고 논밭에 있는 많은 해충을 잡아먹으며 살아간다. 그래서 예부터 봄에 제비가 찾아오면 사람들은 매우 기쁘게 맞이한 것으로 생각한다. 그런데 어느 날 시골의 고향에 가보니 한 마리의 제비도 보이지 않았다. 웬일이냐고 촌로(村老)에게 물으니 왈, "농약을 많이 써서 메뚜기 등 곤충이 없어졌고, 농약의 피해를 인식한 제비가 오지 않는다."고 하였다. 그 뒤로 필자는 시골에 가도 제비를 볼 수가 없다. 안타까운 일이다.

춘분(春分)

登山出屋扉 등 산 출 옥 비	사립문 열고 나와 산에 오르니
人跡衆禽飛 인 적 중 금 비	인기척에 많은 새 날아가네.
朝見杜鵑萼 조 견 두 견 악	아침에는 진달래꽃 보았는데
夕荷春氣歸 석 하 춘 기 귀	저녁에는 봄기운 안고 돌아온다네.

〖여설(餘說)〗 한시에는 오언(五言)시가 있고 칠언(七言)시가 있다. 이 시는 오언절구(五言絕句)라고 하는데, 절구(絕句)는 율시(律詩)의 절반인 사행(四行)으로 이루어진 시이다. 진달래가 피면 완연한 봄이다. 필자가 어렸을 때는 진달래꽃을 따러 산에 가서 진달래꽃으로 꽃방망이를 만들어서 집에 가지고 오는 것이 일이었다. 이때는 1950년대 후반으로 일제 식민지를 지나고 6·25전쟁을 끝낸 뒤였으므로, 산에는 큰 나무가 없었기에 잡목인 진달래 같은 나무가 잘 자라는 환경이었고, 그래서 진달래꽃이 유난히 많았던 것으로 기억한다.

대작(對作) 중국의 태안시(泰安市)에 사는 안정산(安廷山)[1] 교수와 필담시(筆談詩)이다.

覓泰安訪君子家
멱 태 안 방 군 자 가

태안(泰安)[2]을 찾아 군자의 집 방문하니

公的童心作隱人
공 적 동 심 작 은 인

공의 동심(童心) 신선과 같구려.

전규호(全圭鎬)

尋道東海扶桑處
심 도 동 해 부 상 처

동해의 부상(扶桑)하는 곳에서 찾아왔으니

神草引我見友人
신 초 인 아 견 우 인

신초(神草)가 나를 인도하여 벗을 보였구려.

안정산(安廷山)

〖 여설(餘說) 〗 2007년 초겨울에 필자는 벗 3인과 같이 태산과 곡부를 방문했다. 태안에 오니 안정산(安廷山) 교수가 우리를 맞이하여 모든 편의를 제공했다. 또한 안교수의 주선으로

....

1 안정산(安廷山): 중국 산동성 태안시 시서화협회 회장이고 대학교수이다.

2 태안(泰安): 중국 태산의 아래에 있는 도시의 이름이다.

태안시에서 우리의 태안방문을 축하해주었는데, 태안시 부
시장, 태안시 의회의장 등이 나오고 태안시의 시서화협회
회원과 그 가족이 나와서 축하해주면서 작품교환의 시간도
가졌다. 언론에서 나와서 취재하고 야단이었으니 우리로써
는 실로 대단한 축하를 받은 셈이다. 이 시는 안교수와 대작
(對作)한 시이다.

추사 김정희 선생의 수선화 시운(詩韻)을 차운하다.〔次秋史先生水仙花韻〕

玉花黃白擧圓圓
옥 화 황 백 거 원 원

누렇고 하얀 꽃 다 둥글둥글한데

春日南方發海邊
춘 일 남 방 발 해 변

봄날 남방(南方) 해변에 피었네.

蘭菊雖高皆絶美
난 국 수 고 개 절 미

난초와 국화 비록 고결하여 다 절미(絶美)하지만

但看淸水超然仙
단 간 청 수 초 연 선

단지 맑은 물에 초연(超然)한 수 선화를 봤다네.

2005. 1. 2

〔여설(餘說)〕 문인화가들이 그리는 그림 중에 수선화가 있는데, 어느 화가가 그림을 그리기는 했는데 화제(畫題)가 없어서 필자에게 한 수 지어달라고 해서 지은 시이다. 추사 김정희 선생의 문집에 보면 선생께서 수선화를 그리고 그곳에 화제 를 지어서 낙관한 시가 있다. 그래서 필자가 이를 차운(次 韻)[3]한 것이다.

. . . .

3 차운(次韻): 남이 지은 시에서 운자를 따서 시를 지음.

맹묘(孟廟)[4]를 방문하다.

정해년(2007) 11월〔訪孟廟 丁亥年至月〕

亥年冬至訪山東
해 년 동 지 방 산 동

정해년 동지에 산동(山東)을 방문하니

零落山川萬像空
영 락 산 천 만 상 공

영락(零落)한 산천에 만상(萬象)이 공(空)이네.

素願宿心尋孟廟
소 원 숙 심 심 맹 묘

평소에 숙원이던 맹묘(孟廟)를 찾으니

大賢遺址眼前豊
대 현 유 지 안 전 풍

대현의 유지(遺址) 눈앞에 풍성하네.

〔여설(餘說)〕 중국의 손꼽히는 제1의 관광지가 태산과 곡부(曲阜)를 하나로 묶어서 연결한 지역으로, 필자는 이곳을 두 번 방문했다. 그런데 이곳 추성은 맹자가 탄생한 곳으로 곡부에서 50리 정도 떨어진 곳에 있다. 그런데 사람들은 이곳 곡부에 와서 태산 등 여러 곳을 관광하면서 추성의 맹묘는 방문하는 사람이 많지 않다고 한다. 그러나 우리 일행은 유학(儒學)을 신봉하는 사람들로 당연히 맹묘를 방문하여 맹자를 모신 사당에 배알을 하였다. 그때 지은 시이다.

4 맹묘(孟廟): 중국 추성에 있는 맹자를 모신 사당이다.

봄〔春〕

聞木信來京
문 목 신 래 경
봄은 서울까지 왔다 하는데

去冬軍日平
거 동 군 일 평
동장군 지나가니 날씨 평화롭네.

燕鳥好飛場
연 조 호 비 장
제비는 좋다고 마당을 빙빙 도는데

紅花開古城
홍 화 개 고 성
옛 성에 붉은 꽃 활짝 피었네.

採女忙山野
채 녀 망 산 야
나물 캐는 아낙은 산과 들에서 바쁜데

草童醉笛聲
초 동 취 적 성
꼴 베는 아이 피리 소리에 취해있네.

忽見作狂風
홀 견 작 광 풍
홀연히 광풍이 일더니

玄雲時時生
현 운 시 시 생
검은 구름이 때때로 생겨나네.

2001. 3. 18

〖여설(餘說)〗 제2연의 "연조호비장(燕鳥好飛場); 제비는 좋다고
마당을 빙빙 돈다."의 말을 요즘의 아이들은 무슨 말인지 잘
알지 못할 것이다. 전에는 봄이 오면 제일 먼저 찾아오는 것
이 제비였다. 제비는 가을에 남쪽의 따뜻한 나라로 가서 살

다가 따듯한 봄이 오면 우리나라의 농촌에 찾아와서 처마에 집을 짓고 알을 낳고 새끼를 기르고 다시 남쪽의 따뜻한 나라로 날아갔다. 제3연의 "초동취적성(草童醉笛聲); 꼴 베는 아이 피리 소리에 취해있네."도 옛적에는 어린아이들이 꼴을 베어다가 소와 염소, 돼지를 키웠으니, 매일 학교에서 돌아오면 꼴을 베어야만 했고, 또한 풀잎을 따서 입에 대고 피리를 불던 시절이 있었다.

거울[鏡]

月女入深江 월 녀 입 심 강	달은 깊은 강물에 들어가 있는데
賢人顯槿邦 현 인 현 근 방	어진 이는 근방(槿邦)[5]에 나타났다네.
見君娘子美 견 군 낭 자 미	그대를 보는 낭자는 아름답고
尋性大儒厖 심 성 대 유 방	본성(本性) 찾은 큰선비 넉넉하다네.
通體容千象 통 체 용 천 상	몸을 통하여 천상(千象)을 용납하고
望天不小窓 망 천 불 소 창	하늘 바라보는 데는 작은 창만도 못하네.
身雖鑑外表 신 수 감 외 표	몸은 비록 외표(外表)만 보이지만
視者多無雙 시 자 다 무 쌍	보는 자 무척이나 많다네.

2003. 5. 21

---

5 근방(槿邦): 무궁화의 나라이니, 즉 우리나라를 말한다.

【여설(餘說)】《맹자》고자(告子)편 상에 "학문의 도(道)는 다른 것이 아니라 그 놓은 마음을 거두어들이는 것뿐이다[學問之道無他 求其放心而已]."라고 하였다. 이는 내가 모태(母胎)에서 가지고 나온 본성(本性)을 잃어버렸는데, 이를 다시 찾아야 한다는 말이다. 이것이 학문의 기본이라고 맹자는 말한 것이다. 거울은 몸의 겉은 잘 비춰지만 속마음은 보지 못한다는 것을 말했다.

중국으로 유학하는 여인을 보내다.〔送西遊學女〕

동학(同學)한 여사가 장차 중국으로 유학을 가려고 하였다. 이에 나는 시를 지어 송별을 하였다. 계미년 동짓달, 이름은 김수희, 호는 청송(靑松)이다.〔同學女史 將爲中國遊學 乃我以爲作詩別送 癸未至月 女人名 金秀姬 號 靑松〕

同學君吾本女男 동 학 군 오 본 여 남	동학(同學)한 그대와 나 본시 남자와 여자인데
我年於子念年餤 아 년 어 자 념 년 담	내 나이 그대에 스무 해가 많다네.
汝爲甲申遊中國 여 위 갑 신 유 중 국	그대 갑신년에 중국 유학을 가니
願言成功負出藍 원 언 성 공 부 출 남	원하기는 성공하고 청출어람 (靑出於藍)하시오.

〔여설(餘說)〕《순자(荀子)》 권학편에 보면, "얼음이 물에서 나되 물보다 차고, 푸름이 쪽[藍]에서 나되 쪽보다 푸르다[氷生於水寒于水 靑出於藍靑於藍]."라는 말이 있다. 이는 제자가 스승보다 나아야 한다는 말이다. 이는 일찍이 선생이 된 자가 바라는 바이니, 그러므로 맹자는 '천하의 영재를 얻어서 교육하는 것이 삼락(三樂)의 하나다.' 라고 하였다.

곡부(曲阜)의 공묘(孔廟)를 방문하였다.

정해년(2007) 지월(至月)에.

古時儒道此本源 고 시 유 도 차 본 원	옛적 유도(儒道) 이곳이 본원 (本源)인데
禮導人間定理論 예 도 인 간 정 이 론	예도(禮道)로 인간 인도하여 이 론 정해졌네.
早受聖言形骨格 조 수 성 언 형 골 격	일찍이 성인 말씀 받아 골격 이 루었고
晚持廉義引聲援 만 지 염 의 인 성 원	늦게까지 염의(廉義)[6] 지탱하여 성원 이끌었지.
今尋曲阜拜夫子 금 심 곡 부 배 부 자	오늘은 곡부(曲阜)[7] 찾아 부자 (夫子: 공자)께 배알했는데

....

6 염의(廉義): 염치와 의리를 아울러 이르는 말.

7 곡부(曲阜): 지난[濟南]에서 남쪽으로 110km 떨어져 있다. 고대에는 B.C. 6~4세기에 번창했던 작은 제후국인 노(魯)의 수도였다. 취푸는 유교의 창시자이자 고대 성인인 공자가 태어나서 살던 곳으로 유명하다. 공자는 B.C. 551년 이곳에서 태어나 전국을 주유하다가 말년에 고향으로 돌아와 후학 양성에 힘을 기울이다가 B.C. 479년에 죽었다. 이곳에 있는 공자묘는 1724년에 세워졌다. 사당에는 제자들의 신위(神位)에 둘러싸인 커다란 공자 신위가 모셔져 있다. 공자묘는 커다란 직사각형의 담벽에 둘러싸여 있는데, 그 면적이 약 20㏊

昔訪君王表敬尊 석 방 군 왕 표 경 존	옛적에 군왕이 찾아와 높은 존경 표했네.
十二大門莊濶極 십 이 대 문 장 활 극	열 두 대문 장엄하고 지극히 넓은데
千年香樹尚繁根 천 년 향 수 상 번 근	천 년의 향나무는 아직도 뿌리가 번성하네.

〖여설(餘說)〗 필자는 곡부(曲阜)를 두 번 다녀왔다. 2007년에 다녀오고 2012년에 또 다녀왔는데, 중국정부에서 '공자학당'을 세계에 내놓고 공묘(孔廟)의 주위를 재정비하였는데, 특이할 만한 일은 '세계유학자대회'를 이곳에서 열었고 공자문화원을 지었는데, 그 규모가 대단히 큰 것을 보고 놀라움을 금치 못했다. 태산과 맹묘(孟廟)와 이구산 등 많은 유적이 있는 곳으로 한 번 가볼 만한 곳이다.

....

에 이른다. 취푸 시가지는 공자묘 주위에 세워졌다. 담벽 내에는 사당·묘지·기념물·누각 등이 어우러져 있다. 중앙에는 공자가 살았던 집이 있으며, 그가 심었다는 오래된 나무 1그루와 그가 물을 마셨던 우물이 있다. 취푸 시내이기는 하지만 공자묘 바깥쪽에는 공자의 후손인 공가(孔家)들이 사는 정교한 가옥들이 있다. 공가들은 수세기 동안 공자묘를 지켜왔으며, 취푸의 행정을 맡아왔다. 제2차 세계대전이 일어나기 전까지 공자의 제76세손이 이곳에서 살았다. 공자묘 북문 밖에는 공가의 선산이 있으며, 공자의 묘도 이곳에 있다. 취푸는 사당과 묘지, 그리고 중국의 가장 위대한 성인을 기리는 기념물들을 관람하기 위해 오는 참배객과 여행자들에게 변함없이 중요한 유적지가 되고 있다.

태산에 오르다. 〔登泰山〕

정해년(2007) 지월(至月)에.

山東半島文明基
산 동 반 도 문 명 기

산동반도는 문명의 기초가 되는데

登覓泰山魯小知
등 멱 태 산 노 소 지

태산 찾아 오르니 노나라 작음을 알겠네.

索道同乘雲四方
삭 도 동 승 운 사 방

삭도(索道)[8]에 동승하니 사방은 구름뿐!

天街騷客見花枝
천 가 소 객 견 화 지

천가(天街) 가는 소객(騷客) 무화(霧花)[9]를 보네.

歷巡大帝祭皇廟
역 순 대 제 제 황 묘

역대의 순수하던 제왕 황묘(皇廟)[10]에서 제사하였고

無數筆賢書壁崖
무 수 필 현 서 벽 애

무수한 명필들 벽에 글씨를 새겼네.

....

8 삭도(索道): 우리나라의 엘리베이터를 중국에서는 삭도라고 한다.

9 무화(霧花): 안개가 나뭇가지에 얼어붙어서 마치 사슴뿔처럼 된 것을 무화라고 한다.

10 황묘(皇廟): 태산의 아래 대묘(坐廟)에 천황(天皇)을 모신 사당이 있으니, 이를 말한다.

處處勝區言久史 처 처 승 구 언 구 사	처처의 승구(勝區)는 오랜 역사 말하는데
日時促急還春期 일 시 촉 급 환 춘 기	일시 촉급하여 봄날 기약하여 다시 오려네.

〖여설(餘說)〗 태산의 높이는 1,532m이다. 삭도(索道)를 타고 올라가면 천가(天街)가 나온다. 이곳에서부터 걸어서 올라가는 코스이다. 좌우에 상점들의 간판의 글씨가 명필이다. 공자께서 이곳에 올라서 멀리 바라보면서 '노(魯)나라가 작은 것을 알았다.'고 하는 지점도 보았고, 정상에 오르면 옥황상제를 모신 사당이 있으니, 이곳에서 이승의 남녀의 배필을 맺어준다고 한다. 그러므로 꽁꽁 묶어놓은 열쇠가 많았다.

신록(新綠)

適出里村巡
적 출 이 촌 순

마침 밖에 나가 마을을 돌아보니

千花滿發均
천 화 만 발 균

많은 꽃 일제히 만발하였네.

樹林靑葉變
수 림 청 엽 변

모든 숲들 푸른 잎으로 변하려 하니

萬象好時春
만 상 호 시 춘

만상(萬象)이 좋은 봄이라오.

〖여설(餘說)〗 봄을 알리는 것은 많다. 먼저 따뜻한 햇볕이니, 이 햇볕으로 인해 만물이 변화하는 것이다. 이 중에서 사람의 옷차림을 볼 수가 있는데, '봄 처녀 재 오시네.'란 말과 같이 겨울 내내 입고 있던 칙칙한 방한(防寒)옷을 집어던지고 산뜻한 봄옷을 입은 봄 처녀의 몸에서 새봄의 맛이 물씬 풍긴다. 이때에 봄꽃이 피어 있다면 여기가 선궁(仙宮)이고 천국인 것이다.

녹음(綠陰)

爽風作早朝
상 풍 작 조 조

이른 아침 상쾌한 바람 불더니

午未氣炎焦
오 미 기 염 초

한낮에는 펄펄 끓는다네.

樹草方濃綠
수 초 방 농 록

수초(樹草)의 녹음 짙어지니

山禽好互招
산 금 호 호 초

산새들 좋아라 서로 부르네.

【여설(餘說)】 승구(承句)의 오미(午未)는 오시(午時)와 미시(未時)를 말하니, 오시는 오전 11시에서 오후 1시까지이고, 미시는 오후 1시부터 3시까지이다. 하루 중에 이때가 제일로 더우니 펄펄 끓는다고 한 것이다. 염천(炎天)이라고 해서 사람들은 무더운 날씨를 무척이나 싫어하지만, 이런 날씨가 식물이 자라기에는 아주 알맞은 기온이라고 한다. 식물이 열매를 맺으려면 이런 무더운 날씨를 겪고 지나가야만 하는 것이니, 이를 생각하면 무더위도 우리들을 위해서 반드시 있어야 하는 것이 아닌가!

태산(泰山)에 올라

고체장시(古體長詩). 정해년(2007) 지월(至月).

정해년 11월에 나와 포천(圃川, 金禧東), 우경(迂耕, 李日影), 소방(素邦, 李清華) 등 사인(四人)이 인천공항에 가서 비행기를 타고, 2시간 뒤에 중국의 제남공항에 도착하였다. 그리고 야간을 통하여 태안시에 도착하여 태산대빈관(泰山大賓館)에서 숙박을 하고, 다음날 이른 아침에 태산에 올라서 고적을 관람하고 등태산장시(登泰山長詩)를 읊었다.〔丁亥年至月 吾(荷潭)與圃川迂耕素邦 等四人 往仁川空港 而乘飛機以二時間後 着中國濟南而通夜間到泰安市 以宿泰山大賓館 翌日早朝 登泰山而觀覽古跡 以吟登泰山長詩也〕

昨日出漢城　　지난날 서울을 출발하여
작 일 출 한 성

覓泰山山東　　산동의 태산을 찾았네.
멱 태 산 산 동

早朝乘貰車　　이른 아침 세낸 차를 타니
조 조 승 세 차

同行四人同　　동행한 4인이 동석했네.
동 행 사 인 동

白霞積疊疊　　안개는 첩첩이 쌓였고
백 하 적 첩 첩

天陰日霧中　　구름 끼여 해는 안갯속에 있네.
천 음 일 무 중

向高登索道　　높은 곳 향해 삭도(索道)를 타고
향 고 등 삭 도

天街訪廟宮　　천가(天街)에서 묘궁(廟宮)을 찾았네.
천 가 방 묘 궁

寒風往往來
한 풍 왕 왕 래

찬바람 이따금 불고

積雪知節冬
적 설 지 절 동

눈 쌓여 겨울임을 아네.

霧花樹樹發
무 화 수 수 발

무화(霧花)는 나무마다 피고

珊角林林容
산 각 임 림 용

산호 뿔은 나무들의 용모(容貌)라네.

登頂無四海
등 정 무 사 해

산정에 오르니 사해(四海)는 보이
지 않는데

閻王惟獨居
염 왕 유 독 거

염라대왕만이 홀로 산다 하네.

開闢破天荒
개 벽 파 천 황

개벽(開闢)[11]으로 천황(天荒)[12]을 깨
니

羲黃文明初
희 황 문 명 초

처음으로 복희·황제가 문명한 세
상 만들었네.

玉皇頂天家
옥 황 정 천 가

옥황정의 하늘 집 있으니

太上老君廬
태 상 노 군 려

태상노군(太上老君)의 집이네.

....
11 개벽(開闢): 천지가 처음으로 생김.
12 천황(天荒): 세상의 문명이 미개(未開)하여 혼돈(混沌)된 모양.

素願訪此處　이곳 방문하는 것 평소 소원이었으니
소 원 방 차 처

耳順尙遲徐　이순(耳順, 60세)은 오히려 늦은 것이네.
이 순 상 지 서

〖여설(餘說)〗 태산(泰山)은 중국 산동성 태안시에 있는 산으로, 오악(五嶽) 중에 동악(東嶽)에 속하는 산이고 중국에서 가장 신성시 하는 산이니, 이 산에 올라서 역대의 제왕들이 천제(天祭)를 지낸 곳이고, 양사언의 시조 '태산이 높다하되'로 시작하는 시조에 나오는 그 태산을 말한다. 공자는 '어곳에 오르니 노(魯)나라가 적은 것을 알겠다.'고 하였다. 그렇게 유명한 산을 필자는 두 번 유람했다. 이곳은 공자가 태어난 곡부(曲阜)와 가까우니, 중국 최고의 관광지이다.

봄을 관상하다. 1

春晨農者出開扉
춘 신 농 자 출 개 비

봄날 새벽 농사꾼은 사립문 열고 나가고

日暮樵夫奔杖依
일 모 초 부 분 장 의

해 질 녘 나무꾼은 작대기 바삐 움직이네.

門前杏花粧銀色
문 전 행 화 장 은 색

문 앞의 살구꽃 은색으로 단장했는데

路上垂楊姑茂非
노 상 수 양 고 무 비

길옆 수양버들 아직 무성하지 않다네.

2001. 4. 10

[여설(餘說)] 봄은 가난한 사람에게는 무척 좋은 계절이다. 겨울에는 산천이 모두 얼어 붙었으니, 땅속에 있는 풀뿌리라도 얼을 수가 없으나, 봄이 되어 따뜻해지면 눈은 어느덧 녹고 땅에서는 봄나물이 나온다. 이 봄나물은 얼은 땅을 뚫고 나오는 강력한 힘을 가지고 있으므로, 이 봄나물을 먹으면 고기를 먹은 것보다도 더욱 좋은 것이다. 이 봄나물은 임자가 없으므로 누구나 뜯어먹는 자가 임자이다. 그래서 봄이 되면 아낙들이 산과 들에서 나물을 캐는 것이다. 지금은 부자가 더욱 산나물을 좋아한다. 왜냐면 이 나물이 건강에 좋기 때문이다.

봄을 관상하다. ②

今朝細雨出開扉 금 조 세 우 출 개 비	비 오는 아침 사립문 열고 나가니
滿發梨花溫日依 만 발 이 화 온 일 의	따뜻한 봄날 배꽃이 만발했네.
覺眠蛙子鳴聲大 각 면 와 자 명 성 대	동면(冬眠)에서 나온 개구리 울음소리 큰데
北木枯枝嫩葉非 북 목 고 지 눈 엽 비	북쪽 나뭇가지 새싹 나오지 않았네.

2001. 4. 10

〔여설(餘說)〕 이화(梨花)는 배꽃, 앵화(櫻花)는 벚꽃, 두견화(杜鵑花)는 진달래, 도화(桃花)는 복사꽃, 연교화(連翹花)는 개나리다. 봄이면 이러한 어여쁜 꽃들이 모두 자태를 뽐낸다. 이런 꽃들은 모두 특징을 가지고 있으므로, 어느 꽃이 가장 예쁘다고 말하지는 못한다. 그러나 필자가 보기에는 복사꽃보다 예쁜 꽃은 없다고 생각한다. 수줍은 처녀인양 불그레하게 피어 있는 복사꽃은 정말 아름다운 꽃이다. 그러므로 최호의 유명한 시가 있지 않은가! "지난해 오늘 이 문 안에는 사람 얼굴과 복숭아꽃이 서로 비춰 붉었다오. 사람은 간 곳을 알 수 없고 복숭아꽃만 예전처럼 동풍에 웃고 있네.〔去年今日此門中 人面桃花相映紅. 人面不知何處去 桃花依舊笑東風〕"라고…

추국(秋菊)

春時艾葉同 춘 시 애 엽 동	봄에는 쑥 잎과 같은데
居處園籬中 거 처 원 리 중	동산의 울타리 아래에 산다네.
夏節土心玉 하 절 토 심 옥	여름에는 흙 속의 옥인데
霜秋金寶豊 상 추 금 보 풍	서리 가을 금보(金寶)[13]는 풍만하네.
雅香君子召 아 향 군 자 소	청아한 향기 군자를 부르고
耐雪烈人功 내 설 열 인 공	모진 서리 견딤은 열사(烈士)의 공이네.
今日楓林美 금 일 풍 림 미	요즘 단풍이 아름다운데
庭階菊黃紅 정 계 국 황 홍	뜰 계단에는 국화가 누렇고 붉다네.

2004. 10. 28

---

13 金寶(금보): 국화.

"오상만절(傲霜晚節): 서리에 굴하지 않는 늦은 가을에 피는 절개"라는 말이 있다. 사람은 절개가 있어야지 갈대처럼 흔들려서는 안 된다. 그러므로 예부터 절개를 지킨 사람을 기린 것이다. 고려 말의 두문동 72현과 사육신(死六臣) 등은 모두 '충신(忠臣)은 두 임금을 섬기지 않는다.'는 대의(大義)의 절개를 지켰기에 오늘날에도 훌륭한 사람으로 기리는 것이다.

높은 산에 오르다. [登高]

早旦登山宗
조 단 등 산 종　　이른 아침에 산마루에 오르니

秋風搖老松
추 풍 요 노 송　　가을바람이 노송(老松)을 흔드네.

岳形柔順態
악 형 유 순 태　　산의 형태 유순한데

丹葉靑紅容
단 엽 청 홍 용　　단풍은 푸르고 붉다네.

一瞬黑雲起
일 순 흑 운 기　　홀연히 먹구름 일더니

忽然白雨逢
홀 연 백 우 봉　　갑자기 소나기를 만났네.

漸衣寒氣襲
점 의 한 기 습　　옷은 젖어 한기(寒氣) 엄습하니

心急促歸笻
심 급 촉 귀 공　　급히 지팡이 재촉하여 돌아왔네.

2004. 11. 3

〔여설(餘說)〕 한시에는 시어(詩語)가 있다. 이 시에서 말한다
면, 추풍(秋風), 노송(老松), 운기(雲起), 백우(白雨), 한기
(寒氣), 귀공(歸笻) 등이다. 시를 쓸 때에는 시어(詩語)를
적절히 구사하는 능력이 있어야 하고, 남의 시를 읽을 때

에도 시어(詩語)를 이해할 줄 알아야 한다. 일전에 모 교수가 와서 한시를 번역해 갔는데, '압수(壓水)'를 물을 누른다고 해 주었더니, 이를 이해하지 못하는 것을 보았다. 그러므로 시를 읽을 때에는 시어를 잘 이해해야 한다.

전통문화계승(傳統文化繼承)

孝悌安民孔學成
효 제 안 민 공 학 성

효제(孝悌)하고 백성 편안케 함
은 공자의 학문이요

眞心禪讓世和平
진 심 선 양 세 화 평

진심으로 왕위를 선양하니 세
상은 화평하였네.

檀君理想千年智
단 군 이 상 천 년 지

단군의 이상(理想)은 천 년의
지혜요

文德深謀二水明
문 덕 심 모 이 수 명

을지문덕의 깊은 계책 두 강에
서 밝혀졌다네.

角體家屛靑虎吼
각 체 가 병 청 호 후

모난 병풍에는 푸른 범이 포효
하고

圓形扇子白鷄聲
원 형 선 자 백 계 성

둥근 부채에는 흰 닭이 운다네.

金堂少女思造績
금 당 소 녀 사 조 적

금당(金堂)의 소녀 베 짜기를
생각하는데

土屋陶工作甕情
토 옥 도 공 작 옹 정

토옥(土屋)의 도공은 옹기그릇
을 만드네.

2001. 7.

〖**여설(餘說)**〗 이 시는 서울시에서 주관하는 운현궁 한시대회에 출품한 시이다. 입상은 못했지만 필자가 자랑하는 입체시이니, 곧 시어(詩語) 속에 또 시가 들어있는 시이다.

답청(踏青)

昨夜玄天落隕星
작 야 현 천 락 운 성
지난 밤하늘에 별똥 떨어지고

今朝窓外竹林靑
금 조 창 외 죽 림 청
오늘아침 창 밖에 대나무가 푸
르다네.

農夫播種耕山畓
농 부 파 종 경 산 답
파종하는 농부는 산답(山畓)에
가는데

騷客賞春上勝亭
소 객 상 춘 상 승 정
유람하는 소객(騷客)[14] 정자에
올랐다네.

野花延木靑紅蘂
야 화 연 목 청 홍 예
나무에 뻗은 들꽃 푸르고 붉은데

樹葉乘溫着綠冥
수 엽 승 온 착 록 명
온기(溫氣) 받은 나뭇잎 푸른
잎이라네.

酒携帶友尋閑寺
주 휴 대 우 심 한 사
벗과 같이 술 허리에 차고 한사
(閑寺) 찾으니

· · · · · · · · · · · · ·

14 소객(騷客): 시인과 문인.

寂寞僧堂畵衆靈
적 막 승 당 화 중 령

조용한 승당(僧堂)에는 탱화가 많다네.

2002. 4. 25

〖여설(餘說)〗 요즘 사람들은 답청(踏靑)을 잘 모른다. 필자가 어렸을 때는 보리를 많이 경작했는데, 봄이 되면 보리 잎이 파릇파릇 나온다. 이를 발로 밟아서 뿌리가 빨리 활착되어서 잘 자라게 하는 것을 말한다. 보리가 좀 더 자라서 이삭을 배게 되었을 때에 보리밭을 보면 그렇게 아름다울 수가 없다. 그래서 우리가 어렸을 적에 '보리밭'이라는 유행가가 유행한 적이 있다.

무자신년(戊子新年)

丁亥送除夕　　　정해년 제석(除夕)을 보내고
정 해 송 제 석

戊子迎新陽　　　무자년 새해를 맞았네.
무 자 영 신 양

高山零落林　　　높은 산엔 영락(零落)한 숲뿐인데
고 산 영 락 림

川邊夢芽楊　　　개천가 버들 새싹을 꿈꾸네.
천 변 몽 아 양

今年遞元帥　　　금년은 대통령이 교체되니
금 년 체 원 수

黎民望佳良　　　백성들 좋은 시절이 되길 바라네.
여 민 망 가 량

企業入活力　　　기업에 활력 넣으니
기 업 입 활 력

經濟聞成長　　　경제 성장하는 소리 들리고
경 제 문 성 장

耳順心不老　　　이순(耳順)에도 마음은 늙지 않아
이 순 심 불 로

回甲姑健康　　　회갑에도 아직 건강하네.
회 갑 고 건 강

早朝登水落　　　이른 아침 수락산에 오르니
조 조 등 수 락

破晨吐紅新　　　새벽을 깬 붉은 해 새롭네.
파 신 토 홍 신

登途聞孝鳥
등 도 문 효 조

오르는 길에 효조(孝鳥: 까마귀) 소
리 들으니

思親心化仁
사 친 심 화 인

어버이 생각 인심(仁心)으로 화하네.

眼前小首都
안 전 소 수 도

눈앞은 서울이 작게 보이고

山山疊列陳
산 산 첩 열 진

첩첩의 산들 열 지어 있네.

家勢好往年
가 세 호 왕 년

지난해보다 가세(家勢) 좋아지니

今于先恤貧
금 우 선 휼 빈

올해는 우선 가난한 이 구제해야지.

兒輩皆就職
아 배 개 취 직

아이들 모두 취직했으니

屈身尙展伸
굴 신 상 전 신

굽은 몸 이제는 펴야겠네.

前途猶不明
전 도 유 불 명

전도(前途) 오히려 밝지 않으니

思念姑徘回
사 념 고 배 회

생각은 아직도 배회한다네.

湖南多降雪
호 남 다 강 설

호남지방 많은 눈 내렸는데

依案寫蘭梅
의 안 사 난 매

책상 의지해 매란(梅蘭)을 친다네.

鵲鳥鳴前庭
작 조 명 전 정

참새들 뜰에서 울어대니

引朋傾觴杯 인 붕 경 상 배	벗을 이끌어 술잔 기울이네.
日日多爲事 일 일 다 위 사	날마다 할 일 많으니
小希夢餘財 소 희 몽 여 재	약간의 남은 재물 꿈꾸네.
晚年益康健 만 년 익 강 건	만년은 더욱 건강해야 하는데
企望文福來 기 망 문 복 래	바라는 것은 문학의 복 받음이네.

〖여설(餘說)〗 필자는 무자년에 출생하였고 다시 무자년이 돌아왔으니, 올해가 환갑이다. 자식들이 하나도 취처(娶妻)하지 못하였으니 한 일이 없다. 종로구 낙원동에서 '해동한문번역원'을 운영하면서 도서출판 명문당을 통하여 수필집 2권, 서예서적 14권, 한문서적 3권 이외에 번역서 등 총 35권 정도의 책을 출간한 것이 전부다. 예전에는 환갑이 되면 큰 잔치를 열었지만, 지금은 세상이 변하여 장수하는 시대가 되었기 때문에 환갑에는 잔치를 하지 않는다. 그러므로 나는 칠순(七旬)을 기약하면서 이 시 한 수로 환갑을 보냈다.

자운서원시회부(紫雲書院詩會賦)

계사년(癸巳年: 2013) 중추의 계절에 날은 맑고 바람은 차며 좌우의 산림은 온통 푸르고 붉으니, 이는 곧 유람하는 사람을 부르는 것이다.

오늘은 곧 파주시와 파주문화원에서 시회(詩會)를 개최한다. 그래서 우선 안내서를 전국각지의 유림에 발송하였다. 그 당일에 급히 조반을 먹은 뒤에 자가용차를 타고 손수 운전하여 오전 9시에 자운서원 시회장(詩會場)에 도착하니, 행사를 주관하는 제인(諸人)들은 분주하게 왕래하고 있고, 그리고 응시하는 사람 한둘이 순차적으로 집합하고 있었다. 10시 정각에 파주시장의 인사가 있은 뒤에 시운(詩韻)을 공포하였고, 그리고 응시하는 장보(章甫)들은 시를 짓기 시작했다.

오늘의 시회(詩會)는 전국의 경향 중에 4군데서 시회(詩會)를 연다. 그러므로 응시하는 장보가 분산하여 응시했기 때문에 이곳의 응시인은 겨우 50여인이었다. 나는 곧 제일 먼저 시를 지어서 본부석에 제출하였으니, 시는

農桑邦本古今通 농상(農桑)이 국가의 근본임은
농 상 방 본 고 금 통 고금에 통하고

55

尊聖尙賢萬世同
존 성 상 현 만 세 동

성현을 존숭함은 만세가 한가
지라.

事事善治公事泰
사 사 선 치 공 사 태

일마다 잘 다스리니 공사(公事)
는 태평하고

時時甘雨萬頃豐
시 시 감 우 만 경 풍

때때로 단비 내려 만경(萬頃)이
풍년일세.

紫雲墨客吟風務
자 운 묵 객 음 풍 무

자운서원의 묵객은 시 읊기 힘
쓰는데

滿席衆人眼福充
만 석 중 인 안 복 충

자리 가득한 중인(衆人)들 안복
(眼福)을 채운다네.

理學宗師栗翁廟
이 학 종 사 율 옹 묘

이학(理學)의 종사인 율옹(栗翁)
의 묘(廟)에서

盛秋詩會繼承中
성 추 시 회 계 승 중

성추(盛秋)의 시회(詩會) 전통
을 계승함에 알맞다네.

이후에 주최측에서 제공하는 점심을 먹고 일과가 바쁜 관
계로 급히 차를 타고 돌아왔다. 오늘 내가 시회에 참여한
것은, 곧 부(賦)를 지으려는 것이 위주이고 고선(考選)에는
관심이 없다.

○紫雲書院詩會賦

癸巳年 仲秋之節 日淸風寒 左右山林靑紅之葉 此卽喚遊
覽人也 今日 則於坡州市及坡州文化院共同開催詩會 而于先
發送案內書於全國各地儒林也 其於當日 急食朝飯後 乘自家
用車 而自手運轉也 午前九時 到紫雲書院詩會場 以行事主催
諸人 奔走往來 而應試人一二人 順次的集合也 十時正刻 坡
州市長人事後 公布詩韻 而應試章甫 始作詩也 今日之詩會
全國京鄕中詩會 於四處施行也 故以應試章甫 分散應試而 此
處應試人 纔五十人也 我卽最先作詩 而提出本部席也 詩則曰
農桑邦本古今通 尊聖尙賢萬世同 事事善治公事泰 時時甘雨
萬頃豊 紫雲墨客吟風務 滿席衆人眼福充 理學宗師栗翁廟 盛
秋詩會繼承中 以後提供主催側食中食 而以奔走日課故急乘
車而歸也 今日我參與詩會則 作賦爲主而 考選則不關心也.

〖**여설(餘說)**〗 부(賦)를 짓는 것이 재미가 있어서 급히 시회에 참
여하느라 제반 사항을 미리 준비하지 못했다. 이곳 자운서
원은 우리나라 이학(理學)의 조종(祖宗)인 율곡선생을 추모
하는 곳으로, 필자는 선생의 학통을 받은 사람으로 남다른
감회가 있다. 오늘 파주시에서는 시회 외에 여러 가지 행사
를 준비하였고, 많은 사람들이 자녀를 데리고 와서 함께 즐
기는 것이 꽤나 인상적이었다. 이곳에서 전통혼례를 한다고
하는데 필자는 시간이 없어서 그냥 집으로 직행했다.

납양(納凉)

夏君德不孤 　　여름의 덕 외롭지 않으니
하 군 덕 불 고

秋實樂無梧 　　가을에 열매 맺으면 음악 없어도
추 실 악 무 오 　　즐겁다네.

霖雨消炎熱 　　지루한 장마에 더위 사라졌으니
임 우 소 염 열

淸風願與吾 　　청풍(淸風)이 나와 함께하길 원한
청 풍 원 여 오 　　다네.

2002. 8. 22

〖여설(餘說)〗 여름의 덕이라는 말은, 여름이 세상에 주는 이익을 말한다. 평소에 우리들은 무더운 여름을 싫어하지만, 그러나 여름의 무더위가 없으면 식물이 열매를 맺지 못한다. 강인한 쇠를 만들려면 풀무 불에 여러 번 달구어내는 것과 같이 훌륭한 사람을 만드는 것도 이와 같은 과정을 반드시 거쳐야만 하는 것이다. "성경"에 보면, 모세가 40년을 공부하고 40년의 시련을 겪으므로 인하여 이스라엘의 지도자가 되는 것과 같다. 그러므로 시련을 두려워하지 말고 이를 극복하려고 노력해야 한다.

만설(晚雪)

昨夜作濃雲　　지난밤 짙은 구름 일더니
작 야 작 농 운

今朝雪白文　　오늘 아침 흰 눈이 내렸네.
금 조 설 백 문

瞬間皆素世　　순간에 다 하얀 세상 되니
순 간 개 소 세

此景上仙云　　이런 경광(景光) 신선의 세상이라네.
차 경 상 선 운

2005. 2. 1

〖여설(餘說)〗 눈으로 덮인 하얀 설백(雪白)의 세상이 아름답기
　　는 하나, 이는 죽음의 세상인 것이다. 눈 속에서는 생명이
　　모두 죽기 마련이니, 사람의 눈에 아름답게만 보이는 것이
　　지, 그 이면에는 죽음의 그림자가 숨어있는 것이다. 하지만
　　겉으로 아름다운 것도 또한 아름다운 것이니, 이러한 정경
　　을 사신(死神)의 아름다움이라 하는가!

화전(花煎) 1

文明午會各安居
<small>문 명 오 회 각 안 거</small>

오회(午會)[15]의 문명 속에 모두 편안히 사는데

莫問大同彼我疎
<small>막 문 대 동 피 아 소</small>

대동(大同)[16]의 너와 나, 소원(疏遠)함을 묻지 말라.

煤煙極發黃砂滿
<small>매 연 극 발 황 사 만</small>

매연과 황사가 이 세상에 가득하니

入濁花煎何食如
<small>입 탁 화 전 하 식 여</small>

화전(花煎)[17]인들 더러워서 어떻게 먹으리오.

2001. 4. 18

....

15 오회(午會): 유가(儒家)의 우주적 시간 단위에서의 한낮[正午]. 소옹(邵雍)은 이른바 원회운세(元會運世)라 하면 30년을 1세(世), 360년을 1운(運), 10,800년을 1회(會), 129,600년을 1원(元)이라는 이름으로 시간을 나누었는데, 이 한 단위를 하루의 밤낮에 비유하여 1회(會)의 10,800년이 시작되는 때를 하루의 밤중인 자정(子正)에 비하고 그 반인 5,400년이 지나 5,401년이 막 시작되는 때를 한낮인 오정(午正)에 비하여 1회(會)의 한낮, 곧 오회(午會)라 하였다.

16 대동(大同): 공도(公道)를 천하가 함께한다는 뜻으로, 역사상 가장 태평했다는 요순(堯舜) 시대를 가리킨다. 이에 비해 대동보다는 못해도 조금 다스려진 세상이라 하여, 우(禹)·탕(湯)·문(文)·무(武)·성왕(成王)·주공(周公)의 시대를 일러 소강(小康)의 시대라고 한다.

17 화전(花煎): 진달래꽃에 찹쌀가루를 묻혀서 끓는 기름에 지진 전.

〖**여설(餘說)**〗 요즘 젊은이들은 화전놀이를 잘 모른다. 필자가 어렸을 시절, 5, 60년대에는 봄이 되면 온 동리사람들이 남산에 올라가서 화전(花煎)놀이를 했다. 우리 동네는 당산(堂山)이 마을 입구에 있는데 비교적 낮은 산인지라, 이 산에 천막을 치고 동네 남녀노소 할 것 없이 모두 나와서 진달래꽃으로 전(煎)을 부쳐서 술안주를 했다. 어린 필자는 그때에 전(煎)을 얻어먹은 기억이 생생하다. 그때는 모두 못살던 시절인지라 그 전(煎)이 그렇게 맛있었다.

화전(花煎) 2

水落山中禽獸居
수 락 산 중 금 수 거

수락산에는 금수(禽獸)가 사는데

楊州路上牛馬疎
양 주 노 상 우 마 소

양주 가는 길에는 우마차(牛馬車)가 적다네.

草芽已發飛蜂蝶
초 아 이 발 비 봉 접

새싹이 나오니 벌 나비 날고

川獵花煎最樂如
천 렵 화 전 최 낙 여

천렵(川獵)과 화전(花煎)놀이 즐거움이 그만이네.

2001. 4. 18

〖여설(餘說)〗 화전놀이가 끝나면 산야(山野)에는 푸른 초목으로 덮이고 따뜻한 날씨는 어느덧 무더운 여름날로 바뀐다. 이 때가 되면 녹음(綠陰)진 시냇가에 나가서 물고기를 잡아서 매운탕을 끓이고 막걸리를 먹으면서 놀았으니, 이것이 예전에 농민들이 이웃과 교제하면서 지내던 모습이다. 그래도 이때는 순수하고 건강한 음식뿐이었으니, 농약이나 화공약품이 들어간 좋지 않은 음식은 없었다. 그러므로 자연히 아토피 같은 피부병은 없었고, 못 먹어서 생기는 고창(鼓脹)병에 걸려서 어린이의 배가 앞으로 불룩하게 나온 것을 볼 수가 있었다.

가을을 완상하다.〔賞秋〕

悠悠去漢江
유 유 거 한 강
한강은 유유(悠悠)히 흐르는데

渺渺走輕艭
묘 묘 주 경 쌍
작은 배 묘묘(渺渺)[18]히 달아나네.

騷客吟紅葉
소 객 음 홍 엽
시인은 붉은 단풍을 읊는데

嬌娘開碧窓
교 랑 개 벽 창
예쁜 처녀 푸른 창문을 열어 놓았네.

高天孤鶴翥
고 천 고 학 저
높은 하늘에는 외로운 학이 날고

川沙白鷗雙
천 사 백 구 쌍
냇가 모래밭엔 갈매기가 쌍쌍이네.

淺水肥魚躍
천 수 비 어 약
얕은 물에는 살진 고기 뛰어 노는데

萬山錦繡邦
만 산 금 수 방
많은 산 단풍으로 물든 물결이라네.

....
18 渺渺(묘묘): 아득하게 가는 모양.

63

【여설(餘說)】 율시(律詩)는 오언율시와 칠언율시로 구분하고 연구(聯句)로 되어 있으니, 수연(首聯), 함연(頷聯), 경연(頸聯), 미연(尾聯) 등 네 연(聯)으로 이루어졌으며, 수연(首聯)과 미연(尾聯)은 대구(對句)를 쓰지 않지만, 함연(頷聯)과 경연(頸聯)은 반드시 대구(對句)를 써서 시를 지어야하는 것이 작시(作詩)의 법칙이다. 그러므로 시를 감상하는 것도 이런 법칙에 의해서 감상을 해야 '무릎을 치며 잘된 시이다.' 라고 말하는 것이다.

현충일(顯忠日)

六月顯忠憤義炎
육 월 현 충 분 의 염

6월 현충일[19] 의분(義憤)이 들
끓었는데

愛隣敎學遠謀纖
애 린 교 학 원 모 섬

이웃 사랑하라 가르침 원모(遠
謀)의 세세함이네.

家家憶日揮揚旆
가 가 억 일 휘 양 패

집집마다 그 날 기억하여 국기
를 게양하고

鳥鳥來朝歌舞簷
조 조 래 조 가 무 첨

새들은 찾아와 처마에서 재잘
거리네.

英靈犧血恩弘廣
영 령 희 혈 은 홍 광

영령의 희생 그 은혜 크고 넓은
데

高木造陰德共沾
고 목 조 음 덕 공 첨

높은 나무 그늘에 덕 함께 입는
다네.

昇平此際走民主
승 평 차 제 분 민 주

평화로운 이때 민주정치로 달
려가는데

----

19 현충일(顯忠日): 나라를 위해 목숨을 바친 장병과 순국선열들의 충
성을 기념하는 날. 우리나라에서는 이날을 6월 6일로 정하였다.

護國當爲第一尖
호 국 당 위 제 일 첨

호국은 마땅히 첫째로 높은 것
이네.

2002. 6. 13

〖 여설(餘說) 〗 국가를 위해서 목숨을 바친 영령들을 현창해야함
은 물론 그 유가족에게도 많은 지원이 있어야 한다. 왜정 때
에 나라를 찾기 위해서 가족을 버리고 국내에서 암약하고,
또한 멀리 중국이나 러시아에서 활동한 선열들이 얼마나 많
은가! 그리고 6·25전쟁에 군인으로 나가서 목숨을 잃은 선
열들이 부지기수로 많다. 이들은 진정 애국자들이다. 그러
나 민주투쟁한다고 몇 번 몰려다닌 사람들을 모조리 유공자
로 대접하는 것에는 필자는 찬성하지 않는다.

초하(初夏)

新綠加濃四月中
신 록 가 농 사 월 중

신록이 짙어 가는 4월의 중간

連連疊嶺靑波同
연 연 첩 령 청 파 동

연이은 첩첩 준령(峻嶺)이 푸른 물결 같다네.

深林濞濞行爲水
심 림 비 비 행 위 수

깊은 숲 속 비비(濞濞)[20]함은 물이 흐르는 소리이고

枝葉飜飜造作風
지 엽 번 번 조 작 풍

잎사귀 번번(飜飜)[21]함은 바람이 만든 것이네.

叩夏南君才萬法
고 하 남 군 재 만 법

여름을 두드리는 남군(南君)[22]은 재주 만 가지인데

望豊農者意無窮
망 풍 농 자 의 무 궁

풍년을 바라는 농부 뜻이 무궁하다네.

田村舊址蓬叢茂
전 촌 구 지 봉 총 무

마을의 옛터에는 쑥대가 무성한데

20 비비(濞濞): 물이 흐르는 소리.

21 번번(飜飜): 번득이는 모양.

22 남군(南君): 여름을 주관하는 신(神).

67

冠岳山陽躑躅紅　　관악산 양지엔 철쭉이 붉게 피
관 악 산 양 척 촉 홍　　었다오.

〔여설(餘說)〕 이때를 신록의 계절이라고 하니, 처음으로 나온
　잎들이 바람에 나풀거리면서 햇빛에 비취면 기름이 줄줄 흐
　르는 잎의 반사가 거울에 비취는 것처럼 아름답다. 이는 가
　을의 단풍과 비교가 되는 아름다움인데, 사람들은 단풍의
　아름다움은 잘 알지만 신록의 아름다움은 잘 알지 못한다.
　이에 대한 시이다.

추절(秋節)

三千里我邦 <small>삼 천 리 아 방</small>	삼천리 우리나라
蟋蟀唱聞窓 <small>실 솔 창 문 창</small>	귀뚜라미 소리 창문에서 들리네.
天塞雁群陣 <small>천 새 안 군 진</small>	하늘가엔 기러기 떼지어 가는데
楓中艇泛江 <small>풍 중 정 범 강</small>	단풍 속으로 보이는 배 강에 떠 있네.

2006. 9. 17

〖 여설(餘說) 〗 어언 가을이다. 높아진 하늘가에는 기러기 날고 밤에는 창문가에서 귀뚜라미의 슬피 우는 소리 들린다. 이때 수림(樹林)은 모두 붉은 옷으로 갈아입고 한껏 멋을 부린다. 그속으로 아련히 떠가는 배의 모습은 한 폭의 그림과도 같은 풍경이다. 삼천리 금수강산이 모두 이렇게 보이는 가을인 것이다. 아름답지 않은가!

인(仁)

義者仁之軍　　의(義)는 인(仁)의 군사요
의 자 인 지 군

樂者禮之君　　악(樂)은 예(禮)의 임금이라.
악 자 예 지 군

子種芽忽出　　씨 뿌리니 싹은 홀연히 나오는데
자 종 아 홀 출

草木藥開欣　　초목은 꽃 피움을 기뻐한다네.
초 목 예 개 흔

2001. 5.

〖여설(餘說)〗 인(仁)은 사랑이다. 이 인자한 사람은 의리의 군사
가 지켜주어야 존재하는 것이고, 악(樂)은 음악이니, 음악의
처음은 천지우주가 움직이는 소리이다. 즉 바람에 흔들리는
초목의 소리이니, 이 세상에 음악이 먼저 생기고 그 뒤에 예
의(禮義)가 생긴 것이다. 그러므로 예(禮)의 임금이 악(樂)인
것이다. 이 세상은 예의도덕이 없으면 질서가 잡히지 않아
서 혼란한 세상이 되는 것이니, 예의염치(禮義廉恥)[23]가 이
세상의 근간인 것이다.

....
23 예의염치(禮義廉恥): 예절과 의리와 청렴과 부끄러움을 아는 태도.

봄의 한발(旱魃) 〔春旱〕

水落山間草樹蕪
수 락 산 간 초 수 무

수락산에는 초목이 무성한데

家田播種眠無蘇
가 전 파 종 면 무 소

채전에 뿌린 씨앗 싹트지 않는다네.

朝寒午暑是春日
조 한 오 서 시 춘 일

아침은 서늘하고 낮은 더운 이 좋은 봄에

罔息雨天祈雨呼
망 식 우 천 기 우 호

비 소식 없으니 기우제라도 지내야지.

2001. 4. 20

〔여설(餘說)〕 필자는 농부의 자식으로 태어나서 한때는 농사도 지어보고 산에 가서 나무도 해서 지게에 지고 집으로 왔던 기억이 있다. 그래서 지금 이순(耳順, 60)의 중간이 되어서도 도회지에 살면서 해마다 주말농장을 마련하고 채소를 키운다. 그런데 비가 제때에 와주어야 하는데, 비가 오지 않으면 씨앗이 나지 않아서 곤란을 겪는 때가 많다. 그래서 우순풍조(雨順風調)하면 풍년이 든다고 하는 것이다. 그리고 옛적 시골에서는 가뭄이 들면 온 마을이 함께 기우제를 지냈으니, 이렇게 하면 비가 곧 오곤 했다.

초하(初夏)

蒼蒼夏柳綠垂溪
창 창 하 류 록 수 계

푸른 버들가지 시내에 드리웠고

鬱鬱山家聞鳥鷄
울 울 산 가 문 조 계

울창한 산가(山家)엔 닭 울음소리 들려라.

春旱已長經四月
춘 한 이 장 경 사 월

4월 넘기도록 봄 가뭄 이어지니

農夫待雨喜心低
농 부 대 우 희 심 저

농부는 비 걱정에 웃음이 적다네.

2001. 4. 26

〖여설(餘說)〗 3월에 씨를 뿌리는 것인데, 4월도 넘었으니, 봄에 뿌린 씨앗이 잘 나지 않아서 흉년이 온 것이다. 지금은 흉년이 와도 다른 나라에서 곡식을 사와서 공급하니 굶어죽을 염려는 없지만, 예전에는 타국과의 거래가 지금과 같지 않아서 굶어죽는 사람이 속출했다. 그래서 경주의 최부자 집에서는 '자기 집에서 10리 안에 사는 사람으로 굶는 사람이 없게 하라.'고 했던 것이다. 그리고 '흉년에 땅을 사지 말라.'고 했다니, 그의 인품을 알 수가 있다.

교통난(交通難)

二一世紀文化來 21세기의 문화 돌아오니
이 일 세 기 문 화 래

飛行急速其聲雷 비행기는 빠르고 그 소리 우렁
비 행 급 속 기 성 뢰 차네,

春風曉氣快我鼻 봄의 새벽공기 나의 코 상쾌한데
춘 풍 효 기 쾌 아 비

小路滿車粉塵培 소로에 가득한 차 때문에 먼지
소 로 만 차 분 진 배 만 쌓이네.

2001. 3.

【여설(餘說)】 차가 지나가면 먼지가 일어난다. 그리고 차의 배
기통에서 매연이 나오는데, 이 매연이 먼지보다 훨씬 해롭
다. 흙먼지는 비가 오면 다 씻겨서 내려간다. 그러나 매연은
공중으로 올라가서 산의 나무에 붙는데, 이는 비가 와도 떨
어지지 않는다. 그리고 너무나 미세먼지이기 때문에 눈으로
보이지도 않는다. 그러므로 도회지 근방에 있는 산의 나무
는 모두 이 매연에 몸살을 앓는다고 봐야 한다. 그렇기에 불
요불급한 차량은 운행하지 않는 것이 우리의 건강에 좋다.
물론 우리의 자손에게도 좋다.

갑신년 따뜻한 겨울의 감회〔甲申冬日暖有感〕

政事每爭兮
정사매쟁혜

정사(政事)는 매양 다툼뿐이고

議堂策不齊
의당책부제

국회의 정책 가지런하지 않다네.

國圖連失位
국도연실위

국가의 계획 연이어 제자리 잃으니

家計續昏迷
가계속혼미

가계(家計)는 이어서 혼미하다네.

然故人民苦
연고인민고

그러므로 백성들은 괴로워하는데

是而說客批
시이세객비

이러한 것을 세객(說客)[24]은 비판하네.

此何冬日暖
차하동일난

이는 어쩜 겨울날씨가 따뜻해서인가?

數雨但汚泥
삭우단오니

단지 잦은 비에 더러운 웅덩이뿐이라네.

2004. 12. 15

----

24 세객(說客): 자기 의견 또는 소속 정당의 주장을 선전하며 다니는 사람.

〖여설(餘說)〗 문인의 붓끝은 추상(秋霜)보다도 예리해야 한다. 이것이 세상을 정화하는 단초가 된다. 항우(項羽)의 숙부인 항량(項梁)이 군사를 일으킬 때에 예전 초나라 임금 회왕(懷王)의 손자 심(心)이라는 아이를 찾아내서 초회왕(楚懷王)이라고 표방하고 여러 반군의 상징으로 모셨다. 그 후에 항우가 다시 의제(義帝)라고 칭호를 높이고 강서 지방에다가 나라를 정하여 그리로 보냈는데, 가는 도중에 양자강 위에서 죽여버렸다. 이는 무죄한 어린 왕족의 하나의 비극이어서 후세 사람들이 항상 슬프게 여겼는데, 점필재 김종직 선생이 의제를 조상하는 글[弔義帝文]에서, 그 의제를 단종(端宗)에 비유하고, 항우를 세조(世祖)에 비유하여 글을 지어서 비판하였던 것이다.

어버이께 효도하는 날〔孝親日〕

昔時火木過寒冬
석 시 화 목 과 한 동

옛날에는 화목(火木)을 태워서 겨울 보냈는데

此日爨炊煤氣供
차 일 찬 취 매 기 공

오늘날은 취사(炊事)를 가스로 한다네.

氷鯉彩衣先古孝
빙 리 채 의 선 고 효

빙리(氷鯉)[25]와 채의(彩衣)[26]는 옛날의 효도인데

父嚴母愛至今峰
부 엄 모 애 지 금 봉

아버지의 엄함, 어머니의 사랑은 지금도 높다네.

晚春新綠兩親奉
만 춘 신 록 양 친 봉

만춘의 신록에 양친을 봉양하고

中夏炎天三弟逢
중 하 염 천 삼 제 봉

중하(中夏)의 더위에 삼제(三弟)를 만나리.

....

25 빙리(氷鯉): 진(晉)나라 왕상(王祥)의 고사. 겨울철에 그 계모가 병이 들어 이어(鯉魚) 먹기를 원하자, 왕상이 강에 나가 옷을 벗고 얼음 위에 엎드리니 얼음이 스스로 녹으며 이어가 나왔음.

26 채의(彩衣): 춘추시대 초(楚)나라의 은사(隱士)인 노래자(老萊子)가 70 의 나이에도 부모님을 기쁘게 해 드리기 위하여 색동옷을 입고 재롱을 떨었다는 고사에서 유래한 것이다.《初學記 卷17 引 孝子傳》

養我其恩如泰嶽　　나를 기른 그 은혜 태산같이 높고
양 아 기 은 여 태 악

憂余長慮貫靑松　　나를 걱정하는 마음 푸른 소나
우 여 장 려 관 청 송　　무를 관통했네.

2003. 5. 14

〖여설(餘說)〗 필자는 제약회사에 다닐 때에 서울에서 결혼을 했
　　는데, 아내와 시부모님과의 사이가 친해질 수 있도록 하기
　　위해서 우선 시골 부모님의 집에서 3개월 동안 시부모님을
　　모시다가 서울로 올라오라고 했다. 나는 생각하기를, 내가
　　결혼을 하고 모범적으로 부모님을 섬기면 형제들이 모두 따
　　라오리라 믿고 이렇게 했는데, 결국 따르는 동생은 한 사람
　　도 없었다.

마음을 달래다〔自遣〕

犬竊窺門睡竹籬
견 절 규 문 수 죽 리

개는 문 지키다가 울타리에서
조는데

加炎初夏念支離
가 염 초 하 염 지 리

무더운 초여름은 지루하기만
하네.

遲天枕臥看飛鶴
지 천 침 와 간 비 학

지루한 날 베개 베고 나는 학
바라보는데

斑服家兒語買醨
반 복 가 아 어 매 리

색동옷의 아이에게 술 사오라
말하네.

遠世閑居存命術
원 세 한 거 존 명 술

세상을 멀리하고 한가히 삶은
생명을 연장하는 술법인데

與民大義爲民丕
여 민 대 의 위 민 비

백성과 함께하는 대의(大義)는
국민보다 큼이 없다네.

女男平等聖人悅
여 남 평 등 성 인 열

남녀의 평등 성인(聖人)도 기뻐
할 일이나

戶主廢行誰幾時
호 주 폐 행 수 기 시

호주제 폐지는 누가 어느 때에
하였는가!

2003. 5. 24

〖여설(餘說)〗 전통을 지키는 것은 세계에 자랑할 만한 일이다. 가문의 계승을 기록한 족보는 우리나라의 족보가 세계에서 최고라 할 수 있다. 이는 조선이 문인의 시대였기에 가능한 것이었다. 호주제도 매한가지이다. 전통을 중시하고 가족이 호주를 위주로 단합하고 생활하는 아주 훌륭한 제도인데, 김대중 대통령 때에 정치인들이 여성의 표를 많이 받으려고 이런 우를 범한 것이다. 이때 유림에서 많은 반대를 했는데, 결국 호주제를 지켜내지 못했다.

포천 영평에 사는 이진영 형의 집을 방문하였다. 〔訪永平李鎭泳兄家〕

때는 2011년 5월 15일에 성균관대학교 유학대학원에 다니는 동료 몇 사람이 공동으로 방문하였으므로, 기념으로 장시를 짓다. 〔時 2011年 5月 15日 成均館大儒學大學院 同僚數員 共訪記念長詩〕

大學院生徒數員
대 학 원 생 도 수 원
대학원 생도 몇 사람이

帶妻或獨賞春陽
대 처 혹 독 상 춘 양
아내를 대동하고 혹은 홀로 봄놀이 나섰네.

山靑水靑天亦靑
산 청 수 청 천 역 청
산은 푸르고 물도 푸르고 하늘도 또한 푸른데

水邊駒犢食綠楊
수 변 구 독 식 녹 양
물가의 망아지와 송아지는 푸른 버들을 뜯는다네.

荒漠牛舍賴疫病
황 막 우 사 뢰 역 병
황막한 우사(牛舍)는 역병 때문인데

滿開果園野菜良
만 개 과 원 야 채 양
만개한 과수원에 나는 나물이 좋다네.

前後左右皆靑山
전 후 좌 우 개 청 산
전후좌우 모두 푸른 산뿐인데

春節微風日淸涼
춘 절 미 풍 일 청 량

봄의 미풍(微風) 날은 청량(淸凉)하다네.

主壁思庵玉屛祠
주 벽 사 암 옥 병 사

주벽의 사암선생을 모신 옥병서원

淸白丞相擧瞻望
청 백 승 상 거 첨 망

청백한 승상(丞相)을 모두 바라보았네.

男負女戴聖人言
남 부 여 대 성 인 언

남부여대(男負女戴)는 성인의 말씀이니

吾等必守亦彝常
오 등 필 수 역 이 상

우리들은 반드시 인륜을 지켜야 하네.

年老探學隨時睡
년 노 탐 학 수 시 수

노년의 학문 연구 수시로 졸음이 오는데

夕陽落日赤照鄕
석 양 낙 일 적 조 향

해 떨어지는 석양은 적조(赤照)에 물든 시골

李兄居宅魚淵美
이 형 거 택 어 연 미

이형의 집 물고기 사는 연못이 아름다우니

何必欠缺無竹篁
하 필 흠 결 무 죽 황

하필 대나무 없음이 흠이 되겠는가!

魚肉酒饌一品味
어 육 주 찬 일 품 미

어육(魚肉)과 술은 일품의 맛인데

婦人子女皆助相
부 인 자 녀 개 조 상

부인과 자녀가 모두 도와 만든 것이네.

壁上花圖婦人作
벽 상 화 도 부 인 작

벽상의 꽃그림은 부인의 작품인데

我寫一陶祝家昌
아 사 일 도 축 가 창

나는 도예에 붓으로 가문의 창대를 축하했네.

幾人滿醉眼不覩
기 인 만 취 안 부 도

몇 사람은 만취하여 눈이 안 보인다 하는데

春風蜂蝶輸春香
춘 풍 봉 접 수 춘 향

춘풍의 벌과 나비는 봄 향기를 나르네.

今日吾等學浩然
금 일 오 등 학 호 연

오늘 우리들 호연(浩然)을 배웠으니

隨學孔孟前途洋
수 학 공 맹 전 도 양

공맹(孔孟)을 따라 전도(前途) 양양하리.

〖여설(餘說)〗 이순(耳順)이 넘어서 성균관대학교 유학대학원에 입학하였는데, 이 해 가을에 동문들이 포천에서 사과농원을

하는 학우 이진영 형의 집을 방문하기로 하고 찾아간 것이다. 아내를 대동한 학우도 있고, 남편을 대동한 학우도 있었다. 주인은 포천군에서 면장을 역임하였는데, 이제는 정년퇴임을 하고 사과농원을 운영한다. 부인과 출가한 여식이 와서 음식을 만들어서 성대하게 대접하였다. 모두 술에 취해서 잠을 자는 학우도 있었으니 원 없는 외유가 되었다.

중복(中伏)

開門衣葛臥高堂
개 문 의 갈 와 고 당

갈포 옷에 문 열고 고당(高堂)
에 누우니

炎熱三庚聞草香
염 열 삼 경 문 초 향

무더운 삼복에도 풀 향기 진동
하네.

夢作童仙尋樂國
몽 작 동 선 심 낙 국

꿈속 신선되어 낙원을 찾아가니

桃花滿發暮春長
도 화 만 발 모 춘 장

복사꽃 만발한 늦은 봄이 길어라.

2001. 8. 2

〖여설(餘說)〗복(伏)은 납작 엎드린다는 것이니, 여름의 무더위
가 치열한 복(伏)이 오면 사람들은 무서워서 납작 엎드린다고
한다. 만약 이때에 건방지게 고개를 쳐들면 반드시 더위 병
에 걸리거나 몸을 상한다. 복(伏)에는 땀이 많이 나는데, 땀이
많이 난다는 것은 몸의 진기(眞氣)가 빠진다는 것이다. 그러
므로 계속 더워서 진기가 빠지면 안 되므로 이때에 보신탕을
먹어서 진기를 보충하는 것이다. 삼계탕도 매한가지이다.

일본(日本)

如蛇狡猾世人驚
여사교활세인경

뱀 같이 교활하니 세인은 놀라
는데

科學先知作大聲
과학선지작대성

과학을 먼저 배워 큰소리 친다네.

小欲巨肝書曲史
소욕거간서곡사

작은 욕심에 간 크게 역사 왜곡
하니

是云倭寇正名征
시운왜구정명정

이를 왜구라 하니, 정명(正名)[27]
으로 치겠노라.

2001. 8.

[여설(餘說)] 일본에서 유학한 어느 교수의 말에 의하면, 일본사
람들은 모두 소인(小人)의 성품을 받고 태어나서 대인(大人)
의 학문을 보면 도대체 이해를 못한다고 한다. 그래서 그런
지는 몰라도 요즘 일본이 하는 작태를 보면 짜증이 많이 난
다. 그리고 우리의 정치인들을 보아도 짜증이 많이 나는데,
빨리 이들에게 대인의 학문, 즉 성인(聖人)의 학문인 유학을
가르쳐서 정신이 바르게 박히도록 해야 한다.

....
27 정명(正名): 대의명분을 바로잡아 실질을 바르게 함.

처서(處暑)[28]

處暑炎天黃道停 처 서 염 천 황 도 정	처서에도 더우니 황도(黃道)[29] 가 정지함인가!
豊年五穀世情馨 풍 년 오 곡 세 정 형	오곡의 풍성함에 세정(世情)은 향기롭네.
山中樹林蟬聲亂 산 중 수 림 선 성 난	산중의 수림(樹林)에는 매미소 리 요란한데
蟋蟀哀歌醉客醒 실 솔 애 가 취 객 성	귀뚜라미 슬픈 노래에 취객은 깬다네.

2001. 8. 22

----

28 처서(處暑): 일 년 중 늦여름 더위가 물러가는 때.

29 황도(黃道): 태양의 둘레를 도는 지구의 궤도가 천구(天球)에 투영된
궤도. 천구의 적도면(赤道面)에 대하여 황도는 약 23도 27분 기울어
져 있으며, 적도와 만나는 두 점을 각각 춘분점, 추분점이라 한다.

〖여설(餘說)〗 지렁이를 한방의 이름으로는 토룡(土龍)이라고 한
다. 외견상으로 보면 지렁이는 입도 없고 항문도 없는 것처
럼 보인다. 그러나 지렁이가 있는 곳을 보면 배설한 흙덩이
가 보이고, 그리고 지렁이도 밤에 소리를 내며 운다. 필자는
지렁이의 우는 소리를 많이 들었다. 처서가 되면 모든 벌레
들이 밤에 우는데 지렁이의 울음소리도 섞여서 들리는 것이
다. 지렁이의 이야기는 후백제를 건설한 견훤의 신화에서 보
이니, 지렁이도 하나의 용(龍)인 것이다.

송구영신(送舊迎新)

暮天觀鏡臺
모 천 관 경 대

저문 날에 거울을 보는데

除夜省心哀
제 야 성 심 애

제야(除夜)[30]에 돌아보는 마음 서글프다네.

東海昇新日
동 해 승 신 일

동해에 신년의 해 떠오르니

家庭祝一盃
가 정 축 일 배

집에서 한 잔 술 들어 축하한다네.

別年羸事閉
별 년 영 사 폐

해를 이별하니 나머지 일 닫았는데

迎歲大希開
영 세 대 희 개

해를 맞았으니 큰 희망 열린다네.

與酉吾圖巨
여 유 오 도 거

을유년과 함께 나의 꿈은 큰데

唯望信子才
유 망 신 자 재

오직 바람은 자식의 재능을 믿는 것이오.

....

30 제야(除夜): 섣달의 그믐밤.

〚여설(餘說)〛 농사 중에는 자식농사가 제일이라는 말이 있다. 세월은 살처럼 흘러서 금방 지천명(知天命: 50)이 되고 이순(耳順: 60)이 된다. 그러므로 나의 인생도 잘 설계해서 살아야하지만, 또한 자식을 잘 가르쳐서 훌륭한 인재로 키워야 한다. 요즘의 세상은 너나할 것 없이 모두 대학을 가르치는 세상이니, 경쟁이 심하여 출세하기가 더욱 어렵다. 그러므로 공자의 말씀인 "적선지가필유여경(積善之家必有餘慶): 착한 일을 많이 하는 집에는 반드시 좋은 일이 있을 것이다." 라는 말씀을 믿고 구제사업을 많이 하면 반드시 자식이 잘되는 것이다. '믿습니다.' 라는 말은 여기서 해야 한다.

신록(新綠)

細風朝日葉芽輝 세 풍 조 일 엽 아 휘	아침에 부는 실바람에 나뭇잎 은 번뜩이고
深壑溪聲浪浪微 심 학 계 성 낭 랑 미	깊은 골 시냇물 소리 낭랑하기 도 하지.
少女戴筐採野茱 소 녀 대 광 채 야 채	소녀는 광주리 이고 나물을 캐고
農夫耕播出柴扉 농 부 경 파 출 시 비	농부는 밭 갈려고 사립문을 나 왔네.
忽然電霹過雨降 홀 연 전 벽 과 우 강	홀연한 뇌성벽력 소낙비 내리니
閑去山僧杖忙歸 한 거 산 승 장 망 귀	한가히 가는 산승(山僧) 지팡이 가 바쁘네.
欲避馬牛啼綠苑 욕 피 마 우 제 록 원	비를 피하려는 소와 말 초원에 서 우는데
漁童擔網立灣磯 어 동 담 망 립 만 기	어동(漁童)은 그물 메고 만기 (灣磯)[31]에 서 있네.

2003. 6. 5

----

31 만기(灣磯): 만곡(彎曲)하여 불쑥 나온 육지.

〖여설(餘說)〗 필자가 어렸을 적에는 나물 캐는 여인들이 많았고, 남자 아희들은 광주리 메고 냇가에 가서 고기 잡는 것이 일이었다. 필자도 비가 와서 내에 물이 많이 내려가면 고기들이 활발하게 위로 오르기 때문에, 이 고기를 잡으려고 언제나 내에 가서 고기를 잡았다. 이를 부모님께 드리면, 언제나 맛있는 매운탕을 끓여서 주었다. 지금도 청정지역에 가면 물고기를 잡는 것을 볼 수가 있다. 이것이 당시에는 단백질의 공급원이었다.

이앙(移秧)

開闢新年旭日初
개 벽 신 년 욱 일 초

새해가 열리고 욱일(旭日)[32]이 떠오른 처음에는

山川荒地雪寒居
산 천 황 지 설 한 거

산천의 거친 땅에 눈과 추위만 있었네.

春來古屋鳴飛燕
춘 래 고 옥 명 비 연

봄이 오니 옛집에는 제비가 지적이며 날고

氷破淡淵出白魚
빙 파 담 연 출 백 어

얼음이 깨진 연못에는 흰 고기가 뛰네.

水畓稻苗希滿實
수 답 도 묘 희 만 실

물 논의 벼 결실의 풍성함 바라는데

土田麥穗越窮虛
토 전 맥 수 월 궁 허

밭의 보리 이삭 궁한 살림 넘게 하네.

騷人墨客觀移植
소 인 묵 객 관 이 식

소인(騷人)과 묵객 모내기를 보면서

....
32 욱일(旭日): 아침에 떠오르는 밝은 해.

勝景問蹊遠否歟　승경(勝景)에 가는 길 먼가요,
_{승 경 문 혜 원 부 여}　가까운가요?

2003. 6. 12

〖여설(餘說)〗 지금은 모내기를 기계로 하지만 6, 70년대만 해도 여러 사람이 줄을 띄우고 하나하나 손으로 심었다. 모내기는 여럿이 조를 이루어서 심기 때문에 한 사람이 늦게 심으면 먼저 심은 사람은 멍하니 서서 놀아야 한다. 그러므로 자연히 일이 늦어지기 때문에 모두 정신을 차리고 남보다 늦지 않도록 열심히 일을 했다. 또한 모와 모 사이의 간격도 적당히 잘 맞아야 벼도 잘되고 수확도 많이 할 수가 있는 것이다. 수천 년 동안 '농자천하지대본(農者天下之大本): 농사는 천하의 큰 근본이다.' 이었으니, 모내기가 풍년을 가름하는 중요한 일인 것이다.

우음(偶吟)

現代儒生止行孤
현 대 유 생 지 행 고

현대의 유생(儒生)은 외로이 지행(止行)[33]하는데

藝道學進知命途
예 도 학 진 지 명 도

예도(藝道) 배우는 것이 사명의 길인 줄 안다네.

古人幼計明賢望
고 인 유 계 명 현 망

고인은 어려서 명현(明賢)이 됨을 계획했는데

拙者冠初書法圖
졸 자 관 초 서 법 도

나는 스물 넘어 서법(書法)에 정진함을 도모했네.

戒子率家枯瘦我
계 자 솔 가 고 수 아

자식 가르치고 집안 인솔하기 몸은 피로한데

淸神養體苦勞吾
청 신 양 체 고 로 오

정신을 맑게 하고 몸 기르기를 나는 몹시 노력했네.

炎天對案不如詠
염 천 대 안 불 여 영

더위에 책상에 앉은 것 시를 짓는 것만 못하니

---

33 지행(止行): 그칠 곳에서는 그치고, 행할 곳에서는 행하는 것을 말함.

寧乃往川採菖蒲
영 내 왕 천 채 창 포

차라리 시내에 나가 창포(菖蒲)
를 캐리.

2003. 6. 19

〖여설(餘說)〗 우연히 읊는다는 것은, 시흥이 일면 먼저 운자(韻字)를 선정한 다음 그 운에 맞게 글을 짓는 것을 말한다. 운자가 먼저 나와 있기 때문에 그 운자에 맞추어서 글을 짓게 되는 것이므로, 아무리 좋은 생각이 떠올라도 운자에 맞지 않으면 안 된다. 또한 함연과 경연은 대구(對句)를 맞추어야 하므로, 그 격식에 맞추기가 그렇게 용이하지 않은 것이 한시이다.

녹음아회(綠陰雅會)

未年佳會上樓西 미 년 가 회 상 루 서	미년(未年)의 좋은 모임 서쪽 누각에 오르니
同甲親朋帶子妻 동 갑 친 붕 대 자 처	동갑의 친구들 처자(妻子)를 대동했네.
於焉茂林生意滿 어 언 무 림 생 의 만	벌써 무성한 숲 생의(生意)가 가득하고
嗚哉白髮寸情悽 오 재 백 발 촌 정 처	아! 백발의 촌정(寸情)이 처량하네.
川邊女息觀飛鶴 천 변 여 식 관 비 학	냇가의 딸아이 나는 학을 바라보고
遊泳穉魚躍玉溪 유 영 치 어 약 옥 계	유영(遊泳)하는 작은 고기 시내에서 뛴다네.
酬酌溢觴忘俗態 수 작 일 상 망 속 태	넘치는 술잔 주고받으며 세상 잊었는데
吟風弄月塵心齊 음 풍 롱 월 진 심 제	시 짓고 노니 세속의 마음 가지런해지네.

2003. 6. 12

〖여설(餘說)〗 냉방기기가 없던 시절에는 피서하는 방법이, 찬
물속에 들어가거나 녹음 진 숲 아래에서 땀을 식히는 일이었
다. 그리고 수박과 참외를 사서 찬물 속에 담가 두었다가 꺼
내어 먹으면 제법 시원했다. 행여 땀띠가 나면 찬물이 나오
는 샘에 가서 바가지로 그 물을 떠서 등목을 하는 것이 하나
의 방법이었다. 천렵(川獵)이라는 놀이가 있었으니, 녹음이
우거지고 날씨가 더우면 녹음이 우거진 산의 냇가에서 물고
기를 잡아서 끓여먹는 것이 아주 재미있는 놀이였다. 그때는
지금과 같은 공해라는 것은 없었다.

손녀 전하은(全河銀)의 돌에 붙여

조부(祖父)가. 2011년 5월 28일

管城全門沙西光
관 성 전 문 사 서 광

관성의 전문(全門)에는 사서(沙西)[34]가 빛을 발했는데

大韓庚寅生女枝
대 한 경 인 생 여 지

대한민국 경인년에 여아(女兒)가 탄생했네.

汝父盛煥忙公務
여 부 성 환 망 공 무

너희 애비 성환은 공무에 바쁘고

....

34 사서(沙西): 성(姓)은 전(全)이고, 이름은 식(湜)이니, 본관은 옥천(沃川), 자는 정원(淨遠), 호는 사서(沙西), 시호는 충간(忠簡)이다. 1589년 (선조 22) 진사가 되고 임진왜란 때 의병을 모아 왜병 수십 명을 죽이고 김익남(金益南)의 추천으로 연원(連源)도찰방이 되었다. 1603년 문과에 급제했으나 광해군의 실정으로 벼슬을 포기하고 정경세(鄭經世)·이준(李埈) 등과 산수를 유력(遊歷)하여 '상사(商社)의 삼로(三老)'로 불렸다. 1623년 인조반정으로 예조정랑에 등용하여 기주관(記注官)·지제교(知製敎)를 겸하였고, 부수찬·교리가 되어 경연(經筵)에 참석하였다. 그 뒤 전적·장령을 역임하고, 1624년 이괄(李适)의 난 때 태복시정(太僕寺正)으로서 왕을 호종하였다. 집의(執義)를 거쳐 병조참의·병조참지에 올랐다가 연평군(延平君) 이귀(李貴)와 원수(元帥) 장만(張晩)의 실책을 논박한 뒤 고향에 돌아갔다. 1628년 이조참의를 거쳐 대사간이 되었으나 병으로 사퇴하고, 1636년 병자호란이 일어나자 의병을 일으켜 적을 방어하였다. 1642년 중추부지사 겸 경연동지사(經筵同知事)·춘추관동지사에 이어 대사헌에 보직되었으나 취임하지 않았다. 좌의정에 추증되었고, 상주(尙州) 백옥동(白玉洞)서원에 배향되었다. 《사서집(沙西集)》이 전한다.

爾母喜善當教師
이 모 희 선 당 교 사

너희 어미 희선은 교직(教職)을 감당한단다.

祖母慈手育勤勉
조 모 자 수 육 근 면

할머니의 사랑스런 손 보육을 부지런히 하니

女兒實實美麗持
여 아 실 실 미 려 지

여아인 너는 토실해서 아름다움을 유지하는구나!

朞前一月己步行
기 전 일 월 이 보 행

돌 한 달 전에 이미 걸음을 걸었고

當朞今日似遠思
당 기 금 일 사 원 사

돌에 당한 오늘은 깊이 생각하는 듯하구나!

只誰不待子女賢
지 수 불 대 자 녀 현

다만 누군들 자녀가 어질게 되기를 기대하지 않으랴!

眞心汝等思任移
진 심 여 등 사 임 이

진심으로 너는 사임당이 되어야 한다.

當世流風當午會
당 세 유 풍 당 오 회

당세의 유풍은 오회(午會)[35]에 해당하나

----

35 오회(午會): 유가(儒家)의 우주적 시간 단위에서의 한낮[正午]. 소옹(邵雍)은 이른바 원회운세(元會運世)라 하면 30년을 1세(世), 360년을 1운(運), 10,800년을 1회(會), 129,600년을 1원(元)이라는 이름으로

陽陰深理不變宜
양 음 심 리 불 변 의

음양의 깊은 이치 의당 변하지 않는단다.

愛之重之父母情
애 지 중 지 부 모 정

애지중지하는 것은 부모의 마음인데

宜爲杖教賢哲期
의 위 장 교 현 철 기

의당 회초리를 들고 가르쳐 현철하기를 바란다.

身正心正又教正
신 정 심 정 우 교 정

바른 몸 바른 마음 또한 바른 교육으로

修身齊家宜受禧
수 신 제 가 의 수 희

수신제가하면 의당 복을 받는단다.

家雖議政府長巖
가 수 의 정 부 장 암

집이 비록 의정부 장암동에 있으나

忠淸鴻山汝本基
충 청 홍 산 여 본 기

충청도 홍산이 너의 근본이 되는 곳이란다.

⋯⋯⋯⋯⋯⋯

시간을 나누었는데, 이 한 단위를 하루의 밤낮에 비유하여 1회(會)의 10,800년이 시작되는 때를 하루의 밤중인 자정(子正)에 비하고 그 반인 5,400년이 지나 5,401년이 막 시작되는 때를 한낮인 오정(午正)에 비하여 1회(會)의 한낮, 곧 오회(午會)라 하였다.

人生事必爲深慮
인 생 사 필 위 심 려

인생사는 반드시 깊이 생각해야 하는 것

其中交際重我卑
기 중 교 제 중 아 비

그 중 교제(交際)에는 나를 낮추는 것이 소중하단다.

家門家族皆所重
가 문 가 족 개 소 중

가문과 가족 모두 소중하지만

唯國一語甚深慈
유 국 일 어 심 심 자

오직 한 말 국가를 깊이 사랑하여라.

〖여설(餘說)〗 필자의 나이 64세에 처음으로 손녀 하나를 봤고, 이 아이 돌에 필자는 장시 한수로 축하를 해주었다. 당시 아비는 보건복지부에서 경기도청에 파견되어 근무했으므로 의정부에서 돌잔치를 했다.

만춘(晚春)

道峰山下有漢江
도 봉 산 하 유 한 강
도봉산 아래 한강이 흐르는데

三角巍巍却出雙
삼 각 외 외 각 출 쌍
높고 높은 삼각산 우뚝 솟은 두 봉우리

春葉從風似蝶舞
춘 엽 종 풍 사 접 무
나뭇잎 바람 따라 나비처럼 춤 추는데

林中鵲幕門東窓
임 중 작 막 문 동 창
숲 속의 까치집은 동쪽으로 문을 냈네.

2001. 3. 15

〖여설(餘說)〗 강원도의 산과 경기도의 산은 우뚝 서 있어서 경사가 거의 90도로 되어있는 반면에, 충청도의 산은 경사가 완만하다. 풍수설에 의하면, 인물은 산세(山勢)에서 나온다고 한다. 산이 급경사로 되어 있으면 성격이 급하고, 완만하면 충청도 사람들처럼 축 처진다는 것이다. 사람의 성품은 중도에 있어야 하는 것으로, 좌우로 치우친 성품은 그렇게 좋은 성품이라고 볼 수가 없다.

비를 기다리며 [待雨]

乾乾乾道照光均 　마르고 마른하늘 햇빛이 고른데
간 간 건 도 조 광 균

厚德坤輿育萬民 　후덕한 땅은 만민을 기른다네.
후 덕 곤 여 육 만 민

今歲九春多旱日 　올봄은 가뭄이 많아
금 세 구 춘 다 한 일

望天待雨農心辛 　비 기다리는 농심(農心) 아프기
망 천 대 우 농 심 신 　　만 하다네.

2001. 3. 21

〖여설(餘說)〗 '농심(農心)이 탄다.' 라는 말이 있다. 이는 가뭄이
계속되어서 논밭의 곡식은 타죽는데, 기다리는 비는 오지 않
을 때에 쓰는 용어이다. 이럴 때는 기우제를 지내는데, 동네
의 남녀노소 많은 사람들이 풍물을 치면서 시끌벅적 소란스
럽게 마을을 돌고 다니다가 저녁때에 산에 올라가서 제사를
올리는 제사이다. 이 모습을 조물주가 하늘에서 보면 땅에
사는 사람들이 모두 미쳐서 야단인 것으로 보이므로 비를 내
려서 적셔주는 것이다.

종강(終講)

2011년 6월 9일, 성균관대학교 유학대학원 1기가 종강(終講)하였다.

文章決未華 문 장 결 미 화	문장은 결코 화려하면 안 되니
素朴豈無佳 소 박 기 무 가	소박함이 어찌 아름답지 않겠는가!
自强加勞力 자 강 가 노 력	자강(自强)[36]하며 노력 더하면
精微亦見芽 정 미 역 견 아	정미(精微)한 싹이 또한 보인다네.
泮宮雖有邇 반 궁 수 유 이	반궁(泮宮)[37]은 비록 가까이 있으나
眞理何爲遐 진 리 하 위 하	진리는 어찌 멀기만 한가!
今日吾終講 금 일 오 종 강	오늘 우리들 종강했지만
九秋復面嘉 구 추 부 면 가	구추(九秋)[38]에 좋은 모습으로 다시 보세나.

....
36 자강(自强): 스스로 힘써 몸과 마음을 가다듬음.
37 반궁(泮宮): 예전에, 성균관과 문묘(文廟)를 아울러 이르던 말.
38 구추(九秋): 음력 9월을 가을이라는 뜻에서 비유적으로 이르는 말.

〖여설(餘說)〗 필자가 성균관대학교 유학대학원에 입학할 때의 나이가 64세였는데, 그때 나의 생각은 나보다 나이가 많은 사람은 없을 것이라 생각했다. 그러나 그것은 오산이었다. 삼성에서 사장을 한 분들이 여러 분 왔는데, 나보다 나이가 많은 사람이 몇 명 있었다. 그래서 나는 생각하기를, '남보다 앞서나가는 사람은 다른 점이 있구나!' 하였다. 이 외에도 장관을 한 분, 암센타 원장을 한 분, 현직 국회의원 등 많은 인사들이 와서 야간에 공부를 하고 있었다. 꽤 고무적이었다.

장마〔梅雨〕

蒼蒼群岳細風佳
창 창 군 악 세 풍 가
짙푸른 많은 산이 실바람에 아름다운데

梅雨沛然盈溢街
매 우 패 연 영 일 가
장맛비 패연(沛然)[39]하여 거리에 차고 넘치네.

山谷急流其戲某
산 곡 급 류 기 희 모
산과 골의 급류(急流) 누구의 장난이고

黑雲連起此爲誰
흑 운 연 기 차 위 수
검은 구름 연하여 일어남은 누구를 위함인가!

暗天蒸日忙書法
암 천 증 일 망 서 법
어둡고 찌는 날 서예 연마 바쁜데

萬木千枝喜擧皆
만 목 천 지 희 거 개
일만 나뭇가지도 다 기뻐하는 듯하네.

對案究經心境悅
대 안 구 경 심 경 열
책상에 앉아 경서 궁구(窮究)하니 마음은 기쁜데

---

39 패연(沛然): 비가 줄기차게 오는 모양.

早朝川畓唱鳴蛙   이른 아침 물 논에는 개구리 우
조 조 천 답 창 명 와   는 소리

2003. 7. 1

〖여설(餘說)〗 옛적에 시골은 거의 초가집뿐이었다. 장대같은 비
가 내리면 추녀를 통해 떨어지는 빗물에 물방울이 일곤 했
다. 아희들은 그 물방울을 세며 즐거워했다. 또한 겨울에는
그 추녀를 통해 떨어지는 물이 얼어서 고드름이 되었으니,
우리들은 그 고드름을 따서 먹기도 했다. 그때는 공해라는
것이 없었으므로 눈도 집어서 먹고, 진달래도 따서 먹으면서
허기를 달랬다. 이때는 아토피라는 병은 없었다. 이 병은 문
명이 만든 병이다. 그러므로 황토로 만든 집에서 지내면 저
절로 낫는다고 한다.

소서(小暑)

曉星姑晃曉明開
효 성 고 황 효 명 개

환한 새벽 별 아직도 밝은데

過雨過行萬物培
과 우 과 행 만 물 배

소낙비가 지나가니 만물은 자란다네.

蒸熱笛童游北沼
증 열 적 동 유 북 소

찌는 날, 피리 부는 아희들 북쪽 연못에서 놀고

避炎騷客臥南臺
피 염 소 객 와 남 대

더위 피한 소객은 남대(南臺)에 누웠네.

林間蟬子靑枝着
임 간 선 자 청 지 착

수림 사이 매미는 푸른 가지에 붙었고

碧落翔鷗碧岸回
벽 락 상 구 벽 안 회

하늘 나는 갈매기 푸른 언덕을 돈다네.

世上擧皆休谷水
세 상 거 개 휴 곡 수

사람들 모두 골짜기 물속에서 쉬는데

獨吾仙服酒二盃
독 오 선 복 주 이 배

나는 홀로 신선이 되어 술잔을 기울이네.

2007. 7. 8

〖여설(餘說)〗 한시(漢詩)는 픽션이 많다. 왜냐면 운(韻)을 넣고 염(簾)을 가리고 대(對)를 맞추어야 하기 때문에 사실적 실화만 가지고 시를 짓기란 매우 어렵다. 그러므로 '하늘에 기러기가 난다.'고 했는데, 실제는 하늘에는 새가 없다. 시인의 마음속 상상의 나래가 실제 시가 되는 것이다. 하나의 그림을 그리는 화가의 마음과 같은 것이다. 이 시에서도 '남대(南臺)'라고 했는데, 실제로 남대(南臺)는 없다.

성균관대학교 유학대학원생도들 전주를 답사하다. 〔成大儒學大學院 外遊全州〕

解氷春日樹嫩新
해 빙 춘 일 수 눈 신
해빙한 봄날 새싹이 새로운데

踏査生徒友好親
답 사 생 도 우 호 친
답사하는 대학원생들 좋은 친구 된다네.

金堤萬頃大野波
김 제 만 경 대 야 파
김제만경은 바다 같은 평야인데

扶安防潮新路巡
부 안 방 조 신 로 순
부안의 방조제 새로운 길 순회하네.

東學農軍望新天
동 학 농 군 망 신 천
동학의 농군은 새 세상 바랐는데

全州鄕校導明倫
전 주 향 교 도 명 륜
전주의 향교 명륜(明倫)으로 인도하네.

馬耳彌勒奇妙處
마 이 미 륵 기 묘 처
마이산의 미륵 기묘한 곳에 있는데

群山路邊櫻花春
군 산 로 변 앵 화 춘
군산의 길가에는 벚꽃이 만발했네.

城邊三禮基大學
성 변 삼 례 기 대 학
성변 삼례에는 대학이 터를 잡고

寺下小村居農民
사 하 소 촌 거 농 민

절 아래 작은 마을 농민이 산다네.

酒店酌婦纖手美
주 점 작 부 섬 수 미

주점의 작부(酌婦)는 섬섬옥수가 아름다운데

答問童子應對純
답 문 동 자 응 대 순

물음에 답하는 동자 응대가 순진하다오.

師弟詩論連終夜
사 제 시 론 연 종 야

사제 간에 시(詩) 논의 밤이 마치도록 이어지고

學庸論孟皆寶珍
학 용 논 맹 개 보 진

대학, 중용, 논어, 맹자는 다 보배로운 책

梧木太祖勝戰臺
오 목 태 조 승 전 대

오목대는 태조가 승전을 알린 대(臺)이고

梨木穆祖舊址塵
이 목 목 조 구 지 진

이목대는 목조(穆祖)가 살던 터라네.

韓屋鄉里骨董多
한 옥 향 리 골 동 다

향리(鄉里)의 한옥에는 골동품이 많이 쌓였는데

案內二婦解說淳
안 내 이 부 해 설 순

안내하는 두 부인의 해설 진진하다네.

連丘松樹誇常靑
연 구 송 수 과 상 청

언덕에 연한 소나무는 상청(常靑)을 자랑하고

百日紅木羞裸身
백 일 홍 목 수 나 신

백일홍 나무 나신(裸身)을 부끄러워한다오.

殿洞聖堂拜耶蘇
전 동 성 당 배 야 소

전동 성당에선 예수께 예배하는데

慶基正殿奉御眞
경 기 정 전 봉 어 진

경기의 정전(正殿)에는 어진(御眞)을 봉안했다오.

豊沛客館迎外賓
풍 패 객 관 영 외 빈

풍패의 객관에는 외빈(外賓)을 맞이하고

剛庵書舍展藝身
강 암 서 사 전 예 신

강암서예관은 평생의 예술 펼쳤다오.

古物賣店玩蘭菊
고 물 매 점 완 난 국

고물(古物) 매점에서 난초와 국화를 구경하는데

古城絕壁蕭蕭筠
고 성 절 벽 소 소 균

고성의 절벽에는 대나무가 소소(蕭蕭)하다오.

自古湖南肯穀倉
자 고 호 남 긍 곡 창

자고로 호남은 곡창을 자랑하는데

今時工業遠農人
금 시 공 업 원 농 인

요즘은 공업으로 농민을 멀리
한다오.

堯舜聖時不知帝
요 순 성 시 부 지 제

요순의 성시(聖時)에는 백성들
이 임금을 알지 못했는데

今世我輩唯義仁
금 세 아 배 유 의 인

요즈음 우리들은 인의(仁義)만
말한다네.

儒學書法路雖異
유 학 서 법 로 수 이

유학과 서예과는 길이 비록 다
르나

修鍊後日報國彬
수 련 후 일 보 국 빈

수련한 뒷날에는 국가에 보답
함이 빛을 발하리.

2011. 4. 9

【여설(餘說)】 필자는 충남 부여의 태생으로 전주와는 200리 정
도 떨어졌는데, 전주를 심도있게 관람하기는 이번이 처음이
다. 전주관광은 한옥마을이 잘 정비되어서 인상적이었고,
조선조 역대 임금의 어진(御眞)이 이곳에 봉안되어 있었으
니, 아마도 이조 왕가는 전주 이씨이기에 이곳에 어진을 봉
안한 것 같았다. 속설에 '감사는 전주감사와 평양감사가 제
일 좋은 자리이다.' 라고 하는데, 조선조에서는 이곳 전주에
서 전북과 전남의 모든 지역을 관장했으므로, 우리나라 제1
의 곡창지대인 전주감사가 좋은 자리였던 모양이다.

이른 가을〔早秋〕

黎明見月後山登
여 명 견 월 후 산 등
여명의 달빛에 뒷산에 오르니

足下雲海踏雲能
족 하 운 해 답 운 능
발아래 운해(雲海) 있어 구름 밟고 있다네.

暑氣已過來涼氣
서 기 이 과 래 양 기
이미 더위 가니 서늘함 찾아오고

黃金田畓我親燈
황 금 전 답 아 친 등
황금의 가을에 나는 등불을 가까이하려네.

2001. 8. 30

〖여설(餘說)〗 필자는 서울에 와서 살면서는 새벽에 일어나서 아침조깅을 하였고, 의정부로 이사 와서는 집 뒤에는 수락산이 있고, 집 앞에는 사패산이 있기에 새벽 등산을 십수 년째 하고 있다. 어느 날 새벽에 산에 오르니 운해(雲海)가 껴서 발밑에 있었으므로, 마치 신선이 된 것처럼 구름 위에 떠 있었다. 이에 감흥이 일어서 시를 읊은 것이다.

성묘(省墓)하러 가다. 〔松楸行省掃〕

高天飛雁列三三
고 천 비 안 열 삼 삼
　　높은 하늘 기러기는 삼삼(三三)이요

鬱鬱樹林紅色貪
울 울 수 림 홍 색 탐
　　울창한 수림 붉은색을 탐한다네.

好節嘉俳歸故鄕
호 절 가 배 귀 고 향
　　이 좋은 추석에 고향 찾아가서

披雲省掃女兼男
피 운 성 소 여 겸 남
　　구름 헤치고 선 남녀 성묘 같이 한다네.

2001. 9. 20

〔여설(餘說)〕 조선시대에는 조상을 극진히 섬겼으니, 아무리 바빠도 틈을 내어서 고향에 내려가서 성묘를 하였다. 이는 식물로 비유하면 뿌리에 거름을 주고 북돋는 것이니, 이렇게 하면 곡식이 열매를 실하게 맺는 것처럼, 사람도 조상의 묘소를 잘 가꾸면 결국 자손이 좋은 열매를 맺는다는 말이다. 그런데 요즘 젊은 사람들은 바쁨을 핑계로 조상의 묘소를 등한히 한다. 눈앞의 이익을 쫓기에 바빠서 조상께 눈을 돌릴 여유가 없는 것이니, 결국 뿌리에 북돋지 않는 것과 같은 이치이다.

세상을 개탄하다. 〔歎世〕

良方敎子幷慈嚴
양 방 교 자 병 자 엄

자식 가르치는 좋은 방법 인자와 엄숙인데

治政訓民心不黔
치 정 훈 민 심 불 검

정치로 백성 가르침은 마음이 검지 말아야 한다네.

過線自由倫紊亂
과 선 자 유 윤 문 란

무한 자유는 윤리를 문란케 하니

無仁義禮君卿兼
무 인 의 예 군 경 겸

임금과 공경(公卿) 모두 인의예지 없다네.

〖여설(餘說)〗 나라에는 나라의 예의가 있고, 국민에게는 국민의 예의가 있다. 예의가 있어야 나라가 바로 서고 가정도 바로 선다. 그런데 권력이 있고 재력이 많은 사람들에게서 연일 비리가 터져 나오고 있으니, 국민들이 그들을 바라보는 마음은 어떻겠는가! 정치를 함에 있어서 여야가 싸우는 것도 매한가지니, 모두 국가를 위하는 척 하면서 자기의 당과 자기 개인을 위해서 일하는 자가 많다. 그러므로 이런 자들이 윤리를 문란하게 하는 것이다.

운현궁회고(雲峴宮懷古)

鮮末朝堂勢不閒
선 말 조 당 세 불 한

조선말 조정 형세 한가하지 않았으니

倭人凶計犯江山
왜 인 흉 계 범 강 산

왜인들 우리 강산 침범하려는 흉계 있었네.

高宗玉座承先廟
고 종 옥 좌 승 선 묘

고종의 옥좌는 선묘(先廟)를 이었고

時伯雄圖育虎班
시 백 웅 도 육 호 반

시백(時伯)[40]의 큰 계책 호반(虎班)[41]을 육성하였네.

守國精心施善策
수 국 정 심 시 선 책

나라 지키려 정심(精心)으로 좋은 시책 실시하고

興邦良案晃龍顔
흥 방 양 안 황 용 안

나라 일으키는 좋은 방안에 용안(龍顔)은 밝아지네.

憶君負政今年何
억 군 부 정 금 년 하

생각건대 그대가 정치함이 금년에 얼마나 되나!

. . . .

40 시백(時伯): 흥선대원군의 자(字)임.

41 호반(虎班): 고려와 조선시대 군인의 신분으로 군사 일을 맡아보던 관리의 품계, 신분, 등급 따위의 차례.

槿域昇平此已還
근 역 승 평 차 이 환

근역(槿域)의 승평(昇平) 여기
에 이미 돌아왔다네.

〖여설(餘說)〗 이 시는 2003년 운현궁 백일장에서 지은 시이다.
흥선대원군은 풍운아이다. 안동 김씨의 세도정치가 흥선을
키운 것이나 다름이 없으니, 풍양 조씨의 조대비와 연대하여
결국 세도정치를 물러나게 했지만, 서구 열강의 세력 확장정
책에 의해 문호를 개방하지 않을 수 없었고, 과학이 뒤진 조
선은 결국 망할 수밖에 없는 운명이었다. 필자의 사무실 뒤
가 바로 운현궁이다.

남쪽지방을 유람하다. 〔南遊〕

避炎研講女男均
피염연강여남균

더위 피한 강학과 연수(研修)에 남녀 균등한데

掛意南遊爽氣新
괘의남유상기신

남쪽 유람 마음에 정하니 상쾌한 기운 새롭네.

謫客草堂踏步道
적객초당답보도

적거(謫居)[42]한 초당(草堂) 걸어서 답사했고

仙居月出觀乘輪
선거월출관승윤

신선이 산다는 월출산 차를 타고 봤네.

霖中土末煙霞裏
임중토말연하이

장마 속 토말(土末)은 안갯속에 있는데

霽日無爲大海頻
제일무위대해빈

비 갠 날의 무위사는 대해(大海) 물가에 있네.

學問琢磨行萬里
학문탁마행만리

학문을 연마하려 만 리를 왔는데

......
42 적거(謫居): 먼 곳에서 귀양살이를 함.

美黄茶話特僧人
미황다화특승인

미황사(美黃寺)[43] 차와 대화 스
님 한 분 특이하네.

2003. 7. 24

〖여설(餘說)〗 '온지학회'에서 하기특강을 해남에 있는 미황사에서 하기로 하고 남쪽의 끝에 있는 미황사에 이르니, 진정 속세를 떠난 것 같은 기분이었다. 이 절의 주지스님은 젊은 학승(學僧)이었는데, 폐허가 다된 절을 활력이 넘치는 새로운 절로 만들었다고 한다. 밤에 자는데 모기가 너무 많아서 담요를 뒤집어쓰고 자야 했다. 주지스님 왈, '절에 오면 절의 규칙을 따라야 한다.'고 하면서 새벽 예불에 참여하라고 해서 3시에 일어나서 예불에 참여했다.

· · · · · · · · · · · ·

43 미황사(美黃寺): 전라남도 해남군 송지면 서정리 달마산에 있는 절. 대한불교조계종 제22교구 본사인 대흥사의 말사이다. 1692년(숙종 18)에 세운 사적비에 의하면, 749년(경덕왕 8)에 의조화상(義照和尙)이 창건했다고 한다.

방학(放學)

仲夏蒸炎罷學文
중 하 증 염 파 학 문

중하(仲夏)의 찌는 더위 학문함도 파하였는데

無風碧落起閑雲
무 풍 벽 락 기 한 운

바람 없는 하늘에 한가한 구름만 일어나네.

開門枕臥吾身汗
개 문 침 와 오 신 한

문을 열고 누우면 땀에 온몸 젖는데

隱葉猛聲蟬子欣
은 엽 맹 성 선 자 흔

나뭇잎에 가린 맹렬한 소리 매미의 기뻐함이네.

對案解衣慙古聖
대 안 해 의 참 고 성

옷 벗고 책상에 앉았으니 옛 성현에 부끄럽고

寫書調律强孟賁
사 서 조 율 강 맹 분

붓을 조율(調律)함은 맹분(孟賁)[44]보다 강하네.

忽然昨夜秋涼出
홀 연 작 야 추 양 출

어젯밤 갑자기 서늘한 바람이 났으니

----

44 맹분(孟賁): 맹분은 전국 시대의 용사로, 물로 갈 때에는 교룡(蛟龍)을 피하지 않고, 뭍으로 갈 때에는 범과 외뿔소[兕]를 피하지 않으며, 한번 성나면 그 소리가 하늘을 진동한다고 하였다.

燈火迎親善事勤　　등화(燈火) 가까이하고 좋은
등 화 영 친 선 사 근　　일 부지런히 해야겠네.

2003. 8. 5

〚여설(餘說)〛 이 방학은 명동에 있는 한서대학교 동양고전연구
　소에서 시행하는 "한국 고전 비평론 자료집"을 강의하는 학
　당의 방학을 말한다. 주재하는 선생님은 일평 조남권 선생이
　다. 일평 선생은 필자와 동향인 부여가 고향이고, 초등학교
　를 졸업하고 한문만 배운 선비인데, 한서대학교 동양고전연
　구소를 이끌고 '온지학회'를 창설하였다. 많은 대학교수가
　그곳에 와서 수업을 받는다.

신묘년 중국학술답사 여행(辛卯年中國學術踏査旅行)

2011년 9월 25일에 성균관대 유학대학원 생도 및 동양문화고급과정 원생 등 28인이 성대 이사장과 교수 3인을 따라서 청도와 제남을 경유하여 곡부에 도착하였다. 다음날 학술회의를 마치고 표돌천, 공부, 공묘, 공림, 맹부, 맹묘, 이산, 태산 등지를 유람하였다.〔2011년 9월 25日, 成均館大儒學大學院生徒 及東洋文化高級科程院生等二十八人 隨成大理事長及敎授三人 而經由靑島濟南着曲阜 翌日畢學術會議 而遊覽趵突泉孔府孔墓孔林孟府孟廟尼山泰山 等地也〕

大學院生徒一群 대 학 원 생 도 일 군	대학원생도 여러 사람이
集合空港人事新 집 합 공 항 인 사 신	공항에 집합하니 인사는 새로웠네.
天高白雲悠悠去 천 고 백 운 유 유 거	높은 하늘에는 흰 구름 유유히 가는데
天地廣闊爽快眞 천 지 광 활 상 쾌 진	광활한 천지는 참으로 상쾌하다네.
中華靑島到飛行 중 화 청 도 도 비 행	중국 청도에 비행하여 도착하니
迎接案內含笑陳 영 접 안 내 함 소 진	영접하는 안내의 웃음 띤 얼굴
異國風習眼前新 이 국 풍 습 안 전 신	이국의 풍습이 눈앞에 새로운데

跳躍氣象知福民
도 약 기 상 지 복 민
도약하는 기상은 복 받은 백성
임을 알겠네.

陸路臨緇聞太公
육 로 임 치 문 태 공
육로로 찾은 임치 태공의 소리
들리는데

最初中食服人淳
최 초 중 식 복 인 순
최초의 중식에 복무하는 아가
씨들 순진하다네.

古車館內視殉葬
고 차 관 내 시 순 장
고차(古車)박물관에서 순장(殉
葬)한 묘지 구경하니

高官壙中無人倫
고 관 광 중 무 인 륜
고관(高官)의 무덤 속엔 인륜이
없었다네.

山東首都着濟南
산 동 수 도 착 제 남
산동성의 수도 제남에 도착하니

趵突泉苑風物純
표 돌 천 원 풍 물 순
표돌천공원 풍경이 순수하네.

皇宮賓館燦夜光
황 궁 빈 관 찬 야 광
황궁 호텔은 야광이 찬란한데

繹山舜祠至今支
역 산 순 사 지 금 지
역산에 순임금 모신 서원 지금
도 있다네.

孔子究院叅儒會
공 자 구 원 참 유 회
공자연구원에서 세계유학자대
회를 참관하니

世界斯學重要知 세 계 사 학 중 요 지	세계에 유학이 중요함을 알겠네.
孔廟釋祭讀祝文 공 묘 석 제 독 축 문	공묘의 제사의례 축문을 읽어 보니
莊嚴廣闊中華資 장 엄 광 활 중 화 자	장엄하고 광활함은 중화의 자 질이라네.
孔府含飴雍正書 공 부 함 이 옹 정 서	공부(孔府)의 함이(含飴) 액자 옹정황제의 글씨인데
瞬間移動不日遲 순 간 이 동 불 일 지	바쁘게 이동하니 날이 지루하 지 않다네.
尼山古蹟夫子祠 이 산 고 적 부 자 사	이구산 고적에는 공부자의 서 원이 있고
叔亮山神閣善治 숙 량 산 신 각 선 치	숙량흘 모신 서원과 산신각도 잘 치장했네.
鄒城孟廟焚香燭 추 성 맹 묘 분 향 촉	추성(鄒城)의 맹묘에 향촉으로 분향하고
孟母斷機三遷思 맹 모 단 기 삼 천 사	맹모(孟母)의 단기비(斷機碑) 삼천(三遷)[45]을 생각한다오.

---
45 삼천(三遷): 맹자의 어머니가 맹자에게 좋은 교육 환경을 만들어
주기 위해 세 번 이사한 일.

人間本性言善性
인 간 본 성 언 선 성

인간의 본성은 착하다 말하였으니

禹功必敵大哲師
우 공 필 적 대 철 사

우임금의 공적과 대적할 대철인(大哲人)이라오.

孔廟秋享我亦參
공 묘 추 향 아 역 참

공묘의 추향에 나도 또한 참여하고

誠心奉拜無華夷
성 심 봉 배 무 화 이

성심으로 받들어 절함은 화이(華夷)가 없다네.

終日雨天着雨衣
종 일 우 천 착 우 의

종일토록 비가 오니 우의를 입고

第一泰山登頂移
제 일 태 산 등 정 이

제일의 태산을 등정했다네.

天街玉皇接吾等
천 가 옥 황 접 오 등

천가(天街)의 옥황상제는 우리를 접견하는데

山谷霧中無心詩
산 곡 무 중 무 심 시

산곡(山谷)의 안개에 시심(詩心)은 없었다오.

夕饌酒席同僚同
석 찬 주 석 동 료 동

저녁의 주석(酒席)에는 동료들 모두 참여했는데

我汝拱酒心亦宜
아 여 공 주 심 역 의

너와 나의 러브샷 마음으로 좋게 느낀다오.

館前刻店服人美
관 전 각 점 복 인 미

호텔 앞 전각가게 복무여인 아름다운데

買得遊號印有期
매 득 유 호 인 유 기

구매한 유호인(遊號印)이 기대함이 있다네.

孔府佳酒淸味純
공 부 가 주 청 미 순

공부(孔府)의 아름다운 술 청아한 맛이 순수한데

足浴誠心未女戲
족 욕 성 심 미 여 희

성심의 발마사지 여인을 희롱함이 아니네.

歸路車中勸酒辭
귀 로 차 중 권 주 사

귀로(歸路)에 차중에서 술 권하며 노래하니

空輪燒酒非薄醨
공 수 소 주 비 박 리

공수(空輪)한 소주는 박주(薄酒)가 아니라오.

全員無事歸飛行
전 원 무 사 귀 비 행

전원 무사히 비행기로 돌아오니

相與喜顔無勞疲
상 여 희 안 무 노 피

서로의 기쁜 얼굴 피로가 없다오.

〖**여설(餘說)**〗 이 여행은 '세계유학자대회'의 참석을 겸한 여행이었다. 성균관대학교 서정돈 이사장이 이 대회의 회장이므로 같이 참여하여 여행을 같이 하였다. 곡부에 있는 공묘(孔廟)를 다시 가보니, 중국정부에서 '공자학원'을 세계에 홍보하면서 이곳도 다시 정비하여 앞에 공자문화원을 만들고, 그 안에 사서(四書)의 원서를 조각하여 붙이고 그 책의 저자도 모두 돌판에 새겨 붙여놓은 것이 인상적이었다. 공묘 옆길에는 작은 가게가 즐비한데, 열에 한 가게는 낙관을 파는 석각(石刻)의 가게이었다. 이는 아직도 서법이 중국에서 높은 인지도와 더불어 높은 예술로 대접을 받는다는 증거였다. 서예를 하는 사람으로 부럽기까지 하였다.

만국정부(晚菊亭賦)

해는 계사년 중추이다. 하늘은 높고 물은 맑으며 그리고 만산의 나뭇잎은 마치 3월에 꽃이 핀 것만 같다. 또한 전답의 추곡(秋穀)은 누런 비단의 물결일 뿐이다.

국가는 태평하고 백성들 부요하게 사니, 그렇기 때문에 우리나라 5천 년의 역사가 있은 이래로 오늘처럼 웅비한 때는 없었다. 이런 때를 당하여 영천에 사는 성씨화수회에서는 선조를 숭모하는 정성으로써 만국정(晚菊亭)을 건축했으니, 이곳은 모와정의 옆이다.

모와정의 벽에 화산서당에 대한 12시운을 차운한 것이 보이니, 이 시는 화주(花州)의 12경치를 읊은 시이다. 그러므로 이 정자에서는 시를 걸지 않고 다만 부(賦)를 지어서 읊으려고 한다.

遠見八公名將頌   멀리 보이는 팔공산은 명장(名
원 견 팔 공 명 장 송   將)을 송축하는데[46]

華山城寨防蠻知   화산의 성채는 왜적 막을 성임
화 산 성 채 방 만 지   을 안다네.

- - - - - - - - - - - -
46 고려의 왕건과 후백제의 견훤이 팔공산에서 접전하여 왕건의 장수 8명이 모두 전사한 공이 팔공산이고, 산의 이름도 이에서 왔다고 한다.

普賢奇脈逶迤勢
보 현 기 맥 위 이 세

보현산의 기맥(奇脈) 구불구불
내려온 기세인데

古道馬牛步去遲
고 도 마 우 보 거 지

옛 도로에는 말과 소가 천천히
걸어간다네.

望月紅楓葉葉美
망 월 홍 풍 엽 엽 미

망월산의 단풍은 잎잎이 아름
다운데

羊江激水悠悠詩
양 강 격 수 유 유 시

양강의 굽이치는 물 유유히 흐
르는 시(詩)라네.

廣開平野黃金波
광 개 평 야 황 금 파

넓게 연 평야는 황금의 물결인데

飛閣慕窩如舊時
비 각 모 와 여 구 시

날아갈 듯한 모와정은 옛날과
같다네.

오늘날과 같은 세상은 서양의 사상이 유입되어서 우리 동
양의 선조를 숭배하는 충효의 사상이 몰락한 때에 먼저 숭
조(崇祖)함을 부르짖고 만국당을 선양하며 친지(親知) 간에
화합하고 담화하는 이 정자의 정서는 마치 도원(桃源)의 선
경(仙景)과 같은지라. 그러므로 찬미하는 것이다.

계사년 중추(仲秋)에 해동한문번역원장 하담(荷潭) 전규
호(全圭鎬)는 삼가 찬(撰)하다.

○晚菊亭賦

歲在癸巳仲秋也 天高水淸 而萬山木葉如三月花 且田畓秋
穀爲黃錦波耳 宗社昇平而民草富饒 然故我國五千年有史以
來 未有今時之雄飛之時也 當此時 於永川居成氏花樹會 以
崇慕先祖之誠 建築晚菊亭 此地慕窩亭之側地也 見次慕窩亭
壁中之花山書堂次十二韻 此詩吟花州十二景之詩也 故此亭
不揭詩而但以作賦也 遠見八公名將頌 華山城寨防蠻知 普賢
奇脈透迤勢 古道馬牛步去遲 望月紅楓葉葉美 羊江激水悠悠
詩 廣開平野黃金波 飛閣慕窩如舊時 如今日之世 流入洋蠻
之思想 而沒落我東洋之崇先孝忠之時 先唱崇祖 宣揚晚菊堂
而和合花樹而談話 此亭之情 恰似桃源之仙景也 故以讚美矣
西紀二千十三年癸巳年 中秋 海東漢文飜譯院長 荷潭 全圭
鎬 謹撰.

【여설(餘說)】 부(賦)하면, 소동파의 '적벽부(赤壁賦)'가 생각난
다. 이 부는 시(詩)와 유사한 장르로, 조선 이전에는 많은 선
비들이 부(賦)를 많이 지었는데, 지금은 이를 짓는 사람이 많
지 않다. 필자는 우연한 기회에 영천에 있는 성씨(成氏) 화수
회에서 조상을 기리는 만국정을 짓고 그곳에 붙일 기문(記
文)을 부탁하기에 일생 처음으로 부(賦)를 짓게 된 것이다.

인(仁)

人間自古有師軍
인 간 자 고 유 사 군

인간세상 예부터 군대가 있었
는데

蜂蟻而今作女君
봉 의 이 금 작 여 군

개미는 지금도 여왕이 있다네.

草木萬花仁爲核
초 목 만 화 인 위 핵

초목의 모든 꽃 인(仁)으로 열
매가 되는데

獸禽鳴喉訪逑欣
수 금 명 후 방 구 흔

금수(禽獸)의 부르짖음 짝을 기
쁘게 구함이라.

〖여설(餘說)〗 인(仁)은 씨앗을 말하는데, 왜 씨가 중요하냐 하면 씨가 있으므로 그 종자가 해마다 싹을 틔우는 것이니, 만약 씨를 틔우지 못한다면 그 종자가 이 세상에서 사라지는 것이다. 그러므로 개미는 여왕이 있어서 새끼를 까고, 초목은 꽃을 피워서 씨앗을 만들며, 금수(禽獸)는 암수가 교접을 해서 새끼를 낳는 것이니, 이것이 계속 반복되어야 이 세상이 유지되는 것이다. 그래서 인(仁)은 사랑이고 따뜻한 햇볕과 같은 것이다.

의(義)

小利群言巷路喧	소리(小利)의 잡스런 말 마을에
소 리 군 언 항 로 훤	떠다니고

多情女性壓家門	다정한 여인들이 가문을 압도
다 정 여 성 압 가 문	하네.

仲尼思想重基督	중니(仲尼)[47]의 사상은 기독(基
중 니 사 상 중 기 독	督)[48]보다 중(重)한데

孟子唱義大釋尊	맹자의 대의(大義)는 석가보다
맹 자 창 의 대 석 존	크네.

2001. 5.

〖여설(餘說)〗 유교(儒敎)는 이 세상을 논한 학문이고, 기독교와 불교는 저세상을 논한 종교이다. 그러므로 공자는 이 세상일 도 다 알지 못하는데, 어찌 저세상의 일을 묻느냐고 제자를 훈계한 말씀이 《논어》에 보인다. 사람은 소리(小利)보다는 대의(大義)를 가지고 살아야한다는 것이 맹자의 말씀이니,

---

47 중니(仲尼): 공자의 자(字)이니, 즉 공자를 가리킨 것이다.

48 기독(基督): 머리에 성유 부음을 받은 자, 곧 왕 또는 구세주라는 뜻 으로 '예수'를 이르는 말.

대의(大義)라는 것은 못난 백성들을 위해서 몸을 바쳐서 평생을 통하여 일을 해야 한다는 것이니, 저승만을 논한 불교보다는 낫다는 것이다. 이 세상에 살아있으면서 마음은 하늘나라에 있다면, 이 세상의 일이 소홀하지 않겠는가! 한 번 왔다가는 인생인데, 이 세상에서 잘 살아야 하지 않겠는가!

예(禮)

夏女衣裳目不安
하 녀 의 상 목 불 안

하녀(夏女)의 짧은 의상 쳐다보기 불안하고

紅靑色髮豈要冠
홍 청 색 발 기 요 관

홍청색(紅靑色) 염색머리 어찌 갓이 필요한가!

二千歲始希望歲
이 천 세 시 희 망 세

2000년의 시작은 희망의 해인데

極旱農夫俯田嘆
극 한 농 부 부 전 탄

극한 가뭄에 농부는 전답(田畓) 보며 탄식하네.

2001. 6.

〖여설(餘說)〗 사람이 세상을 살아가는 데는 법이 있어서 그 테두리 안에서 살아가야 한다. 만약 나는 자유인이라 하여 법을 어긴다면, 금방 경찰이 잡아다가 옥에 가두어서 일반인과 격리시킨다. 법 이전에 예의라는 것이 있으니, 이는 사람과의 관계에서 지켜야 할 최소한의 예절인 것이다. 요즘은 처녀들이 문제가 많다고 본다. 왜냐면 자신의 아름다움을 나타내다 보니까 다리를 허벅지까지 다 내놓고 다니는 것이 일상화되었다. 이는 보는 사람이 오히려 민망할 정도이다. 그리고 젊은 총각들이 이를 보면 성적으로 충동이 되어서 죄를

범하는 경우가 종종 있으니, 이는 그 여인도 범죄를 유발하게 한 죄가 있는데, 오늘날 이를 말하는 사람은 하나도 없으니, 대단히 유감이다.

지(智)

大哲孟軻慾性刪
대 철 맹 가 욕 성 산

대 철인 맹자는 욕심을 깎아내
었는데

東來太上瑞函關
동 래 태 상 서 함 관

동쪽에서 온 노자 함곡관에서
서기(瑞氣) 발하였네.

仁山智水夫子語
인 산 지 수 부 자 어

인자요산(仁者樂山) 지자요수
(知者樂水)[49]는 공자의 말씀인데

范蠡湖泛脫君頑
범 려 호 범 탈 군 완

범려(范蠡)[50]는 배타고 임금의
완악함을 피했다네.

2001. 6. 21

---

49 인자요산(仁者樂山) 지자요수(知者樂水): 공자는 '논어'에서 어진 자
는 산을 좋아하고, 지혜로운 자는 물을 좋아한다고 하였다.

50 범려(范蠡): 전국시대 월(越)나라의 대부이다. 월왕(越王) 구천(句踐)
을 도와 오(吳)나라를 멸하고 패자(霸者)를 칭하게 한 뒤에, 이름을
바꾸고 제(齊)나라에 들어가 거부(巨富)가 된 고사가 《사기》 권41
〈월왕구천세가(越王句踐世家)〉에 나온다.

〖**여설(餘說)**〗 맹자의 학문은 한마디로 말해, 인욕(人慾)을 막고 천리(天理)를 보존하는 것이고, 범려(范蠡)는 월왕(越王) 구천(句踐)을 섬겨서 오(吳)를 멸망시킨 후에, 제(齊)나라에 가서 성명(姓名)을 치이자피(鴟夷子皮)로 바꾸고 재산을 수천만 금이나 모았다. 제나라에서 그가 어질다는 말을 듣고 정승으로 삼고자 하자, 그는 다시 재물을 다 흩어버리고 도(陶) 지방에 가서 스스로 도주공(陶朱公)이라 이름 하고 농목과 무역으로 또 거만의 부(富)를 이루고 살다 도에서 죽었다고 하니, 범려 역시 욕심을 막고 천 리를 마음속에 간직한 사람이다.

신(信)

日出東天歸西天　해는 동에서 떠서 서천(西天)으
일 출 동 천 귀 서 천　로 돌아가고

呱聲雄大預明賢　고고(呱呱)의 소리 웅대함은 밝
고 성 웅 대 예 명 현　은 철인 예고함이라.

早春擊壤望秋實　이른 봄 격양가는 가을의 추수
조 춘 격 양 망 추 실　바람인데

今夏平安賴戍邊　오늘의 평안함은 변방의 군인
금 하 평 안 뢰 수 변　때문이라.

2001. 6.

〖여설(餘說)〗 신(信)은 믿음이니, '붕우(朋友)는 믿음이 있어야
한다.'고 하였다. 믿음성이 있는 사람이어야 비로소 벗을 삼
을 수 있는 것이니, 아침에 동쪽에서 해가 떠오르면, 저녁에
는 서쪽으로 떨어짐을 사람들은 모두 믿는다. 그와 매한가지
로 전방에 군인들이 국방을 지키기 때문에 후방에 있는 국민
들은 이를 믿고 안심하고 생업에 종사하는 것이다.

남대문이 전소(全燒)됨을 슬퍼하다.〔弔南大門全燒〕

六百歲洋洋
육 백 세 양 양

600년을 양양(洋洋)[51]하게

南門以守揚
남 문 이 수 양

남대문은 수문(守門)으로써 드날렸네.

黎民心好妥
여 민 심 호 타

백성들 마음으로 온당하게 여기니

國寶一番當
국 보 일 번 당

국보 1호 됨이 타당하네.

亡老陰焚火
망 노 음 분 화

망할 늙은이 남몰래 불을 질러

抗懷竊發狂
항 회 절 발 광

항거하는 마음 숨어서 발광했네.

全燒呼息事
전 소 호 식 사

전소(全燒)됨은 순간의 일인데

何日見原莊
하 일 견 원 장

어느 날에 본래의 장엄함 볼까.

---

51 양양(洋洋): 성대한 모양.

〖**여설(餘說)**〗우리나라 국보1호가 불에 탔다. 시국에 불만을 품은 어떤 노인에 의해 전소(全燒)했다. 이미 타고나니 국보1호의 관리가 그렇게 허술한 것을 알 수가 있었다. 매일 거지들이 남대문에 사다리를 놓고 올라 다녔다니 정말 어이가 없는 내용이다. 무엇이든 간에 사전에 예방하는 것이 제일인데, 이를 미리 감지하지 못한 것이 안타까울 뿐이다. 관리들은 각성할 일이다.

남유(南遊)

末伏盛炎罷學文 　말복의 무더위 학문을 파하고
말 복 성 염 파 학 문

霽天淸氣起閒雲 　비 갠 날씨 청신한데 하늘엔 흰
제 천 청 기 기 한 운 　구름

車窓萬里波蒼翠 　차창 만 리에는 모두 푸른 물결들
차 창 만 리 파 창 취

逢戚一園見喜欣 　친척 만나 공원에서 기뻐함을
봉 척 일 원 견 희 흔 　본다네.

平澤廣坪稻穗秀 　평택의 넓은 들 벼이삭은 패고
평 택 광 평 도 수 수

中原長水激流賁 　중원에 길게 흐르는 물 격동함
중 원 장 수 격 유 분 　이 크네.

今年曝熱從此去 　올해의 폭염 이를 좇아 물러갈
금 년 폭 열 종 차 거 　것이니

對案精思履行勤 　책상에 앉아 정한 마음으로 부
대 안 정 사 이 행 근 　지런히 생활하겠네.

2003. 8. 16

〔여설(餘說)〕 청주에 사는 손아래 동서 양승수(梁承洙) 사장의 집에서 처가의 가족이 모였다. 필자는 이때 '서예한문학원'을 끝내고 놀고 있는 때이다. 원래 동방연서회에서 서법을 배울 때는 나이 50만 되어도 훌륭한 서예가가 되어서 작품을 팔아서 잘살 수 있다는 희망으로 열심히 절차탁마(切磋琢磨)했으나, 학원이 잘 안 되어서 그만 두니 할 일이 없었다. 지금 하고 있는 '한문번역'은 그 뒤에 새로 구상하여 연 사업이다. 이를 하면서 많은 저술과 번역서를 출판했다. 약 35권쯤 된다.

비가 개기를 빌다. 〔冀晴〕

十乾一濕日常元
십 건 일 습 일 상 원

열흘 가물고 하루 비 옴이 일상의 법인데

夏節今年細雨繁
하 절 금 년 세 우 번

올해 여름 이슬비 자주 오네.

三伏熱天留爽氣
삼 복 열 천 유 상 기

삼복의 더위에도 상쾌한 기운 머물고

早朝雲霧走東村
조 조 운 무 주 동 촌

이른 아침 운무(雲霧)는 동쪽 마을로 내닫네.

照量不足嘆農者
조 량 부 족 탄 농 자

일조량 부족하니 농민은 한탄하나

溪水長流富水源
계 수 장 류 부 수 원

계곡물 길게 흐르고 수원(水源)은 풍부하다네.

願念闢淸蒸暑復
원 념 벽 청 중 서 복

맑은 하늘 열려 더위 회복되길 바라지만

晨時全國沛然言
신 시 전 국 패 연 언

오늘 새벽 전국에는 홍수가 났다 말하네.

2003. 8. 27

〖여설(餘說)〗비가 많이 와도 걱정이고 가물어도 걱정인 것이 인간사이다. 그래서 우순풍조(雨順風調)해야 풍년이 든다는 것이다. 지금은 농업의 비중이 크지 않아서 흉년이 되어도 다른 나라에서 곡물을 사다 먹으면 되지만, 옛적에는 흉년이 들면 굶어죽는 사람이 속출했다. 그러므로 경주의 최부잣집의 가훈에는 '10리 안에 굶어죽는 사람 없게 하라'는 말이 있다. 최부자는 부자로 살면서 가난한 사람을 잘 보살피면서 덕을 쌓았기에 9대를 통하여 부자를 유지할 수가 있었다.

서법(書法)

書法之工濕與乾　서법을 잘하려면 조습(燥濕)[52]
서 법 지 공 습 여 간　이 적당해야 하는데

構圖多樣適宜難　구도가 다양하여 맞추기 어렵
구 도 다 양 적 의 난　다네.

行間左右陰陽調　행간(行間)과 좌우 음양으로 조
행 간 좌 우 음 양 조　화하고

墨色濃淡美意敦　먹빛의 농담(濃淡)[53] 더욱 아름
묵 색 농 담 미 의 돈　답게 한다네.

醉後動心揮筆管　취한 뒤에 마음 움직여 붓 한번
취 후 동 심 휘 필 관　휘두르고

閑居從手寫梅蘭　한가히 살며 손길 따라 매란(梅
한 거 종 수 사 매 란　蘭)을 그리네.

....

52 조습(燥濕): 필획이 습(濕)하기도 하고 조(燥)하기도 해야 한다는 말
이니, 조습(燥濕)이 곧 음양이고 음양이 곧 생명이기 때문이다.

53 농담(濃淡): 농(濃)은 먹물이 짙은 것이고, 담(淡)은 먹빛이 옅은 것
이다. 이도 음양이다.

多年日日遊於藝
다 년 일 일 유 어 예
많은 해 날마다 예술에서 논다면

品格益新比鳳鸞
품 격 익 신 비 봉 란
품격은 더욱 새로워져 봉란(鳳鸞)[54]에 견주리.

2003. 9. 4

〖여설(餘說)〗 서예공부가 가장 많은 시간을 요구한다. 왜냐면 먹물이 묻은 붓으로 글씨를 쓰려고 하면 붓이 내가 원하는 대로 가지 않고 제 마음대로 간다. 그래서 이를 나의 마음먹은 대로 가게 하려면 장말 많은 세월을 요구한다. 그러므로 조선조에서는 서예를 미술보다 더 우수하다고 했는데, 이제는 그렇지 않다. 그래도 중국에서는 아직도 서예하는 사람을 훌륭한 사람으로 존경한다. 이제는 중국의 바람이 우리나라에 불어올 날도 멀지 않았다.

─────────────
54 봉란(鳳鸞): 봉황새를 말하니, 일반의 새와 확연히 구분이 되는 새이다.

유태안읍(遊泰安邑)

성균관대학교 유학대학원생 태안지역학술답사〔時成均館大學校儒學大學院生泰安地域學術踏査〕2012년 4월 21일

洛城明倫儒林本
낙 성 명 륜 유 림 본

서울에 있는 명륜당은 유림의 본산이고

泰安鄉校尊賢枝
태 안 향 교 존 현 지

태안에 있는 향교는 현자를 높이는 가지라네. 〈태안향교〉

白花山城築白石
백 화 산 성 축 백 석

백화산성은 흰 돌로 쌓았고

磨崖三尊百濟知
마 애 삼 존 백 제 지

마애삼존불은 백제를 알게 한다네. 〈백화산성〉

雨中櫻花路邊發
우 중 앵 화 노 변 발

우중(雨中)의 길가 벚꽃이 폈는데

旅遊吾等車中之
여 유 오 등 차 중 지

유람하는 우리들 차 속에 있다네. 〈도중〉

土墻中食與友同
토 장 중 식 여 우 동

'토담집'의 점심 벗과 같이 먹으니

忠淸俗飯香如之
충 청 속 반 향 여 지

충청도의 향토음식의 향기라네. 〈중식〉

多種樹木世界首
다 종 수 목 세 계 수

많은 종류의 수목(樹木)은 세계
에 제1인데

遠望島嶼出海池
원 망 도 서 출 해 지

멀리 보이는 섬들 바다에서 나
와 있네. 〈천리포 수목원〉

終日細雨風冷寒
종 일 세 우 풍 랭 한

종일 내리는 가랑비에 바람은
찬데

黃土泥路步遲遲
황 토 니 로 보 지 지

황토의 진흙길 걸음이 더디다네.

夢山海沙千里陳
몽 산 해 사 천 리 진

몽산포의 해사(海沙)는 천리까
지 긴데 〈몽산포〉

堤防松林常青持
제 방 송 림 상 청 지

제방의 송림은 항상 푸르다네.

茫茫遠水波濤潺
망 망 원 수 파 도 잔

망망한 원수(遠水)는 파도가 잔
잔한데

鬱鬱海松强風治
울 울 해 송 강 풍 치

울창한 해송 강풍을 막아준다네.

夕後餘興師弟同
석 후 여 흥 사 제 동

저녁 뒤의 여흥 사제(師弟)가
함께했는데

數次擧觴詩想思
수 차 거 상 시 상 사

수차에 걸쳐 잔을 드니 시상이
생각나네. 〈석식 후 여흥〉

歌舞男女如風樹
가무남녀여풍수

가무하는 남녀는 바람에 흔들리는 나무 같고

滿醉數人忘公私
만취수인망공사

만취한 몇 사람은 공사(公私)를 잊었다네. 〈석식 후 여흥〉

韓服茶女烹茶忙
한복다녀팽다망

한복 입은 차녀(茶女) 차 끓이기 바쁘고

多情談話卽興詩
다정담화즉흥시

다정한 대화 즉흥시와 같다네. 〈차 마시는 시간〉

罪有三千無子大
죄유삼천무자대

죄가 삼천 가지이나 무자(無子)가 제일 크고

先賢崇祀唯院祠
선현숭사유원사

선현을 높여 제사하는 곳은 오직 원사(院祠)라네.

上下秩序國家柱
상하질서국가주

상하에 질서 있음은 국가의 주석(柱石)이고

女男正位斯文彝
여남정위사문이

남녀의 위치 찾음은 사문(斯文: 儒學)의 인륜이네.

近望顏眠連陸島
근망안면연륙도

가까이 보이는 안면도에 연륙교가 있는데

挾海群松尤美奇
협 해 군 송 우 미 기
바다 낀 많은 소나무 더욱 아름
다워 〈안면도를 바라보고〉

連雨朝食加熟酒
연 우 조 식 가 숙 주
연우(連雨) 속 조식(朝食)에 익
은 술 마시고

早朝醉顏次景期
조 조 취 안 차 경 기
취한 얼굴로 다음 경치 기대한
다오. 〈조식(朝食)〉

安眠松林長大赤
안 면 송 림 장 대 적
안면도 송림은 장대한 적송인데

高登亭子廣闊靑
고 등 정 자 광 활 청
정자에 높이 오르니 광활한 푸
른 바다라네. 〈안면도 송림〉

歸路車中合眉長
귀 로 차 중 합 미 장
귀로의 차 속 장시간 눈썹 부쳤
는데

揷橋堤海思長江
삽 교 제 해 사 장 강
삽교호 바다를 보니 장강(長江)
이 생각나네. 〈귀로〉

忠州居友强勸酒
충 주 거 우 강 권 주
충주에 사는 학우 술을 잘 권하고

車內放歌雨灑窓
차 내 방 가 우 쇄 창
차 안의 가무(歌舞)에 비는 창
을 때린다네.

典校演說危斯學
전 교 연 설 위 사 학
전교(典校)의 연설 사학(斯學)
의 위기라 하는데

太學力講寶東邦 태 학 역 강 보 동 방	태학(太學)에서 열심히 강의하니 동방의 보배라네. 〈전교의 연설〉
不遠斯文救世界 불 원 사 문 구 세 계	머지않아 사문(斯文)이 세계를 구원할 것이니
先賢英靈視下降 선 현 영 령 시 하 강	선현의 영령이시어 내려와 보 시라. 〈미래상〉

〖여설(餘說)〗 태안유람은 필자의 14대조 인봉(仁峰) 전승업(全承業) 선생의 '유해미읍성(遊海美邑城)'이라는 시(詩)가 있으므로 한 번 가보려고 했는데, 마침 대학원에서 학술답사를 간다고 하여 좌우 돌아보지 않고 참여하였으나, 해미는 스케줄에 없었으니 결국 다음의 여행으로 미루기로 하였다. '천리포수목원'이 좋다고 TV에서 방송을 하기에 기대를 많이 했는데 기대에 미치지 못했고, 태안향교에서 향교 전교의 연설은 귀에 다가 왔으니, '지금 지방에는 한문을 가르칠 지도자가 부족하니 성균관대학교 유학대학원을 졸업한 선비들의 많은 활동을 기대한다.'고 하였다.

세상을 걱정하다. 〔憂世〕

洋風東點五倫凋 _{양 풍 동 점 오 륜 조}	서양의 풍습이 동양 점거하니 오륜이 떨어지고
科學萬能誠敬遙 _{과 학 만 능 성 경 요}	과학만능에 성경(誠敬)[55]이 멀 어졌네.
小利諸君專國政 _{소 리 제 군 전 국 정}	작은 이익만 탐하는 그대들 국 정 전횡하니
七賢四皓入山逍 _{칠 현 사 호 입 산 소}	칠현(七賢)과 사호(四皓)[56]처럼 산에 들어가 노닐겠네.

2001. 6. 30

....

55 성경(誠敬): 존성(存誠)과 거경(居敬).

56 칠현(七賢)과 사호(四皓): 칠현(七賢)은 중국 진(晉)나라 초기에 노자
와 장자의 무위 사상을 숭상하여 죽림에 모여 청담으로 세월을 보
낸 일곱 명의 선비. 곧 산도(山濤), 왕융(王戎), 유영(劉伶), 완적(阮
籍), 완함(阮咸), 혜강(嵇康), 향수(向秀)이다. 사호(四皓)는 중국 진시
황 때에 난리를 피하여 산시성(陝西省) 상산(商山)에 들어가서 숨은
네 사람이니, 동원공, 기리계, 하황공, 각리 선생을 이른다. 호(皓)
란 본래 희다는 뜻으로, 이들이 모두 눈썹과 수염이 흰 노인이었다
는 데서 유래한다.

〔**여설(餘說)**〕소리(小利)적 자기의 이익만 탐하는 자를 소인이
라 하고, 대의(大義)를 좋아하여 백성의 이익을 위해 일하는
사람을 대인(大人)이라고 한다. 사람이 많은 세월을 할애하
여 공부를 하는 것은, 그 공부를 통하여 백성들이 편안하게
살 수 있도록 노력하는 것이니, 즉 남을 위해서 사는 사람을
대인의 삶이라고 하는 것이다. 이렇게 사는 것을 공자는 적
선(積善)하는 사람이라 했으니, 이런 사람은 반드시 남은 경
사(좋은 일)가 있다고 하였다.

납양(納凉)

炎天海畔白沙羅
염천해반백사라

염천(炎天)의 해변 은모래 펼쳐 있고

夏日江邊接綠坡
하일강변접록파

여름날의 강변 푸른 언덕에 접했네.

避熱農夫眠樹下
피열농부면수하

더위 피한 농부는 나무 그늘에서 조는데

忽然急雨洒林過
홀연급우쇄림과

홀연 소낙비가 숲 위로 지나가네.

2001. 7. 19

〖여설(餘說)〗 소낙비를 백우(白雨)라 한다. 소낙비는 말의 갈기를 가르고 지나간다고 하는데, 정말로 무더운 여름날에는 소낙비의 지나가는 모습만 보아도 시원하다. 옛적에 농민들이 피서하는 법은 들판에 서 있는 느티나무 밑에서 바위를 깔고 누워있는 것이 고작이었다. 필자도 시골에서 농사지을 때에 점심을 먹고 느티나무 아래서 낮잠을 늘어지게 자고 나면 피로가 탁 풀리는 것을 많이 경험하였다. 여기에 막걸리 한 잔 걸치면 이보다 더 좋은 피서는 없다.

학시일년(學詩一年)[57]

學習詩工豈室家
학 습 시 공 기 실 가

시를 배우는 것 어찌 집에서만 하랴

片舟把棹覽江涯
편 주 파 도 람 강 애

일엽편주 노 잡고 강 언덕을 본다네.

長霖霽日蟬聲雅
장 림 제 일 선 성 아

긴 장마 끝나니 매미소리 시원해

與友酬吟夏熱遐
여 우 수 음 하 열 하

벗과 시 수작하니 더위도 멀어지네.

〖여설(餘說)〗 시를 쓴다는 것은 문학적 재능이 탁월하여 언제나 시상이 떠올라야 하는 것이다. 필자는 문성(文星)은 타고 났지만 재능이 부족하여 좋은 시를 쓰지 못했다. 그러나 일상 생활을 하면서 시흥이 일면 이를 꼭 시로 연결시키는 버릇은 있다. 혹 일엽편주 노를 잡는다거나, 새벽에 매미소리가 아름답게 들리거나, 친절한 벗과 술을 대작할 때는 시를 읊는 것이다.

....

57 학시일년(學詩一年): 이는 명동의 일평(一平)선생께 시를 수학한 것이 1년이라는 말이다. 필자는 어려서 12살 때 서당에 다니면서 시(詩)를 배우고 읊은 일이 있다.

소분(掃墳)[58]

崇慕先君孔學眞
숭 모 선 군 공 학 진

선군(先君)[59] 숭모함은 공자 학
문의 기본이고

奉親慈子範人倫
봉 친 자 자 범 인 륜

부모님 받들고 자식 사랑함은
인륜의 법이네.

仲秋擇日從鄕走
중 추 택 일 종 향 주

중추(中秋)의 날 고향으로 달려
가서

林鬱求蹊伐草巡
임 울 구 혜 벌 초 순

울창한 숲길 찾아 돌아가며 벌
초했네.

白虎下原麋鹿美
백 호 하 원 미 록 미

오른 쪽 산기슭에 사슴이 노는데

靑龍溪水蟹魚淳
청 룡 계 수 해 어 순

왼쪽 계곡 시냇물엔 게가 있다네.

光陰永遠千年計
광 음 영 원 천 년 계

영원한 세월 속 천 년의 계획을

....

58 소분(掃墳): 경사스러운 일이 있을 때 조상의 산소를 찾아가 무덤
을 깨끗이 하고 제사지냄.

59 선군(先君): 선대(先代)의 임금.

吾等浮生苟且循　우리 부생(浮生)들 구차하게 따
오 등 부 생 구 차 순　라가네.

2003. 가을

〖여설(餘說)〗 성묘(省墓)함을 소분(掃墳)이라고 한다. 사람은 누구나 고향이 있고 선영(先塋)이 있다. 이는 내가 있게 만든 뿌리이다. 뿌리가 튼튼하면 잎이 무성하고, 뿌리가 시들면 잎은 마르는 것이 정한 이치이다. 타향에 와서 살다보니 고향에 가는 날이 1년에 겨우 한두 번 뿐이다. 그러므로 고향에 가면 먼저 선산에 들러서 선영에 성묘를 한다. 고향과 선영이 있기에 고향을 한 번이라도 더 가게 된다. 고향마을에 들어가면 어느덧 호연지기(浩然之氣)가 나온다.

즉사(卽事)

年中多事北羊年 연 중 다 사 북 양 년	연중(年中) 일이 많은 계미년에
海溢颱風壞畓田 해 일 태 풍 괴 답 전	해일과 태풍이 논밭을 붕괴했네.
東野園果心皮缺 동 야 원 과 심 피 결	동쪽의 과수원 과실 모두 이지러졌고
西山斜日紅光連 서 산 사 일 홍 광 연	서산 넘어가는 해 붉은 광선이 연이었네.
然而蟋蟀吟階下 연 이 실 솔 음 계 하	그러나 귀뚜라미 뜰 밑에서 우는데
但有鱗魚戲沼淵 단 유 린 어 희 소 연	다만 물고기는 연못에서 뛰어노네.
朝夕爽飀來自酉 조 석 상 수 래 자 유	조석으로 상쾌한 바람 서쪽에서 불어오니
蒼蒼夏葉赤衣懸 창 창 하 엽 적 의 현	푸른 잎들 붉게 물들어 가지에 달렸네.

〖여설(餘說)〗 쓸쓸한 가을에는 귀뚜라미 우는 소리가 우리를 슬

프게 한다. 가을에 우는 벌레는 귀뚜라미뿐이 아니고 수많은 벌레가 운다. 이 소리를 대표적으로 말할 때 귀뚜라미가 운다고 한다. 그런데 이상한 것은 12층의 아파트에서 잠을 잘 때에도 마치 숲길 옆에서 우는 것처럼 크게 들린다. 이상하지 않은가! 혹시 귀뚜라미가 우리 집에 올라와서 우는 것인가도 생각했지만, 꼭 그런 것은 아니었다.

개천절(開天節)

太古遼東啓聖朝　　태곳적 요동에 성조(聖朝)가 열
태 고 요 동 계 성 조　　렸는데

江山弘廣滿荒蕭　　강토 넓지만 거친 쑥대만 가득
강 산 홍 광 만 황 소　　했네.

桓雄擇地遊太白　　환웅(桓雄)[60]은 땅을 가려 태백
환 웅 택 지 유 태 백　　산에서 노닐고

----

60 환웅(桓雄): 단군(檀君)의 아버지라고 하는 신화상의 인물이다. 〈삼
   국유사〉에는 환웅천왕(桓雄天王)·신웅(神雄) 등으로 기록되었고,
   〈제왕운기〉에는 단웅천왕(檀雄天王) 등으로 기록되어 있다. 〈삼국유
   사〉에 인용된 〈고기(古記)〉에 따르면, 환웅은 하느님 환인(桓因)의
   아들로서 늘 인간세상에 뜻을 두고 있었는데, 이를 알아차린 아버
   지가 천부인(天符印) 3개를 주며 인간세상에 내려가서 다스리게 했
   다. 무리 3,000명을 이끌고 태백산(太伯山) 신단수(神檀樹) 밑에 내려
   온 환웅은 그곳을 신시(神市)라 이르고, 풍백(風伯)·우사(雨師)·운
   사(雲師)를 거느리고 곡식·생명·질병·형벌·선악 등 인간세상
   의 360여 가지 일을 주관하며 교화했다. 그때 곰과 호랑이가 나타
   나 사람이 되기를 원해 100일 동안 쑥과 마늘만 먹으면서 햇빛을
   보지 말라고 했는데 이를 잘 참아낸 곰만 여인으로 변할 수 있었
   다. 환웅이 신단수 아래서 늘 아이를 갖기를 비는 웅녀(熊女)와 혼
   인하여 아들을 낳으니, 이가 단군왕검(檀君王儉)이었다고 한다. 이
   는 초인간적인 신화로서, 남만주와 한반도에서 청동기문화가 시작
   되고 집단의 이동과 정복이 진행되면서 국가가 성립하던 상황이
   신화화된 것으로 볼 수 있다. 환웅과 곰이 결합하는 구성을 천신(天
   神)과 지모신(地母神)을 숭배하는 집단간의 결합을 상징하는 것으로
   해석하기도 한다.

檀帝修城樂逍遙
단 제 수 성 낙 소 요

단군은 성(城) 쌓고 즐겁게 거닐었네.

服屬外邦施善政
복 속 외 방 시 선 정

선정 펴 외방(外邦) 복속시키고

覺蒙千姓作船舟
각 몽 천 성 작 선 주

배 만들어 몽매한 백성을 깨우쳤네.

盛秋十月開天月
성 추 십 월 개 천 월

성추(盛秋) 10일은 개천(開天)한 달이니

其樂同民國富饒
기 락 동 민 국 부 요

백성과 함께 나라의 풍요함을 즐거워하세.

〖여설(餘說)〗 어느 나라든 간에 개국의 신화가 있고 개국한 날이 있다. 우리나라는 10월 3일이다. 《한단고기》에는 단군조선의 역사가 소상하게 기록되어 있다. 너무 오래된 기록이라 위서(僞書)냐! 아니냐!를 말하기 전에 《한단고기》의 문장은 정말 수려하고 아름다운 문장으로 되어 있다. 필자도 이를 처음 읽을 때는 식사도 거를 정도로 열심히 읽은 기억이 있다. 필자는 원문과 번역문을 모두 정독(精讀)했다.

중국 무한여유(武漢旅遊)

武漢武昌又漢口 (무 한 무 창 우 한 구)	무한과 무창 또 한구(漢口) 등의
億萬里處訪海東 (억 만 리 처 방 해 동)	억만 리나 되는 곳을 해동(海東)에서 방문했네.
碩博進士科諸人 (석 박 진 사 과 제 인)	석사, 박사, 진사과의 모든 사람들이
學術踏查移動同 (학 술 답 사 이 동 동)	학술답사를 하려고 함께 이동했네.
知音至交古琴臺 (지 음 지 교 고 금 대)	지음지교(知音至交)[61]한 고금대
岳飛孤忠標本忠 (악 비 고 충 표 본 충)	악비의 외로운 충성은 표본이 된다네.
三大樓閣黃鶴樓 (삼 대 누 각 황 학 루)	중국 삼대 누각의 하나 황학루는
望見長江五層崇 (망 견 장 강 오 층 숭)	장강을 바라보며 5층으로 높다네.

••••••••••••

61 지음지교(知音至交): 옛날에 백아(伯牙)가 거문고를 잘 탔는데, 그 친구인 종자기(鍾子期)만이 그 곡조를 알아들었다. 종자기가 죽은 뒤에는 백아가 다시 거문고를 타지 않았다.

五月新綠炎熱氣　5월 신록에 무더운 날씨
오 월 신 록 염 열 기

武漢天地蒸熱風　무한의 천지는 찌는 열풍이라네.
무 한 천 지 중 열 풍

啻平野之長江邊　평야뿐인 장강의 가에는
시 평 야 지 장 강 변

油菜稻苗冀殷豊　유채와 도묘(稻苗)가 풍년을 기
유 채 도 묘 기 은 풍　대하네.

廬山鄱陽又長江　여산과 파양과 또한 장강이 있
여 산 파 양 우 장 강　는데

其中九江細雨空　그중에 구강에는 세우(細雨)가
기 중 구 강 세 우 공　내린다네.

旅遊男女皆脫俗　여유(旅遊)하는 남녀 모두 탈속
여 유 남 녀 개 탈 속　했는데

夕食飯酒空腹充　저녁의 반주(飯酒)로 공복을 채
석 식 반 주 공 복 충　운다네.

金軒按摩解旅毒　금헌의 안마로 여독을 푸는데
금 헌 안 마 해 여 독

服務女人汗身躬　복무하는 여인 몸에서는 땀이
복 무 여 인 한 신 궁　난다네.

後彼九谷長壑深
후 피 구 곡 장 학 심

저 뒤의 구곡은 긴 골짜기가 깊은데

前是三疊廬山嵩
전 시 삼 첩 여 산 숭

이 앞의 삼첩천은 여산에서 최고라네.

谷川雷聲加淸風
곡 천 뇌 성 가 청 풍

곡천(谷川)의 뇌성(雷聲)에 청풍을 더했는데

奇巖怪石驚老翁
기 암 괴 석 경 노 옹

기암괴석은 노옹(老翁)도 놀란다네.

雲霞滿處居西母
운 하 만 처 거 서 모

안개가 많은 곳에는 서왕모[62]가 사는데

絕壁窟裏隱葛洪
절 벽 굴 이 은 갈 홍

절벽의 굴속에는 갈홍(葛洪)[63]이 숨었다네.

••••••••••••

62 서왕모: 중국 도교 신화에 나오는 신녀(神女)의 이름. 사람의 얼굴에 호랑이의 이(齒), 표범의 꼬리를 가진 산신령이 아름다운 여인으로 변했다고 한다.

63 갈홍(葛洪): 어린시절 유교 교육을 받았으나, 성장한 뒤 도교의 신선도(神仙道)에 깊은 관심을 갖게 되었다. 그의 대표적 저작인 〈포박자(抱朴子)〉는 두 부분으로 나뉜다. 그 첫부분인 내편(內篇) 20장에는 그의 연금술에 대한 견해가 적혀 있다. 여기에서 금단(金丹)이라는 연금약액(鍊金藥液 : 비금속을 황금으로 바꾼다)을 만드는 법, 방중술, 특이한 식이요법, 호흡과 명상법을 소개하고 있으며 심지어 물 위를 걷는 법과 죽은 사람을 살리는 법까지도 다루고 있다. 둘

白鹿書院朱子講
백 록 서 원 주 자 강

백록서원에는 주자(朱子)[64]가 강의했는데

太極性理儒學宗
태 극 성 리 유 학 종

태극과 성리학은 유가의 최고 원리라네.

淸川冷風天亦晴
청 천 냉 풍 천 역 청

청천(淸川)의 냉풍에 하늘 또한 맑은데

烏鵲森噪碧落鴻
오 작 삼 조 벽 락 홍

까치는 숲에서 울고 기러기는 하늘을 나네.

滔滔長江廣闊海
도 도 장 강 광 활 해

도도히 흐르는 장강 바다처럼 넓은데

亭亭鎖樓壓江重
정 정 쇄 루 압 강 중

정정한 쇄루는 구강을 누른다네.

∙∙∙∙∙∙∙∙∙∙∙∙

째 부분인 외편(外篇) 50장에서는 올바른 인간관계를 위한 윤리적 원칙의 중요성을 강조하고 당대 도교의 개인주의자들에게 퍼져 있던 쾌락주의를 격렬히 비판함으로써 유학도다운 면모를 보여주었다.

64 주자(朱子): 중국 남송(南宋) 때의 유학자(1130~1200). 호는 회암(晦庵), 회옹(晦翁), 운곡산인(雲谷山人)이고, 시호는 문공(文公)이다. 주자학(朱子學)의 창시자이며 오경(五經)보다 사서(四書), 곧 《논어》, 《맹자》, 《대학》, 《중용》을 더 중요시하였다. 그의 학문은 중국뿐만이 아니라 우리나라와 일본에까지 큰 영향을 미쳤다.

潯陽江邊潯陽樓
<small>심 양 강 변 심 양 루</small>
심양의 강변에 심양루가 있는데

賞春男女衣裳紅
<small>상 춘 남 녀 의 상 홍</small>
상춘하는 남녀들 붉은 의상을
입었네.

錦繡谷深仙人居
<small>금 수 곡 심 선 인 거</small>
금수곡은 깊어서 신선이 살고

霧中祥處有潛龍
<small>무 중 상 처 유 잠 룡</small>
안갯속 상서로운 곳에 잠룡(潛
龍)이 있다네.

太上老君見此地
<small>태 상 노 군 견 차 지</small>
태상노군을 이곳에서 뵈었는데

祈福明燭賞春客
<small>기 복 명 촉 상 춘 객</small>
상춘객은 촛불 밝히고 복을 비네.

悠悠曲江中國江
<small>유 유 곡 강 중 국 강</small>
유유히 흐르는 곡강은 중국의
강인데

衝衝奇巖廬山中
<small>충 충 기 암 여 산 중</small>
충충한 기암(奇巖)은 여산에 있
다네.

禹園江邊頌其功
<small>우 원 강 변 송 기 공</small>
우원(禹園)의 강변에는 그의 공
을 기리는데

上橋下橋氣車通
<small>상 교 하 교 기 차 통</small>
상하의 다리에는 버스가 지나
가네.

三過不入愛民本 삼 과 불 입 애 민 본	세 번 지나면서 집에 들르지 않음은 백성 사랑함이고
九年治水萬世雄 구 년 치 수 만 세 웅	9년간 치수(治水)하여 만세의 영웅이 되었다네.
旅遊廬山三疊高 여 유 여 산 삼 첩 고	여산의 여유(旅遊)는 삼첩천이 최고인데
三泊四日踏査終 삼 박 사 일 답 사 종	3박 4일의 학술답사를 마친다네.

〖여설(餘說)〗 이번의 중국여행에서 가장 인상적인 것은 여산(廬山)의 삼첩폭포와 여산 기슭에 있는 백록동서원[65]이다. 그리고 황학루에 올라서 장강의 광활한 모습을 본 것일 것이다. 고금대에서 백아와 종자기의 지음지교(知音之交)를 본 것 등이 추억으로 남고, 주렴계 선생을 모신 염계서원에도 가서

....

65 백록동서원: 중국 당대(唐代)부터 송대(宋代)에 이르기까지 있었던 최초의 서원 가운데 하나. 《남당서(南唐書)》에 의하면 서원으로서는 백록동이 최초의 것으로서 남당시에는 여산국학(廬山國學)이라 불렀다고 한다. 송나라 때 주희(朱熹)의 《백록동서원 중수기》에 의하면, 백록동은 이발(李渤)이 은거하던 곳으로서 남당시 학관으로 설치됐다고 하였다. 백록동지(志)에 의하면 백록동은 당시 이발이 독서하던 곳으로 여산에 은거하면서 사슴 100마리를 길러 길들였더니 항상 따라다녀 백록선생이라 불렀으며, 이곳을 백록동이라 부르게 됐다.

참배하였고 그리고 여산의 중간 해발 1,000m의 고산지대에
하나의 도회지가 형성이 되어 있는데, 우리는 그곳의 호텔에
서 1박을 하였다. 여산의 꼭대기에 별장촌이 있는데 미국의
문학가 펄벅이 어려서 이곳 별장에서 자랐다고 한다.

성묘(省墓)하러 가다. 〔松楸行省掃〕

高天飛雁列三三
고 천 비 안 열 삼 삼

높은 하늘 기러기는 삼삼(三三)이요

鬱鬱樹林紅色貪
울 울 수 림 홍 색 탐

울창한 수림 붉은색을 탐한다네.

好節嘉俳歸故鄉
호 절 가 배 귀 고 향

이 좋은 추석에 고향 찾아가서

披雲省掃女兼男
피 운 성 소 여 겸 남

구름 헤치고 선 남녀 성묘 같이 한다네.

2001. 9. 20

〖여설(餘說)〗 조선시대에는 조상을 극진히 섬겼으니, 아무리 바빠도 틈을 내어서 고향에 내려가서 성묘를 하였다. 이는 식물로 비유하면 뿌리에 거름을 주고 북돋는 것이니, 이렇게 하면 곡식이 열매를 실하게 맺는 것처럼, 사람도 조상의 묘소를 잘 가꾸면 결국 자손이 좋은 열매를 맺는다는 말이다. 그런데 요즘 젊은 사람들은 바쁨을 핑계로 조상의 묘소를 등한히 한다. 눈앞의 이익을 쫓기에 바빠서 조상께 눈을 돌릴 여유가 없는 것이니, 결국 뿌리에 북돋지 않는 것과 같은 이치이다.

월드컵 이강(二强) 기원〔世界盃二强祈願〕

세계 월드컵대회가 한일 공동으로 열렸는데, 우리나라는 4강에 올라 세계 2강을 놓고 독일과 준결승전을 치렀다. 이때 세계 2강을 빌며 이 시를 지었다.

世界盃興赤色風
세 계 배 흥 적 색 풍

월드컵대회에 붉은 유니폼의 열풍 일어

加油熱盛國皆同
가 유 열 성 국 개 동

국가가 모두 열성으로 응원하였네.

上岩競技將勝獨
상 암 경 기 장 승 독

상암의 경기에서 독일을 이긴다면

決勝爭衡顯大洪
결 승 쟁 형 현 대 홍

결승의 쟁패에서 큼을 드러내어라.

2002. 6. 29

〔여설(餘說)〕 벌써 10년이 지난 2002년에 세계월드컵대회를 한국과 일본이 공동으로 개최했다. 그래서 우리는 4강에 진출하고 준결승전을 상암경기장에서 열렸다. 이때에 우리 국민들은 빨강색 유니폼을 입고 열성으로 응원을 했던 것으로 기억한다. 광화문광장에 대형 스크린을 설치하고 수십만 명이 모여서 응원을 하였고, 각 지역의 도시에서도 그렇게 했으며

심지어 마을의 아파트에서도 대형 스크린을 걸고 동네사람들이 모여앉아서 응원을 하였다. 준결승에서 패하여 4강에 오른 것이다.

훈민정음(訓民正音)

此塊天翁木地抛
차 괴 천 옹 목 지 포

이 땅은 천옹(天翁)께서 동방에 던진 땅인데

江山黎首獸魚交
강 산 여 수 수 어 교

강산의 백성들 짐승과 물고기와 교제했다네.

古時檀帝仙道訓
고 시 단 제 선 도 훈

옛날 단군은 선도(仙道)를 가르쳤고

近世忠寧正音敎
근 세 충 녕 정 음 교

근세의 충녕(忠寧: 세종)은 정음(正音)을 가르쳤네.

法理陰陽依易學
법 리 음 양 의 역 학

음양의 법리는 주역을 의지하였고

字如禽跡索南郊
자 여 금 적 색 남 교

새 발자국 같은 글자 남쪽들에서 찾았네.

以來貴賤皆知書
이 래 귀 천 개 지 서

이후로 귀하고 천한 사람 다 글 쓸 줄을 알아

聖主慈心四海包
성 주 자 심 사 해 포

성주(聖主)의 인자한 마음은 사해(四海) 감싸네.

〖**여설(餘說)**〗세종대왕께서 훈민정음을 만들었다는 것은 세계사에 빛날 위대한 작업이다. 당시 한문은 중국과 조선이 함께 사용하는 글자이었다. 그러나 배워서 읽고 사용하기까지는 너무나 많은 시간이 소요되었으니, 먹고 살기가 바쁜 백성들이 이를 배우기에는 너무 어려웠다. 그리고 당시 지도층의 생각은 백성이 모두 배워서 글을 알게 되면 경쟁이 심해지므로, 자신들의 지위가 위태하게 될 것을 두려워해서 이를 적극 반대했으나, 세종의 생각은 원대하여 일반인이 헤아리기 어려웠으니, 백성들을 불쌍하게 여기고 이를 만들어서 반포하였다.

즉사(卽事)

前看三角各峰高 전 간 삼 각 각 봉 고	앞에는 삼각산 높은 봉(峰)이 보이고
中浪旋回稚鯉膏 중 랑 선 회 치 리 고	선회하는 중랑천 작은 잉어가 살졌네.
萬岳紫楓騷客喚 만 악 자 풍 소 객 환	만산(萬山)의 단풍은 소객(騷客)을 부르고
秋郊田畝穡夫勞 추 교 전 묘 색 부 로	교외의 논밭에는 가을걷이 힘쓴다네.
早朝學子登黌舍 조 조 학 자 등 횡 사	이른 아침 학생들 학교에 가는데
斜日村翁嗜濁醪 사 일 촌 옹 기 탁 료	저녁때 촌옹(村翁)은 탁주를 즐긴다네.
東便杏園銀葉散 동 편 행 원 은 엽 산	동편의 행원(杏園)에는 은색 잎이 날리는데
昨今霜露槁蓬蕭 작 금 상 로 고 봉 소	작금(昨今) 서리 내려 쑥대를 마르게 했네.

2003. 10. 6

175

〖**여설(餘說)**〗 필자는 의정부에 사니, 여기서 보면 도봉산의 만장봉이 눈앞에 보이고, 중랑천은 의정부에서 시원(始源)하여 서울을 가로질러서 뚝섬의 한강으로 흘러서 서해바다로 흘러간다. 그리고 뒤에는 수락산이 우뚝 솟아 있다. 필자가 아파트 거실에 앉아 있으면 수락산이 한눈에 보이고, 뒤에는 동막골이라는 작은 마을이 시골같이 아름답게 펼쳐있어서 낙원을 방불하게 한다. 정말 행복한 곳이라 생각하며 살아간다.

임오년 여름에〔壬午年夏〕

美矣靑田役務農 미 의 청 전 역 무 농	아름답다. 푸른 밭에 힘써 일하는 농부들
盛哉鬱鬱大韓宗 성 재 울 울 대 한 종	성대하도다. 무성한 대한의 종족이여
千花百樹皆成果 천 화 백 수 개 성 과	천 꽃과 백 나무들 모두 열매 맺으니
萬代繁榮亦勝冬 만 대 번 영 역 승 동	만대에 번영하고 또한 어려움 이기리.

2002. 7. 3

〖여설(餘說)〗 이때는 세계월드컵축구대회에서 4강을 이루어서 민족의 자긍심이 한껏 부푼 시기인지라, 필자가 이런 시를 쓴 것으로 기억된다. 요즘(2013)도 한류(韓流)가 세계에 선풍을 이루고 있어서 우리들 모두 긍지와 희망을 가지고 세상을 살아가고 있지만 그때도 그랬던 것 같다. 단군성조이래 우리가 이렇게 잘 살던 시절은 아마도 없었던 것 같다. 필자 역시 젊어서는 고생을 많이 했지만 이제는 책을 서른다섯 권 이상을 쓴 작가로, 아직도 한문의 번역과 저술에 여념이 없

으니 이만하면 잘 나가는 것이 아닌가 하고 생각한다. 거기에 아들 둘과 며느리들이 모두 공무원의 신분으로 생활하니 만년에 복이 터진 것이다.

초복(初伏)

今夏颱風訪我邦
금 하 태 풍 방 아 방

올 여름 태풍이 우리나라를 찾았는데

同來大雨洒東窓
동 래 대 우 쇄 동 창

대동하여 오는 큰비 동창(東窓)을 때린다네.

霽而避熱休槐下
제 이 피 열 휴 괴 하

비 갠 날 더위 피해 느티나무 아래 누웠더니

閑昊雲間鷺一雙
한 호 운 간 로 일 쌍

구름 사이 한가한 하늘에 왜가리 한 쌍이 보이네.

2002. 7. 21

〖여설(餘說)〗 바람(風)이 팔괘(八卦)의 하나이니, 이 세상을 움직이는 여덟 가지 요소 중에 하나이다. 바람은 만물을 키우는 아주 고마운 요소인데, 태풍은 그렇지 않다. 한 번 태풍이 지나가면 나무가 뽑히고 기왓장이 날아가니 아주 무서운 것이다. 그러나 요즘같이 바닷물에 황조가 끼거나 녹조가 끼면 고기들이 살 수가 없는 환경이 되는데, 이때에 태풍이 불어서 온 바닷물을 뒤집어놓으면 정화가 되어서 고기들이 살기에 좋은 환경이 된다. 그러므로 바람은 내에 물이 흐르는

179

것처럼 언제나 부는 것인데, 이렇게 바람이 붊으로 말미암아 공중의 좋지 못한 기운이 모두 정화가 되어서 생물이 살기에 적합한 환경이 되는 것이니, 바람은 이익을 주는 아주 고마운 존재이다.

제헌절(制憲節)

共和制憲歲當時　공화제헌의 해 당시에도
공 화 제 헌 세 당 시

七月炎天日緩遲　7월의 더위는 더디게 지나갔겠지.
칠 월 염 천 일 완 지

分立三權平等法　삼권분립은 평등의 법인데
분 립 삼 권 평 등 법

今年總理女人辭　금년총리는 여성이라 말하네.
금 년 총 리 여 인 사

2002. 7. 17

〖여설(餘說)〗 당시 김대중 대통령은 이한동 총리의 후임에 장상 이화여대 총장을 국무총리 서리로 임명하였는데, 국회의 인준 과정에서 부결되었다. 이유는 자녀의 미국 국적 때문이다. 자신은 대한민국에서 좋은 자리 앉아서 잘 살면서 자식은 미국사람 되어서 살라고 하는 사람이 대한민국의 총리가 된다면 정말 안 되는 것이다. 그런데 우리나라 지도급 인사들이 이렇게 살아가는 사람이 한둘이 아니라는 것이다. 앞으로 더욱 철저히 검증하여 이런 이중적인 사람이 높은 자리에 앉는 것은 결단코 막아야 한다.

국추(菊秋)

何日凉風打岸崗　　어느 날 찬바람이 산과 언덕을
하 일 양 풍 타 안 강　　치더니

苦音秋蟀詠無疆　　고음(苦音)의 귀뚜라미 끝없이
고 음 추 솔 영 무 강　　우네.

庭前黃菊含佳麗　　뜰 앞 황국은 아름다움 머금고
정 전 황 국 함 가 려　　있는데

屋外平原言穀豊　　집 밖의 평원은 풍년이라 말하네.
옥 외 평 원 언 곡 풍

大地蕭蕭霜露濕　　쓸쓸한 대지(大地)에 서리 내리고
대 지 소 소 상 로 습

金天遠遠白雲揚　　멀고 먼 가을 하늘 흰 구름 드
금 천 원 원 백 운 양　　날리네.

滿山赤葉如光發　　산에 가득한 단풍 빛을 발산하
만 산 적 엽 여 광 발　　는 것 같은데

後圃靑蔬聞暗香　　뒷밭의 푸른 채소 그윽한 향기
후 포 청 소 문 암 향　　난다네.

2003. 10. 10

〖여설(餘說)〗 필자가 먹어본 차 중에는 국화차가 가장 향기가 좋고 맛이 좋았다. 그래서 가을이 되면 국화차를 마시러 일부러 다방에 간다. 이렇게 국화는 오상(傲霜)하면서 절개가 굳은 꽃이지만, 그 향기도 천하에 제일이다. 이를 복용하면 머리가 맑아져서 매일 책을 봐야 하는 문인은 이 차를 반드시 가까이 해야 한다. 공부하는 학생은 말할 것이 없다.

풍국(楓菊)을 완상하였다. 〔欣賞楓菊〕

계미년 중추(中秋)에 읊다.

四時彊域景光佳
사 시 강 역 경 광 가

사시(四時) 강역에는 경치가 아름다운데

蟋蟀秋聲聞故家
실 솔 추 성 문 고 가

귀뚜라미 울음소리 고향에도 들리겠지!

萬岳樹林紅葉像
만 악 수 림 홍 엽 상

만산의 나무들 모두 붉은 형상인데

碧空寒鷺降江沙
벽 공 한 로 강 강 사

하늘에 나는 갈매기 강사(江沙)에 내렸네.

川堤細柳垂絲手
천 제 세 류 수 사 수

뚝 방의 버드나무 실 손을 드리웠고

庭圃幽香如菊花
정 포 유 향 여 국 화

채전의 그윽한 향기 국화같이 향기롭네.

草野馬牛誇潤體
초 야 마 우 과 윤 체

초원의 말과 소 살진 몸 과시하는데

暮天飛鴈夕陽斜
모 천 비 안 석 양 사

저녁 하늘에 나는 기러기 석양을 비켜있네.

〖여설(餘說)〗 가을은 참 좋은 계절이다. 오곡백과가 모두 익으니, 농민들의 마음이 한껏 흐뭇한 계절이다. 그렇기에 처음 수확한 곡식으로 음식을 만들어서 조상께 올리고, 마을에서는 대동계를 열어서 모든 사람들이 배불리 먹고 교제하는 계절인 것이다. 도회지에 사는 사람도 매한가지니, 시골에서 부쳐오는 과실과 곡식을 받아서 한곳에 쌓아놓고 기뻐하는 계절인 것이다. 그래서 예부터 10월을 상달이라고 하였다.

청강기념관[66]개관(淸江紀念館開館)

悠悠不盡北漢江   흐르고 흘러도 다하지 않는 북
유 유 부 진 북 한 강   한강

· · · · · · · · · · · ·

66 청강기념관(淸江紀念館): 이제신(李濟臣) 선생의 기념관을 말하니, 본관은 전의(全義). 자는 몽응(夢應), 호는 청강(淸江). 시보(時珤)의 증손으로, 할아버지는 공달(公達)이고, 아버지는 병마사 문성(文誠)이며, 어머니는 부령도호부사 우예손(禹禮孫)의 딸이다. 영의정 상진(尚震)의 손자사위이다. 어려서부터 영민해 7세 때부터 시를 지어 사람들을 놀라게 했으며, 조식(曹植)이 한번 보고서 기이하게 여겼다 한다. 17세 때 용문산으로 조욱(趙昱)을 찾아가 학업을 닦고, 1558년(명종 13) 생원시에 합격, 이어서 1564년(명종 19) 식년 문과에 을과로 급제, 승문원권지정자에 보임되었다. 이어서 예문관검열·성균관전적·형조정랑·공조정랑·호조정랑을 역임하였다. 선조가 즉위해서는 예조정랑으로서 『명종실록』 편찬에 참여했고, 사헌부감찰·사간원정언·사헌부지평을 지냈다. 오상상(吳祥常)이 신망해 사은사의 종사관으로 선발, 명나라에 다녀왔다. 1571년(선조 4) 울산군수로 나가 아전들의 탐학을 근절시키고, 백성들의 불편을 없애는 데 힘썼다. 1578년 진주목사가 되어 선정을 펴서 공이 많았는데, 이때 토호들의 모함으로 병부(兵符)를 잃고 벼슬을 사임, 향리에 은거하였다. 1581년 강계부사로 다시 등용되고, 이어서 함경북도병마절도사가 되었다. 그러다가 1584년 여진족 이탕개(尼湯介)가 쳐들어와 경원부가 함락되자, 패전의 책임으로 의주 인산진(麟山鎭)에 유배되었다가 그곳에서 죽었다. 시문에 능하고 글씨는 행서·초서·전서·예서에 모두 뛰어났다. 1585년 경연관 이우직(李友直)의 특청으로 신원되어 병조판서에 추증되었다. 청백리에 책록되었다. 양근의 미원서원(迷原書院), 청주의 송천서원(松泉書院)에 제향되었다. 시호는 평간(平簡)이다.

澄淸淸江爲其枝
징 청 청 강 위 기 지

맑은 청강(淸江)은 그 가지가
된다네.

栗谷牛溪眞朋友
율 곡 우 계 진 붕 우

율곡(栗谷), 우계(牛溪)와 진정
한 벗이었고

尙相象村姻親之
상 상 상 촌 인 친 지

상(尙)정승과 상촌(象村)은 인
척(姻戚)이 된다네.

文科乙榜揚聲名
문 과 을 방 양 성 명

문과에 을방(乙榜)하여 명성을
드날렸고

死守北方芳蘭芝
사 수 북 방 방 난 지

북방을 사수하여 지란(芝蘭)의
향기 있었네.

今日水入開紀館
금 일 수 입 개 기 관

오늘 수입리에서 기념관을 개
관하니

各地子孫一心馳
각 지 자 손 일 심 치

각지에 사는 자손들 일심으로
달려왔네.

花樹全員孜孜務
화 수 전 원 자 자 무

화수회 모든 회원 열심히 근무
하여

宗事奉仕一念持
종 사 봉 사 일 념 지

종사에 봉사함 일념을 유지했네.

古同山下先生墳
고 동 산 하 선 생 분

고동산 아래 선생의 묘지 있으니

廣闊墓域淸潔治
광 활 묘 역 청 결 치

광활한 묘역 깨끗이 정리했다네.

前後左右皆靑山
전 후 좌 우 개 청 산

전후좌우에는 모두 청산뿐이니

太古鬱林淸新苔
태 고 울 림 청 신 태

태고의 울창한 숲 청신한 이끼 냄새

三子文榜揚天下
삼 자 문 방 양 천 하

세 아들 문과에 급제하여 천하에 드날리니[67]

京鄕文苑讚歎辭
경 향 문 원 찬 탄 사

경향의 문단에서 찬탄하는 소리 많다네.

提學西堂其下墳
제 학 서 당 기 하 분

대제학 서당공(西堂公)[68]도 그 아래 묘지 있으니

••••••••••••

67 세 아들 --- 천하에 드날리니: 첫째 이기준(李耆俊: 副正字), 둘째 이수준(李壽俊: 통정대부 영흥부사), 셋째 이명준(李命俊: 병조참판)공이 모두 문과에 급제하여 세상을 놀라게 했다.

68 서당공(西堂公): 이덕수(李德壽)공을 말하니, 본관은 전의(全義). 자 인로(仁老), 호 서당(西堂)·벽계(蘗溪). 시호 문정(文貞). 1713년(숙종 39) 증광문과에 병과로 급제하고, 수찬(修撰)·지평(持平) 등을 거쳐 1724년(경종 4) 간성군수(杆城郡守)가 되었다. 경종 사후 실록청당 상(實錄廳堂上)으로 《경종실록(景宗實錄)》 편찬에 참여하고, 1730년 (영조 6) 대사간이 되었으며, 1732년 대제학 때 《경묘행장(景廟行

連連文元眞先師　　연이은 문원(文元, 대제학)은 참
연 연 문 원 진 선 사　　선사(先師)라네.

文武兼成全義門　　문무를 겸하여 이룬 전의 이씨
문 무 겸 성 전 의 문　　가문

花樹其孫獎金貽　　화수회는 그 자손에 장학금을
화 수 기 손 장 금 이　　준다네.

順元文館有西宗　　황순원 문학관은 서종면에 있
순 원 문 관 유 서 종　　으니

夢應紀館多冀期　　몽응의 기념관은 기대가 많다네.
몽 응 기 관 다 기 기

展示靑氈門寶物　　전신한 청전(靑氈)[69]은 가문의
전 시 청 전 문 보 물　　보물이고

....

狀》)을 찬진(撰進)하고, 1735년 동지부사(冬至副使)가 되어 청나라에
다녀왔다. 후에 이조판서 겸 대제학이 되고, 1738년 우참찬 겸 동
지경연사(右參贊兼同知經筵事)가 되었다. 문장에 능하고 글씨가 뛰어
났다. 저서에 《서당집(西堂集)》, 《파조록(罷釣錄)》 등이 있다.

69 청전(靑氈): 선대(先代)로부터 전해진 귀한 유물을 가리킨다. 진(晉)
나라 왕헌지(王獻之)가 누워 있는 방에 도둑이 들어와서 물건을 모
조리 훔쳐 가려 할 적에, 그가 "도둑이여, 그 푸른 모포는 우리 집
안의 유물이니, 그것만은 놓고 가는 것이 좋겠다.[偸兒 靑氈我家舊物
可特置之]"고 하자, 도둑이 질겁을 하고 도망쳤다는 고사에서 유래
한 것이다. 《晉書 卷80 王之列傳 王獻之》

保存教旨數百窺
보존교지수백규
보존한 교지(教旨)가 수백을 엿
본다네.

清白傳家出六人
청백전가출육인
여섯 명을 배출한 청백리 가문
이니

盡忠輔國非此誰
진충보국비차수
진충보국함이 여기 아니고 누
군가!

事盡中食兼農酒
사진중식겸농주
행사 끝내고 점심 먹으며 농주
곁들였는데

西山掛日諸人離
서산괘일제인리
해는 서산에 걸려 모든 사람 떠
났다네.

2012. 10. 17

〖여설(餘說)〗 청강기념관은 양평군 서종면 수입리에 있다. 이곳
에 청강선생의 묘소가 있고 그 아래에 청강기념관을 지었다.
청강공파화수회의 회장은 이천호인데, 한국에서 종친회를
가장 잘 꾸려가는 화수회라 할 수 있다. 양평에 200만 평의
종산이 있는데, 이곳의 묘소 관리의 철저함은 물론 후손이
대학에 들어가면 누구나 장학금을 준다고 하니 정말 대단한
화수회라 할 수 있다.

열대야(熱帶夜)

歲月行程正妙微
세 월 행 정 정 묘 미

세월의 흐름은 정말 미묘하니

今年六夏卽來飛
금 년 육 하 즉 래 비

금년 6월의 여름 곧바로 날아
왔네.

高於萬仞居高閣
고 어 만 인 거 고 각

만 길 보다 더 높은 아파트에
살아도

熱夜尤炎夢亦違
열 야 우 염 몽 역 위

열대야는 더욱 더워 꿈 또한 달
아나네.

2002. 7. 25

〖여설(餘說)〗 지금은 에어컨과 선풍기가 있어서 제법 시원함을
제공하여주지만 예전에 필자가 어렸을 때에는, 무더위가 찾
아오면 정말로 속수무책이었다. 그래서 도연명은 북쪽으로
난 문 앞에 누워서 잤다는 기사를 읽은 일이 있다. 열대야는
밤에도 낮과 같이 더워서 잠이 오지 않는 밤을 이른다. 이럴
때는 시원한 시냇가나 녹음 진 언덕에 오르면 시원한 바람이
분다.

임오년의 장마〔壬午年霖雨〕

文明社會便安居
문 명 사 회 편 안 거

문명사회에 편안히 사는데

大路多行自動車
대 로 다 행 자 동 차

대로에 자동차 가득히 다니네.

連日連降霖雨止
연 일 연 강 림 우 지

연일 내리던 장마 그치니

天炎地熱加身於
천 염 지 열 가 신 어

햇빛과 지열(地熱)이 무덥게 한다네.

2002. 8. 1

〔여설(餘說)〕 오늘(2013. 11. 9) 방송에 의하면, 필리핀에서는 태풍 '하이엔'으로 죽은 사람이 5,000명을 넘을 것이라고 한다. 예부터 정치의 기본은 치산치수(治山治水)라고 하는데, 산에 나무를 많이 심어서 산사태가 나지 않도록 하고, 수로(水路)를 잘 뚫어서 물이 쭉쭉 빠지도록 해야 하는데, 필리핀은 재정이 어려운 나라인지라 수로에 손을 댈 만한 여력이 없는 나라이기에 많은 인명이 피해를 입은 것이다. 장마에도 매한가지이니, 장마가 지면 물이 창일(漲溢)하여 도로를 삼키고 집을 침수시키는 것이다. 우리는 이런 천재지변(天災地變)을 미리 예견하고 방지하는 지혜가 있어야 한다.

가을비〔秋雨〕

秋雨沛然路失齊
추 우 패 연 로 실 제

패연(沛然)[70]한 가을비에 길 패였는데

江川氾濫壞防堤
강 천 범 람 괴 방 제

강과 내 범람하고 제방은 무너졌네.

嶺南數郡沈家屋
영 남 수 군 침 가 옥

영남의 어느 시군(市郡) 가옥이 침수되니

人畜逃山鳥獸啼
인 축 도 산 조 수 제

사람과 짐승은 산으로 피하고 새는 운다네.

2002. 8. 29

〔여설(餘說)〕 짐승들은 홍수가 범람할 것을 미리 안다고 한다. 그래서 미리 이사를 하여 그 재앙을 피한다고 하는데, 지혜가 가장 많다고 하는 사람은 그것을 모른다. 이런 예지의 능력이 없는 것은 욕심이 심령을 가렸기 때문이라고 한다. 그래서 맹자는 '인욕(人慾)을 막고 천리(天理)를 마음에 두라.'고 한 것인가! 그러므로 천지우주의 변화에 미리미리 대처하는 사람이 능력자가 아니겠는가!

....
70 패연(沛然): 비가 몹시 성대하게 오는 모양.

겨울이 봄과 같이 따뜻하기를〔冬暖如春〕

嗚呼此歲立冬經
오 호 차 세 입 동 경

아! 이 해도 입동이 지났으니

萬樹千林落葉零
만 수 천 림 낙 엽 령

모든 나뭇잎 낙엽 되어 떨어졌네.

園內小兒迎雨戲
원 내 소 아 영 우 희

동산의 어린아이 비 맞으며 노
는데

路邊露店日溫寧
노 변 로 점 일 온 녕

노변 노점(露店)들 날 따뜻해
편안하네.

待寒雪客思嚴冷
대 한 설 객 사 엄 냉

추위를 기다리는 설객(雪客)[71]
엄한 추위를 생각하는데

擧酌騷人寫骨形
거 작 소 인 사 골 형

술잔을 든 소객(騷客)은 골형
(骨形)[72]을 그리네.

山下灣洲眠釣士
산 하 만 주 면 조 사

산 밑 물가에는 태공이 졸고 있고

陽原脩竹節心銘
양 원 수 죽 절 심 명

양지의 대나무 절개의 마음 새
긴다네.

2003. 11. 19

---

71 설객(雪客): 스키를 타는 사람.

72 골형(骨形): 뼈만 앙상한 겨울의 모습.

〖**여설(餘說)**〗 겨울이 되면 가장 고생하는 사람들이 있으니, 다름 아닌 길가 노점에서 장사하는 사람들이다. 북풍설한에 벌벌 떨면서 온종일 밖에서 장사를 해야 자식과 함께 먹고사는 것이다. 이런 사람들을 위해서 우리들은 길가 노점에서 물건을 살 줄 알아야 한다. 이것이 물건도 사고 덕(德)도 쌓는 길인 것이다. 사람은 덕을 많이 쌓아야 자신도 잘되고 자식이 잘되는 것이다.

대만여유(臺灣旅遊) 장시(長詩)

성균관대학교 유학대학원에서 2012년 가을해외학술여행을 대만(臺灣)으로 정하고 희망자를 모집하니 총 30명이다. 참여한 인사는 대학원장 오석원 교수를 위시하여 예절반 주임교수 이문주 교수와 행정실장 이정석과 행정과장 신준철과 유교경전한국사상 대학원생 삼성그룹 봉사단 총회장 이창렬과 김명곤, 김세정, 신옥기, 원두호, 부인 김덕순, 이동오, 전규호, 부인 김영남, 삼성그룹 사장 겸 대학원생 정현량, 허광호, 졸업생 이의영, 박사과정 김경미, 김송자, 남영순, 박혜영, 조동원, 동양고전강독반 안보환, 유정자, 허선례, 김순종, 유점숙, 이택영, 정태명, 최형철, 김기임 등이고 여행사 대표 심상영이 참여했다.

壬辰上月霜降日　　임진년 10월 서리 내리는 날은
임 진 상 월 상 강 일

仁川空港昧爽朝　　인천공항의 이른 아침이라네.
인 천 공 항 매 상 조

成均儒生及教授　　성균관 유생과 및 교수들
성 균 유 생 급 교 수

旅遊臺灣却多儒　　문득 많은 선비들이 대만을 여
여 유 대 만 각 다 유　행한다네.

大韓飛機浮二時　　대한항공 비행기는 2시간 동안
대 한 비 기 부 이 시　하늘을 날았으니

室內安穩平安輸　　실내는 안온하고 편안하게 수
실 내 안 온 평 안 수　송했네.

到着桃園雨霏霏
도 착 도 원 우 비 비

도원(桃園)공항에 도착하니 비는 비비(霏霏)한데

搭乘汽車乘杖扶
탑 승 기 차 승 장 부

지팡이 짚고 버스에 올랐다네.

村里稻田同故鄕
촌 리 도 전 동 고 향

농촌 마을의 볏논은 고향과 같은데

雲霞雨林如畵圖
운 하 우 림 여 화 도

운하(雲霞)와 우림(雨林)은 그림과 같네.

我國初冬此初秋
아 국 초 동 차 초 추

우리나라는 초겨울이고 여기는 초가을

地勢平平稻又蘇
지 세 평 평 도 우 소

평평한 땅에 벼가 또한 자란다네.

乍雲乍雨又霧烟
사 운 사 우 우 무 연

잠시 구름, 잠시 비가 오고 또 안개 자욱한데

車中儒生聞琴梧
차 중 유 생 문 금 오

차중의 유생들 음악을 듣는다네.

中太禪寺十九層
중 태 선 사 십 구 층

중태선사는 열아홉 층인데

多訪遊客不寂孤
다 방 유 객 부 적 고

많은 유객(遊客) 방문하니 고요하지 않아

乘阿里森林列車
승 아 리 삼 림 열 차

아리산 삼림열차를 타고

早登日出見雲湖
조 등 일 출 견 운 호
이른 아침에 산에 올라 구름호수를 보았네.

千年古木鬱鬱森
천 년 고 목 울 울 삼
천 년이나 된 고목은 울창한데

清氣煙霞白雲俱
청 기 연 하 백 운 구
청기(清氣)와 연하(煙霞)와 백운(白雲)이 함께했네.

東出白雲瞬沒生
동 출 백 운 순 몰 생
동쪽에서 나온 흰 구름 순간에 나왔다 없어지는데

冷寒柏林快心眞
냉 한 백 림 쾌 심 진
한랭한 편백의 숲은 상쾌한 마음뿐

敗戰介石逃此地
패 전 개 석 도 차 지
패전한 장개석이 이곳에 도망하여

種柏治山爲己都
종 백 치 산 위 기 도
편백을 심고 치산(治山)하여 자기의 성읍을 삼았지.

朝鮮先達賣江水
조 선 선 달 매 강 수
조선의 김선달은 강물을 팔았는데

臺灣阿山賣氣新
대 만 아 산 매 기 신
대만 아리산에 공기를 파는 자가 새롭다네.

孔廟禮典皆參拜
공묘예전개참배

공묘(孔廟)의 예전(禮典)에 모
두 참배를 하고

關廟參觀文武神
관묘참관문무신

관묘(關廟)에서 문무(文武)의
신(神)을 참관했네.

此地騷客觀此禮
차지소객관차례

이곳의 소객(騷客)들이 예식을
관람하는데

成均儒生禮典伸
성균유생예전신

성균관의 유생들 예전(禮典)의
식 펼쳤네.

遊興宴饌各詠歌
유흥연찬각영가

유흥하는 연찬(宴饌)에는 각기
노래를 부르고

爆彈洋酒絶醉辰
폭탄양주절취신

폭탄 양주에 모두 취한 때라네.

碩博士儒表己意
석박사유표기의

석박사 과정의 선비들 모두 자
기의 의견을 개진하고

戲言雜語皆脫塵
희언잡어개탈진

희언(戲言)과 잡어(雜語)는 모
두 속세를 벗어났네.

臺南始發乘速鐵
대남시발승속철

대남에서 시발한 고속철을 타니

車窓風景平和隣
차창풍경평화린

차창의 풍경 평화로운 이웃들

首都臺北古宮館
수 도 대 북 고 궁 관

수도 대북의 고궁박물관

古蹟展示文彬彬
고 적 전 시 문 빈 빈

고적을 전시하여 문물이 빈빈
(彬彬)하다네.

觀覽人波無揷針
관 람 인 파 무 삽 침

관객의 인파 송곳 꽂을 곳 없는데

展示品目多樣傳
전 시 품 목 다 양 전

전시한 품목 다양함을 전한다네.

中正館舍如山高
중 정 관 사 여 산 고

중정의 관사 높이가 산과 같은데

大陸島嶼蹟不均
대 륙 도 서 적 불 균

대륙과 섬에서의 자취 균등하
지 않다네.

廣闊平野稻黃熟
광 활 평 야 도 황 숙

광활한 평야에는 벼가 누렇게
익는데

溫暖日記適如春
온 난 일 기 적 여 춘

따뜻한 날씨는 마침 봄과 같다네.

夕後龍山寺佛前
석 후 용 산 사 불 전

저녁 뒤의 용산사 불전(佛前)에는

獻花求福皆拜遵
헌 화 구 복 개 배 준

꽃을 바치고 복을 구하며 모두
절을 한다네.

一部足浴伸疲勞
일 부 족 욕 신 피 로

일부는 발마사지로 피로를 풀
었고

數人路邊書講陳
수 인 로 변 서 강 진
몇 사람은 노변에서 서예 강론을 폈다네.

海洋公園野柳處
해 양 공 원 야 류 처
해양공원 야류에서

吾等一行次一巡
오 등 일 행 차 일 순
우리 일행 차례로 한 바퀴 돌았다네.

四方物形奇怪異
사 방 물 형 기 괴 이
사방의 물체들 기괴하고 괴이한데

昭君物像美最先
소 군 물 상 미 최 선
왕소군의 물상(物像)이 가장 아름답다네.

雨衣一行一體黃
우 의 일 행 일 체 황
우의를 입은 일행들 모두 황색인데

海神猜忌大風天
해 신 시 기 대 풍 천
해신(海神)이 시기하여 큰바람 일게 했네.

臺北孔廟見影像
대 북 공 묘 견 영 상
대북의 공묘(孔廟)에서 영상을 보았는데

空間立體意極達
공 간 입 체 의 극 달
입체적인 공간 의사 전달 지극하였네.

介石新建雄壯廟 개 석 신 건 웅 장 묘	장개석이 새로 지은 웅장한 공 묘(孔廟)인데
尊聖意志見心賢 존 성 의 지 견 심 현	성현을 존숭한 의지에 마음의 어짊 본다네.
終遊入國夜已深 종 유 입 국 야 이 심	유람을 마치고 입국하니 밤은 이미 깊어서
翌日子時歸家辰 익 일 자 시 귀 가 신	다음날 자시(子時)가 귀가하는 때라네.

〖여설(餘說)〗 대만여행은 처음이다. 아내와 같이 참여하여 섬나라 대만에 도착하니, 날씨는 가을 날씨인데 아열대의 수림이 눈길을 끌었다. 논밭을 보니 벼를 베는 곳이 있는가 하면 벼를 심는 곳도 있었으니, 이곳 일기는 심기만 하면 수확을 하는 모양이다. 아리산(阿里山)에 올라갔는데, 이 산은 대만 중남부의 가의시(嘉義市) 동편에 위치하는 아리산 산맥 일대를 지칭한다고 한다. 아리산은 옥산(玉山)을 필두로 한 18개의 산을 총칭하며, 옥산은 해발 3,997m 높이에 위치하고 있다. 대북에서 6시간 걸리는 곳에 위치하며, 대만 8경의 하나이다. 아리산 풍경구엔 해발 2,000m를 넘는 산이 18개나 되는데 이 중에서 최고(해발 2,489m)인 주봉은 축산(祝山)이라고 한다.

가인(佳人)

山中群鳥曉聲佳
산 중 군 조 효 성 가

산에 사는 많은 새 새벽 울음소리 아름답고

執笏諸侯美在街
집 홀 제 후 미 재 가

홀 잡은 제후(諸侯) 사거리에 있음이 아름답다네.[73]

禪位唐虞眞性善
선 위 당 우 진 성 선

왕위 양보한 요순(堯舜) 참으로 착한 사람인데

今時政客僞心懷
금 시 정 객 위 심 회

오늘날 정객들 거짓을 품었다네.

2002. 9. 2

[여설(餘說)] 유토피아를 찾아가는 것이 인생의 길인데, 우리 동양의 유토피아는 요순(堯舜)의 세상이다. 요순의 시대는 태평성대이었다고 한다. 공자와 맹자 모두 그 시대의 정치를 구현하려고 노력했지만, 끝내 요순시대의 정치를 실현하지는 못하였고, 제자를 가르쳐서 제자들이라도 훌륭한 임금을

---

73 옛적의 제왕의 시대에는 봉토(封土)를 제후에게 주면, 그 제후들은 십자가에서 각각 나뉘어져서 자신의 봉토로 가기 때문에 아름답다고 한 것이다.

만나서 요순의 시대를 구현하라고 말했던 것이다. 그런데 요즘의 정객들을 보면 한숨이 저절로 나온다. 입만 열면 거짓말을 하니까!

태풍 루사(颱風累事)

颱風累事抱颺來 <small>태 풍 루 사 포 박 래</small>	태풍 루사(累事)가 큰바람을 안고 와
洪水滔滔帶電雷 <small>홍 수 도 도 대 전 뢰</small>	도도한 홍수 번개와 벼락을 동반했네.
時雨降長山土壞 <small>시 우 강 장 산 토 괴</small>	비가 장시간 내려 산 무너지니
江陵地域瞬間灰 <small>강 릉 지 역 순 간 회</small>	강릉은 순식간에 폐허로 변했다네.

2002. 9. 12

〖여설(餘說)〗 태풍 루사는 북서태평양에서 발생한 15번째 태풍으로서, 2002년 8월 31일 한반도에 상륙하여 사망·실종 246명의 인명 피해와 5조 원이 넘는 재산 피해를 냈다. 강도 "강"의 세력으로 한반도에 상륙한 몇 안 되는 태풍 중의 하나이며, 큰비를 수반한 대표적인 태풍으로 꼽힌다. 대한민국의 1일 강수량 부문 역대 1위인 강릉의 870.5mm는 이 태풍에 의해 기록된 것이다. 대한민국 정부수립 이래 최악이라 할 만한 피해를 낸 태풍이다. 단순한 위력은 "매미"에 비해 약했으나, 당시 평년보다 높았던 해수 온도 등이 태풍의 쇠

약을 저지하면서, 거의 약해지지 않고 대단히 오랫동안 중심 기압 950hPa대의 세력을 유지한 채 엄청난 힘으로 상륙하였기 때문에 피해는 "매미" 이상이었다.

임오년 추석〔壬午秋夕〕

炎往凉來自序倫
염 왕 양 래 자 서 륜

더위 가고 서늘함 오는 것 자연
의 차례인데

嘉排滿月姮娥身
가 배 만 월 항 아 신

가배(嘉排)의 둥근 달 항아(姮
娥)[74]의 몸이라.

秋風一佛稻粢熟
추 풍 일 불 도 자 숙

가을바람 건들 부니 오곡 여물
어서

茶禮恭神樂與民
다 례 공 신 낙 여 민

신께 차례하고 백성과 더불어
즐긴다네.

2002. 9. 23

〔여설(餘說)〕 추석은 가을의 추수(秋收)를 기념하는 명절이고,
설은 한 해를 시작하는 것을 기념하는 명절이다. 항아(姮娥)
는 본디 유궁후 예(有窮后羿)의 아내 이름인데, 그가 일찍이
자기 남편의 불사약(不死藥)을 훔쳐 먹고 신선이 되어 달 속
으로 들어갔다는 전설에서 전하여 달을 가리킨다. 우리나라
전설에는 토끼가 달 속에서 방아를 찧는다고 하는 반면, 중
국에서는 항아(姮娥)가 달에 도망가서 살고 있다고 한다.

---

74 항아(姮娥): 중국 고대 신화에서 달 속에 있다는 선녀.

단군(檀君)

半萬年加臨土文
반 만 년 가 림 토 문

반만년 전 가림토문(加臨土文)⁷⁵이 있는데

遼東支配彩檀君
요 동 지 배 채 단 군

요동을 지배함은 단군의 빛남이네.

開天節日誠祠禮
개 천 절 일 성 사 례

개천절 날 정성으로 제사하지만

南北如今對兩分
남 북 여 금 대 양 분

오늘날 남과 북은 둘로 나누어졌네.

2002. 10. 13

〖 여설(餘說) 〗 단군은 단군왕검(檀君王儉)이라고도 한다. 〈삼국유사〉에 실려 있는 〈고기〉에는, "오랜 옛날에 환인의 서자(庶子)인 환웅이 항상 인간세상을 구하고자 하는 뜻을 가지고 있으므로 아버지 환인이 아들의 뜻을 알고 천부인(天符印) 3개를 주어 세상에 내려보내 인간세계를 다스리도록 했

....

75 가림토문(加臨土文): 한글의 원형이라고 일부 학자들이 주장하는 고조선 문자. 정음 38자로 B.C. 2181년 3세 단군 가륵이 삼랑 을보록을 시켜 만들었으며, 토씨어를 사용하던 그때 토씨를 표현할 글자의 필요성을 느껴 이루어졌을 것이라 한다.

다. 이에 환웅이 무리 3,000을 이끌고 태백산(太白山) 꼭대기에 있는 신단수(神壇樹) 아래로 내려와서 여기를 신시(神市)라 이르니 그가 곧 환웅천왕이다. 그는 풍백(風伯)·우사(雨師)·운사(雲師)를 거느리고 곡(穀)·명(命)·병(病)·형(刑)·선(善)·악(惡) 등 무릇 인간의 360가지 일을 맡아서 세상을 다스리고 교화했다. 이때 곰 한 마리와 호랑이 한 마리가 있어 같은 굴속에 살면서 항상 환웅에게 사람이 되게 해달라고 빌었다. 한번은 환웅이 이들에게 신령스러운 쑥 1자루와 마늘 20쪽을 주면서 이것을 먹고 100일 동안 햇빛을 보지 않으면 사람이 된다고 했다. 곰은 이것을 받아서 먹고 근신하여 3·7일(21일) 만에 여자의 몸이 되고, 호랑이는 이것을 참지 못하여 사람이 되지 못했다. 웅녀는 그와 혼인해 주는 이가 없으므로 신단수 아래에서 아이를 가지게 해달라고 기원했다. 이에 환웅이 잠시 변하여 결혼해서 아들을 낳으니, 그가 곧 단군왕검이다.

▍계미년(癸未, 2003) 초설(初雪)

細雨晨時後岳登
세 우 신 시 후 악 등
새벽에 이슬비 맞으며 뒷산에 오르니

家家燈影似蓮燈
가 가 등 영 사 연 등
집집마다 켠 등불 연등(煙燈)과 흡사해

高山深處六花降
고 산 심 처 육 화 강
고산(高山) 깊은 곳에 눈 내리니

萬樹千林雪水氷
만 수 천 림 설 수 빙
일만 수림(樹林) 눈비로 얼어붙었네.

嗟嘆此光誰者作
차 탄 차 광 수 자 작
아! 이 광경 누구의 작품인가!

嗚呼當畵王維應
오 호 당 화 왕 유 응
아! 이 그림 왕유(王維)[76]의 그림에 응하리.

吾惟學藝天然法
오 유 학 예 천 연 법
생각하건데 예술은 천연의 법을 배우는 것

今日仙景造物能
금 일 선 경 조 물 능
오늘의 이 선경(仙景) 조물주나 능하리.

....
76 왕유(王維): 당나라 때의 시인으로, 자는 마힐(摩詰)이며 산수와 전원을 읊은 시를 많이 썼다.

〚**여설(餘說)**〛 금강산의 4계절의 이름이 각각 다르다. 봄에는 금강산(金剛山), 여름에는 봉래산(蓬萊山), 가을에는 풍악산(楓嶽山), 겨울에는 개골산(皆骨山)이라 한다. 겨울이 되어 눈이 내리면 천지는 온통 설천지로 변하는데, 특히 산에 가면 그 경치를 무어라 말할 수 없을 정도로 아름답다. 필자는 새벽 등산을 하는데, 밤사이 눈이 내린 산을 새벽에 오르면 무어라 말하기 어려울 정도로 신비롭다. 이런 설경을 누가 그리겠는가! 왕유라면 몰라도…

또[又]

冬來日暖擧寒求
동 래 일 난 거 한 구

겨울인데도 날 따뜻해 모두 추위 기다리는데

細雨支離降畝丘
세 우 지 리 강 묘 구

가랑비 지루하게 밭과 언덕에 내리네.

昨夜强風吹大地
작 야 강 풍 취 대 지

지난밤 강풍이 대지(大地)에 불더니

今朝新雪洒高樓
금 조 신 설 쇄 고 루

오늘 아침 첫눈이 고루(高樓, 아파트)에 뿌렸다네.

山川素界馳童想
산 천 소 계 치 동 상

산천의 흰 나라 동심으로 달려가는데

碧落飛鹽憶鬱憂
벽 락 비 염 억 울 우

소금 뿌린 하늘 답답하여 걱정이 된다네.

誰也是光嘆美世
수 야 시 광 탄 미 세

누가 이 광경 아름다운 세계라 감탄했나!

不知天主造陶謀
부 지 천 주 조 도 모

조물주의 질그릇 굽는 솜씨 알지 못하겠네.

〖여설(餘說)〗 사실 겨울은 사(死)의 계절이다. 봄에는 싹이 나오고 여름에는 무성하게 자라며, 가을에는 열매를 거두고 겨울에는 모두 죽이는 계절이니, 죽었기 때문에 봄에 생명이 태어나는 것이다. 그러므로 짐승들은 토굴 속에 들어가고 사람은 집에서 쉬면서 오는 봄을 기다리는 것이다. 세상을 죽이려고 계속 내리는 눈을 사람들은 아름답게 생각하는 것이니 착각이 심한 것이다. 이러한 사(死)의 계절에는 복(伏), 즉 납작 엎드려서 기다릴 줄을 알아야 한다. 여름의 삼복(三伏)과 같이 납작 엎드려야 한다.

갑신원단(甲申元旦)

元日東天吐赤漸
원 일 동 천 토 적 점

초하루의 동천(東天) 점점 붉음을 토하는데

萬千百姓夢懷瞻
만 천 백 성 몽 회 첨

모든 백성들 다 꿈 안고 쳐다보네.

茶儀祖廟遺風美
다 의 조 묘 유 풍 미

조상께 차례 올리니 유풍(遺風)의 아름다움이고

歲拜高堂子姪纖
세 배 고 당 자 질 섬

고당(高堂)에 세배하는 자질(子姪) 아름답네.

來北六花飄滿地
내 북 육 화 표 만 지

북쪽에서부터 온 눈 표연히 대지에 가득한데

新變朝陽照細簾
신 변 조 양 조 세 렴

새롭게 변한 아침 해 세렴(細簾)[77]에 비취네.

精進藝文希極善
정 진 예 문 희 극 선

예문(藝文)에 정진하여 아주 잘하기를 바라니

---

77 세렴(細簾): 가늘게 짠 발, 즉 문에 치는 발임.

念願今年大福添　　원하기는 금년에는 큰 복을 더
염 원 금 년 대 복 첨　　하소서.

〖여설(餘說)〗 새해 초하루는 참으로 의미가 큰 날이다. 이 날을
　　기점으로 하여 나이를 한 살 더 먹는다. 그러므로 이를 기념
　　하여 조상께 차례(茶禮)를 올리고 동네의 어른을 찾아 세배
　　(歲拜)를 했던 것이다. 필자가 어렸을 때는 3일간 동네 어른
　　들께 세배를 하러 다녔으니, 아주 아름다운 풍습이라 생각한
　　다. 지금은 아파트에 살면서 이웃도 잘 알지 못하는 세상이
　　되었으니, 너무 삭막하지 않은가!

단풍(丹楓)

登臨高嶽樹林言　　높은 산에 올라 숲과 대화하는데
등 임 고 악 수 림 언

秋節葉芽彩赤坤　　낙엽 날려 땅을 붉게 물들이네.
추 절 엽 아 채 적 곤

碧落白雲悠長去　　하늘에 흰 구름 아득히 떠가고
벽 락 백 운 유 장 거

白蘆飛路樂兒孫　　하얀 갈대 휘날리니 아희와 같
백 로 비 로 낙 아 손　　이 즐거워한다네.

2002. 10. 17

〖여설(餘說)〗 단풍은 초목이 순환하는 하나의 과정이니, 1년에
한 번씩 이런 과정을 반복한다. 봄에 나오는 눈엽(嫩葉)은 녹
색으로 나와서 많은 햇볕을 받으면 청색으로 변했다가 가을
이 되면 적색으로 변하는 것인데, 적색이 눈에 탁 띄므로 이
를 좋아하는 것이니, 이런 사람은 모두 시성(詩性)이 있는 사
람들이다. 시라는 것은 산문을 간략하게 줄인 글로, 시를 많
이 지으면 감정이 정리가 되고 표현력이 향상된다. 가을은
단풍도 좋지만 오곡백과가 누렇게 익은 것이 더욱 아름다운
것이다.

신곡(新穀)

養育人間稻首冠 양 육 인 간 도 수 관	사람 기르는 것 곡식이 제일인데
豊融辛巳國平安 풍 륭 신 사 국 평 안	풍년든 신사년 나라도 평안하네.
九秋新米薦天祖 구 추 신 미 천 천 조	구월의 새로운 곡식 하늘과 조상께 올리고
奪穀家藏備北寒 탈 곡 가 장 비 북 한	이를 저장하여 겨울을 예비한다네.

2002. 10. 22

〖여설(餘說)〗 구추(九秋)는 9월의 가을을 말하니, 본래 음력으로 7, 8, 9월을 가을이라고 하며, 9월의 가을은 마지막 가을을 말한다. 이때는 오곡백과가 모두 익어서 이를 갈무리하는 때이다. 우리 조상들은 한 해를 통하여 풍성하게 수확한 것에 감사하여, 이를 하늘의 신과 토지의 신과 조상의 신께 감사의 마음을 올렸으니, 이는 자연스럽게 발로된 신앙심이었다. 한가위에 조상께 차례(茶禮)를 올리는 것도 이런 가을의 풍성함을 감사하는 마음이니, 이런 마음가짐이 소중한 것이다.

상강(霜降)

金風一拂絳千山
금 풍 일 불 강 천 산

가을바람 건들 부니 천산(千山)
이 붉은데

蟋蟀悽聲蟬語閑
실 솔 처 성 선 어 한

매미소리 한가하니 귀뚜라미
처량히 우네.

雨露變霜秋穡急
우 로 변 상 추 색 급

우로(雨露)가 서리되어 가을걷
이 급한데

寒天雁陣越荒關
한 천 안 진 월 황 관

한천(寒天)의 기러기들 황량한
준령 넘는다네.

2002. 10. 31

〖여설(餘說)〗 금풍(金風)은 가을바람을 말하니, 추풍(秋風)이라
하지 않고 금풍이라고 하는 것은 직설을 피하려고 그렇게 하
는 것이다. 직설의 시보다는 비유나 은유가 더 좋은 것이다.
매미는 여름에 울기 시작하여 초가을까지 운다. 그렇기에 매
미소리 그치고 귀뚜라미 우는 가을이라고 한 것이다. 하늘을
보통 청천(靑天)이라고 하는데, 가을의 쌀쌀한 계절의 하늘
은 한천(寒天)이라고 해야 제격인 것이다. 기러기도 군안(群
雁)보다는 안진(雁陣)이 더욱 운치가 있기에 그렇게 쓰는 것
이다.

대설(大雪)

忽然初雪滿靑田
홀 연 초 설 만 청 전

갑자기 내린 첫눈이 푸른 밭에 가득하니

玉潔皤峰萬又千
옥 결 파 봉 만 우 천

깨끗한 흰 봉우리 만이요, 또 천이라.

因起俗身登嶽上
인 기 속 신 등 악 상

이에 속신(俗身) 일으켜 산에 오르니

脫塵天地有純全
탈 진 천 지 유 순 전

먼지 없는 천지 순전(純全)하다네.

2002. 12.

〖여설(餘說)〗 물의 변환을 3가지라 한다. 즉 액체의 물, 기체의 구름, 고체의 얼음인데, 그렇다면 눈으로 변화함은 고체의 얼음에 속한 것으로 보는 것이나, 보이는 현상으로 말하면 눈도 하나의 현상으로 나타나니 4가지라 할 수 있겠다. 천지 우주의 변화하는 모습을 보면 정말로 우리의 상상을 초월한다. 이를 불가측(不可測)이라 하니, 눈이 밤새 소복소복 내리면 천지는 온통 순백(純白)의 세상이 된다. 속세의 더러운 것을 모두 가려서 깨끗한 세상이 되니, 우리 모든 사람들의 마음도 이렇게 깨끗하게 할 수 있다면 얼마나 좋겠는가! 그렇게

219

되는 순간이 이따금 있으니, 뇌성벽력이 치는 그 순간만은 온 세상 사람들의 마음이 한마음이 된다고 한다. 그 순간만은 정말로 잡념이 없는 순백(純白)의 시간이다.

계미신년(癸未新年)

大希羊歲出東山　　큰 희망 양(羊)의 해 동산 위로
대 희 양 세 출 동 산　　나왔는데

北核論題世不閑　　북한 핵(核)으로 세상 한가하지
북 핵 논 제 세 불 한　　않다네.

韓國今年新主立　　금년에는 나라에서 새 대통령
한 국 금 년 신 주 립　　을 세우니

望願書界解難關　　원컨대 서예계의 난관을 풀었
망 원 서 계 해 난 관　　으면.

2003. 1. 2

〖여설(餘說)〗 필자는 서예공부를 한국 최고의 작가인 여초 김응
현 선생께 다년간 배웠다. 처음에 줄긋기부터 시작해서 행서
흥복사단비까지 배우고 다년간 학원을 운영한 경력이 있다.
필자가 서예를 배울 적에는 서예가 제법 대접받는 예술이었
다. 그래서 이렇게 열심히 공부하면 사회에서 잘 나가는 작
가가 되리라 믿고 십수 년을 통하여 정말 열심히 했는데, 오
늘에 와보니 세상이 많이 변하여 사람들은 거의 아파트에 살
게 되었고, 그 아파트의 벽에는 글씨와 그림을 붙이기 어려
운 구조로 설계가 되어있어서 작품을 걸어놓고 이를 감상하

며 사는 집을 보기가 어렵게 되었으니, 어찌 서예의 작품을 팔아서 생계를 유지할 수 있겠는가! 이렇게 변화하는 세상을 미리 예견하고 대처하는 것을 선견지명이라 하니, 지금은 이런 예지가 필요한 세상이다.

혹한(酷寒)

凍雪洒窓風勢驍
동 설 쇄 창 풍 세 효

찬 눈이 창문 때리고 바람은 매서운데

溫房自我親燈宵
온 방 자 아 친 등 소

나는 따뜻한 방에서 책을 읽는다네.

寒天衆宿寒光煜
한 천 중 숙 한 광 욱

한천(寒天)의 뭇별들 빛을 발하는데

竹葉蕭蕭聞舜韶
죽 엽 소 소 문 순 소

쓸쓸한 대나무소리 소악(韶樂)[78]을 듣는 듯하다네.

2003. 1. 15

〖여설(餘說)〗선비는 대나무를 좋아한다. 그래서 죽(竹)이 사군자 중에 하나가 되니, 마디가 있고 속이 비었으며 곧게 자라고 항상 푸름을 좋아해서다. 그리고 한 가지 더 있으니, 바람에 흔들리는 대나무의 소리이다. 그래서 군자는 집주위에 대나무를 심고 그 소리를 들으며 항상 경성(警醒)했다고 한

----

78 소악(韶樂): 소악은 순(舜)임금의 음악. 《논어(論語)》술이(述而)에 "공자가 제(齊)에서 소악을 듣고는 고기 맛조차 잊어버리고 '이처럼 아름다울 줄은 몰랐다' 했다." 하였다.

다. 절에 가면 풍경이 달려 있는데, 그 소리가 청아하게 들려서 그 안에 사는 스님의 마음을 씻어주는 것처럼 대나무도 그렇게 한다는 것이다. 소악(韶樂)은 아래의 주(注)에 나오는 것처럼 공자께서 밥 먹는 것을 잊을 정도로 좋은 음악이라 한다. 좋은 음악을 항상 듣는 것이 속진(俗塵)을 벗어나는데 좋다.

추운 봄〔春寒〕

立春三過曉天監
입 춘 삼 과 효 천 감

입춘 후 삼일 지나 새벽하늘 바라보니

白雪霏霏雪界咸
백 설 비 비 설 계 함

백설이 비비(霏霏)[79]하여 온통 눈의 세계일세.

夜寢諸人眠暖室
야 침 제 인 면 난 실

야밤에 침실에서 모든 사람 따뜻하게 자는데

冬睡靈獸臥深嵒
동 수 영 수 와 심 암

동면하는 짐승은 깊은 굴에 누웠다네.

川邊古柳靑芽夢
천 변 고 유 청 아 몽

시냇가 묵은 버들 푸른 잎을 꿈꾸는데

陽處孤梅玉朶鑑
양 처 고 매 옥 타 감

양지의 외로운 매화, 꽃을 피웠네.

昨歲未年歸與冷
작 세 미 년 귀 여 냉

지난해 미년(未年)은 추위와 함께 돌아갔고

甲申希世啓封緘
갑 신 희 세 계 봉 함

갑신년 희망의 세계 봉함(封緘)을 열었다네.

----

79 비비(霏霏): 눈이나 비가 부슬부슬 오는 모양.

〖**여설(餘說)**〗 동지(冬至)에 이르면, 일양(一陽)이 나와서 점차 양기(陽氣)가 커간다. 봄이 오면 남풍이 불고 따뜻한 해가 떠올라서 대지는 온통 새로운 생명들로 가득 찬다. 이를 알고 있는 농부는 밭을 갈아 씨를 뿌리고 농사를 짓는다. 이러한 농부의 덕택에 우리같이 도회지에 사는 사람도 음식을 먹을 수가 있는 것이니, 농부의 고마움을 항상 생각하고 감사해야 한다. 요즘은 돼지처럼 먹을 줄은 아는데 고마움을 모르는 자들이 너무 많다. 이런 자는 돼지만도 못한 자이다.

농산(農山)[80]의 회갑(回甲)에

人生耳順肆瓊筵
인 생 이 순 사 경 연

인생 이순(耳順)에 큰잔치 벌였으니

白雪從身探萬編
백 설 종 신 탐 만 편

머리는 희도록 많은 책을 읽었다네.

明察評論本矯正
명 찰 평 론 본 교 정

밝게 평론함은 바름으로 교정함이고

誠心教育執連牽
성 심 교 육 집 연 견

성심으로 가르침은 이끌어 올림이네.

昔時碩士中庸法
석 시 석 사 중 용 법

옛적 선비는 중용을 법하였는데

今日佳人學藝專
금 일 가 인 학 예 전

오늘의 가인은 예술만을 배웠네.

噫嗚自居遊一筆
희 오 자 거 유 일 필

아! 스스로 붓 하나만으로 살았으니

••••••••••••

80 농산(農山): 성(姓)은 정(鄭), 이름은 충락(充洛)이니 서화가이다. 1945년생이다. 필자보다 3살이 많은데 벌써 졸서(卒逝)했다.

227

而希椿壽祝回年　　춘수(椿壽)를 빌며 회갑을 축하
이 희 춘 수 축 회 년　　하네.

2004. 4. 16

〖여설(餘說)〗 농산(農山)형은 서예평론가로 통한다. "월간 서
예"라는 잡지에 글을 많이 발표했다. 그리고 같이 만나면 말
이 많아서 타인에게 말할 기회를 주지 않는다. 서화전도 몇
번 연 것으로 기억한다. 어느 날 본인 환갑이라고 축시 한
수 써서 달라고 해서 응한 시이다.

임진년 성균관대학교 유학대학원생 졸업기념 경주여유

癸巳臘月近晦日
계 사 납 월 근 회 일

계사년(2013) 섣달그믐에 가까운 날은

零下十度天地凍
영 하 십 도 천 지 동

영하 10도에 천지가 얼었다네.

成均儒院畢業友
성 균 유 원 필 업 우

성균관대 유학대학원을 졸업하는 벗들

鷄林旅遊十四同
계 림 여 유 십 사 동

계림의 여유(旅遊)에 14인이네.

漢城驛乘高速馬
한 성 역 승 고 속 마

서울역에서 고속철을 타니

瞬間千里疾走中
순 간 천 리 질 주 중

순간에 천 리를 질주하는 중이라네.

耳順旅遊越漢江
이 순 여 유 월 한 강

이순(耳順)의 여유(旅遊)에 한강을 넘었는데

身老心躍如心童
신 노 심 약 여 심 동

늙은 몸 마음은 뛰어 마치 아희와 같네.

冷天裸木北風前
냉 천 나 목 북 풍 전

냉천의 나목(裸木)은 북풍의 앞에 섰는데

將立春水上木衷
장 입 춘 수 상 목 충
오래지 않아 입춘 되니 물이 나무속으로 오른다네.

遠山銀雪洞壑滿
원 산 은 설 동 학 만
먼 산의 눈은 고을에 가득한데

近丘樹林寒氣終
근 구 수 림 한 기 종
가까운 구릉에는 한기(寒氣)가 끝이라네.

車中對話合意氣
차 중 대 화 합 의 기
차중의 대화 의기 합했는데

易哲茶詩言辭崇
역 철 다 시 언 사 숭
역학, 철학, 차, 시 등 고상한 말들뿐

武烈王陵無立碑
무 열 왕 릉 무 입 비
무열왕 능에는 비가 세워있지 않은데

天下角干拜心忠
천 하 각 간 배 심 충
천하의 각간(角干)의 충심에 배례한다오.

平沙中食五穀味
평 사 중 식 오 곡 미
평사리의 점심은 오곡의 음식인데

室內勞婦節如戎
실 내 노 부 절 여 융
실내에서 일하는 부인 절도는 군대 같아

三陵破掘出金冠
삼 릉 파 굴 출 금 관
삼릉을 파굴하니 금관이 나왔는데

無主群墳存推窮 무 주 군 분 존 추 궁	주인 모르는 여럿의 군분(群墳) 미루어 궁구함이 있다네.
多寶釋加皆國寶 다 보 석 가 개 국 보	다보탑과 석가탑은 모두 국보 인데
佛國寺內有大雄 불 국 사 내 유 대 웅	불국사 안에는 대웅전이 있다네.
木覓山中多線佛 목 멱 산 중 다 선 불	목멱산 중에는 선불(線佛)이 많 은데
佛國淨土理圓融 불 국 정 토 이 원 융	불국정토는 이치가 원융(圓融) 하다네.
石窟庵佛東面光 석 굴 암 불 동 면 광	석굴암의 석불 동면(東面)으로 빛을 발하는데
靑友會員縮雪風 청 우 회 원 축 설 풍	청우회 회원들 설풍(雪風)에 움 츠리네.
夕食魚膾饒饑腹 석 식 어 회 요 기 복	저녁에는 회를 먹어 주린 배 채 우고
翌朝三味豆腐豊 익 조 삼 미 두 부 풍	다음날 아침 삼미정에서 두부 음식을 먹었네.

夜時管樂放歌大
야 시 관 악 방 가 대
야시(夜時)의 트럼펫에 맞춘 노랫소리 크고

洋酒多飮心事空
양 주 다 음 심 사 공
양주 많이 마셔 심사(心事)가 공(空)이 되었네.

宮趾雁壓圍淸池
궁 지 안 압 위 청 지
궁궐터 안압지는 맑은 연못으로 둘렸는데

自宮至臺一蓋充
자 궁 지 대 일 개 충
궁에서 대(臺)에 이르기까지 하나의 지붕으로 채웠네.

當時三分新羅國
당 시 삼 분 신 라 국
당시에 삼분(三分)한 신라국인데

佛法花郞一體功
불 법 화 랑 일 체 공
불법과 화랑이 일체되어 공이 있다네.

原形瞻臺夜景好
원 형 첨 대 야 경 호
원형이 보존된 첨성대 야경이 아름다운데

世界唯一此法工
세 계 유 일 차 법 공
세계에서 유일한 공법이라네.

往往大墳主人誰
왕 왕 대 분 주 인 수
이따금 있는 큰 무덤 주인은 누구인가!

夜景懸燈燦爛紅
야 경 현 등 찬 란 홍
야경의 현등(懸燈)은 찬란하게 붉다네.

翊日溫泉解旅毒 익 일 온 천 해 여 독	내일은 온천에서 여독을 풀어 야지
餘裕中食心身洪 여 유 중 식 심 신 홍	여유있는 점심에 심신이 넓어 지네.
高鐵歸路自放談 고 철 귀 로 자 방 담	고속철의 귀로에 스스로 방담 을 하는데
寒天鳴去二三鴻 한 천 명 거 이 삼 홍	한천(寒天)에 날아가는 한둘의 기러기들.

〖여설(餘說)〗 2년 반의 학업을 마치고 이를 기념해서 경주에 여행하기로 하였다. 마침 날씨는 추워서 돌돌 떨면서 다녔는데, 이곳에 사는 김해수 학우의 세심한 배려와 인도함에 힘입어서 여행도 잘하고 음식도 맛있는 음식점에서 잘 먹었다. 우리의 여행에 준회원으로 참여한 강원대학의 신혜영 교수가 야간의 유흥시간에 가야금 연주와 노래로 흥을 많이 돋우었다. 경주 남산에는 바위에 새겨진 선불(線佛)이 많았는데, 이를 모두 구경하려면 며칠을 해야 할 것 같아서 일부 중요한 선불만 관람했다. 이번 여행에는 청우회 회장인 김징완 회장의 노고가 가장 컸다.

전철(電鐵)

下存雙鐵電線高 하 존 쌍 철 전 선 고	아래엔 두 개의 철로 전선(電線)은 높이 달렸는데
千里奔馳不必勞 천 리 분 치 불 필 로	천 리를 질주해도 지칠 줄 몰라라.
其日列車乘萬百 기 왈 열 차 승 만 백	이를 많은 사람 태우는 열차라 말하는데
之專道路無衝遭 지 전 도 로 무 충 조	혼자 가는 길이니 부딪칠 일은 없다네.

2003. 1. 22

〖여설(餘說)〗 서울은 전철의 도시라 해도 과언이 아닐 정도로 많은 전철이 다닌다. 필자는 의정부 회룡역에서 종로3가역까지 타고 다니는데, 전철을 탄 시간만 40분이 걸린다. 위에서도 언급했듯이 전철은 자기 전용의 철로가 있으므로 막히지 않아서 좋다. 지금은 자동차가 많은 세상인지라 육로의 길은 언제나 막힌다. 이토정 선생이 '자기 묘지 앞에 철마(鐵馬)가 다니면 다른 곳으로 옮기라.'고 예언했다는데, 과연 지금은 철로 만든 말이 많이도 달린다. 선생의 예언이 신기롭기만 하다.

춘분(春分)

開襟春節望樓登 개 금 춘 절 망 루 등	봄날 옷깃 풀고 망루에 오르니
松下溪邊坐客僧 송 하 계 변 좌 객 승	시냇가 소나무 아래 객승(客僧)이 앉아있네.
前後遠山煙靄發 전 후 원 산 연 애 발	전후의 먼 산 아지랑이 피어오르는데
屋隅梅萼似明燈 옥 우 매 악 사 명 등	집 모퉁이 매화꽃은 등불처럼 밝다네.

2003. 3. 20

[여설(餘說)] 봄이 되면 벚꽃이 만발한다. 매화꽃은 벚꽃보다 조금 전에 핀다. 그리고 살구꽃이 피고 복숭아꽃이 핀다. 우리나라는 벚나무를 많이 심었기 때문에 봄에 전철을 타고 가다보면 하얗게 핀 벚꽃이 빛을 발할 때가 있다. 이 벚꽃은 깜깜한 밤에 보아도 환하게 빛을 발한다. 매화는 벚나무처럼 흔하지 않다. 오얏나무는 매화와 흡사한데, 이(李)씨 성을 가진 사람들은 자기 집에 반드시 오얏을 심어서 은근히 자기가 이씨라는 것을 알렸다. 지금처럼 아파트가 많은 때에는 오얏나무가 보이지 않으나, 시골에 가면 아직도 집 뒤에 심어있는 오얏나무를 볼 수가 있다.

안동여행〔遊於安東〕

我破紅塵訪問他
아 파 홍 진 방 문 타
나는 세상일 파하고 그곳 방문하니

洛江左右儒風多
낙 강 좌 우 유 풍 다
낙동강 가에는 유풍(儒風)이 많다네.

退溪尙德林陰裏
퇴 계 상 덕 임 음 리
퇴계의 상덕사는 숲 속에 있는데

誠一遺家萬世過
성 일 유 가 만 세 과
김성일 유가(遺家)는 만세를 지났다네.

陸史鬪魂興祖國
육 사 투 혼 흥 조 국
이육사의 투혼은 조국을 일으켰고

河回赤壁思東坡
하 회 적 벽 사 동 파
하회의 적벽(赤壁)은 소동파를 생각하게 하네.

溫知此究皆知足
온 지 차 구 개 지 족
온지학회의 이 탐구 다 만족하는데

歸路窓邊稻綠波
귀 로 창 변 도 록 파
귀로(歸路)의 창가에 벼의 푸른 물결들

〖여설(餘說)〗 안동은 우리나라의 문향(文鄕)이다. 이학(理學)의 종주(宗主)인 퇴계선생이 계신 곳으로, 회재(晦齋) 이언적 선생이 옥산서원에 모셔져 있으며, 퇴계의 문인인 유성룡 선생이 병산서원에 계시다. 이 밖에도 김성일 선생, 길재 선생 등 수많은 석학들이 이곳에서 배출되었다. 지금도 안동시 출신의 교수가 전국에서 시군 출신으로 제일 많다는 이야기를 모교수로부터 들었다. 살아보고 싶은 곳이다.

늦더위〔殘暑〕

秋天陽地夏炎凌
추 천 양 지 하 염 릉

가을의 양지는 여름 더위 능멸
하는데

驛舍陰風淸氣增
역 사 음 풍 청 기 증

역사의 시원한 바람이 청기(淸
氣) 더하네.

九月畓田靑穀熟
구 월 답 전 청 곡 숙

구월의 논밭에는 푸른 곡식 익
어가고

旬三穹昊白雲興
순 삼 궁 호 백 운 흥

열사흘 하늘엔 흰 구름이 일어
나네.

淙淙細水潺潺去
종 종 세 수 잔 잔 거

종종(淙淙)[81]한 세수(細水)는 잔
잔히 흐르고

疊疊重山處處勝
첩 첩 중 산 처 처 승

첩첩의 중산(重山)은 처처에 승
지(勝地)라네.

路上江邊野菊滿
노 상 강 변 야 국 만

길 옆 강변에 들국화가 가득하니

....

81 종종(淙淙): 졸졸졸 흐르는 물을 말한다.

騷人心想此時朋 소인 묵객의 마음 이를 벗하려
<small>소 인 심 상 차 시 붕</small> 한다네.

2004. 9.

〖여설(餘說)〗 본시 경연(頸聯)의 "淙淙細水潺潺去 疊疊重山處處
勝"의 글자를 자세히 보면, 대구(對句)가 너무 잘 이루어져
있다. 한시(漢詩)는 이런 곳에서 아름다움을 찾는 것이다. 함
연(頷聯)과 경연(頸聯)은 모두 대구를 써야 하므로, 이런 멋
진 대구를 찾으려고 시인은 노력하는 것이다.

중동전쟁(中東戰爭)

自古中東出石金　예부터 중동은 석유와 금이 나
자 고 중 동 출 석 금　왔는데

美英侵擊銃聲音　미국과 영국 침략하여 총소리
미 영 침 격 총 성 음　가 났다네.

被害慘形傳世界　피해의 참극 세계에 전파되니
피 해 참 형 전 세 계

多邦反戰慰民心　많은 나라 반전(反戰)데모 민심
다 방 반 전 위 민 심　을 위로하네.

2003. 4. 3

〖여설(餘說)〗 이라크의 대통령 후세인은 미국과 사이가 좋지 않
았다. 석유가 많이 나오기에 그 석유를 팔아서 많은 돈을 버
는 나라이다. 그러나 후세인은 당시 세계의 경찰국인 미국의
말을 잘 안 듣는 독재자였으니, 미국이 이라크에 화학무기가
많아서 위험하다는 이유로 침범하였다. 그 뒤에 후세인은 잡
혀서 사형을 당했고, 미국은 이라크에 새로운 대통령을 세우
고 떠났다. 국가 간에도 약육강식(弱肉强食)의 법칙이 통한
다. 세상을 살아가는 법칙을 이에서 배워야 한다.

한식에 제(題)하다.〔題寒食〕

爲先碑立下山南
위 선 비 립 하 산 남

선조의 비(碑) 세우고자 남쪽
고향에 내려가니

會集宗親與女男
회 집 종 친 여 여 남

남녀의 모든 종친 함께 모였네.

當日末周焚介子
당 일 말 주 분 개 자

오늘은 주(周)나라 말(末) 개자
추[82] 불에 탄 날인데

今時掃墓月春三
금 시 소 묘 월 춘 삼

이때는 성묘하는 춘삼월이라네.

〖여설(餘說)〗 개자추(介子推)는 진(晉)나라 문공(文公)이 왕위에
오르기 전에 아버지 헌공(獻公)에게 추방되었을 때, 19년 동
안 그를 모시며 같이 망명생활을 하였다. 뒤에 문공이 진(秦)
나라 목공(穆公)의 주선으로 귀국하여 왕위에 오르고 많은
현신(賢臣)을 등용하였으나 개자추에게는 봉록을 주지 않았
다. 실망한 그는 면산(緜山)에 들어가 숨어 살았다. 문공이

---

82 개자추(介子推): 중국 춘추시대의 은인(隱人)(?~?). 진(晉)나라 문공
(文公)이 공자(公子)일 때 19년 동안 함께 망명생활을 하며 고생하였
으나, 문공이 귀국하여 왕이 된 후 자신을 멀리하자 면산(緜山)에
들어가 숨어 살았다. 문공이 잘못을 뉘우치고 자추가 나오도록 하
기 위하여 그 산에 불을 질렀으나, 나오지 않고 타 죽었다고 한다.

자신의 잘못을 뉘우치고 그를 불렀으나 나오지 않았다. 문공은 그를 나오게 하기 위해 산에다 불을 질렀다. 그러나 끝내 나오지 않고 어머니와 함께 그대로 타 죽었다. 한식(寒食)은 개자추가 타 죽은 것을 기리기 위하여 기념하는 날로서, 이 날에는 찬밥을 먹는다고 한다.

춘강(春江)

東君孰處姑凍江
동 군 숙 처 고 동 강

강은 아직 얼어 있으니 봄은 어디에 있느냐

不識南風自火邦
불 식 남 풍 자 화 방

남쪽의 봄바람을 알지 못하겠네.

遠岫春陽渺渺出
원 수 춘 양 묘 묘 출

먼 산 봄의 양기(陽氣) 아련히 나오는데

河邊賞客走船窓
하 변 상 객 주 선 창

강가의 상춘객 선창으로 달려 가네.

〚여설(餘說)〛 기구(起句)의 동군(東君)은 봄을 뜻하니, 오행으로 동쪽은 봄을 뜻한다. 그러므로 동쪽을 주장하는 임금은 봄인 것이다. 아직 강은 얼어있는데, 산모퉁이에는 아지랑이가 어른거리니 봄이 얼마 남지 않은 계절이다. 이를 환절기라고 하는데, 이때는 겨울도 아니고 봄도 아닌 어정쩡한 계절인 것이다. 그런데 선창으로 달려가는 상춘객이 보이니, 이 상춘객의 마음에는 이미 봄이 와 있는 것이다.

가배(嘉俳)

嘉俳八節新羅元
가 배 팔 절 신 라 원

8월 가배(嘉俳)는 신라가 기원 인데

明月今時照是園
명 월 금 시 조 시 원

밝은 달 오늘도 이 동산을 비추네.

兄弟對顔枝誼出
형 제 대 안 지 의 출

형제가 만나니 지의(枝誼)[83]가 나오고

祖孫供禮仰先言
조 손 공 례 앙 선 언

조손(祖孫)이 받드는 차례(茶禮) 선조 사모함이네.

風調雨順高風聞
풍 조 우 순 고 풍 문

우순풍조(雨順風調)하니 높은 풍습 들리고

黃色波田望依門
황 색 파 전 망 의 문

황금빛 흔들리는 전답 문에 기대어 바라보네.

數歲別離逢舊友
수 세 별 리 봉 구 우

몇 해 이별한 친구들 만나서

情談酬酌好鄕村
정 담 수 작 호 향 촌

술 따르며 얘기하니 고향이 좋다네.

2004. 9.

83 지의(枝誼): 형제간의 우의.

〚**여설(餘說)**〛 가배(嘉俳)는 추석을 말하니, 1년 중 가장 풍성한 계절이 가을이고, 그 중에 가장 큰 달이 뜨는 날이 음력 8월 보름이다. 예부터 선인들은 많은 수확을 하면 신(神)께 감사하는 마음을 가졌으니, 바로 추석에 새로 나온 곡식으로 음식을 만들어서 천신(薦新)을 하고 조상께 감사를 올렸던 것이다. 감사하는 마음, 이는 사람이 한층 더 성숙해가는 과정인 것이다. 남을 돕는 마음은 더욱 중요하고 이런 마음이 복을 받는 것이다.

따뜻한 겨울(暖冬)

立冬過九白鷗飛
입 동 과 구 백 구 비

입동이 구일 지난 오늘 갈매기 날고

不氷梁川魚隊肥
불 빙 양 천 어 대 비

얼지 않은 양천(梁川)[84] 고기떼가 살졌네.

中部濃煙春暖預
중 부 농 연 춘 난 예

중부지방 짙은 안개 따뜻한 봄날 예고하고

畓田靑麥雪寒希
답 전 청 맥 설 한 희

논밭의 파란보리 눈이 오길 기다리네.

每年修試酷冷到
매 년 수 시 혹 냉 도

해마다 수능(修能)날은 혹독한 추위 오는데

今歲參生汗出歸
금 세 참 생 한 출 귀

금년에 참여한 학생 땀 흘리며 돌아오네.

農物開關國際事
농 물 개 관 국 제 사

농산물의 개관(開關)은 국제적인 일인데

....
84 양천(梁川): 중랑천의 옛 이름.

示威反對如施威
시 위 반 대 여 시 위

반대하는 시위(示威) 시위(施威)[85]하는 것 같네.

2004. 11. 19

〖여설(餘說)〗 우리나라는 무역을 하여 이익을 남겨 먹고사는 기업구조이다. 예전에는 농업을 기본으로 하여 살았는데, 먹고살기가 매우 어려웠던 기억이 있다. 그래서 박정희 대통령이 공업을 육성하여 이만큼 먹고살만한 나라가 되었다. 그러므로 지금은 타국과 FTA를 맺어서 관세를 내리고 많은 물건을 팔아야 되는데, 그중에서 가장 민감한 부분이 농산물 개방이다. 농민들은 한사코 개방하지 말라고 떼를 쓰고, 상대국에서는 농산물을 개방하라 야단이니, 이를 조정하여 정하기가 매우 어려운 것이다.

---

85 시위(施威): 위풍(威風)을 펼쳐 보임.

갑신년을 보내는 소회 〔甲申送年所懷〕

甲申除夜步城街
갑 신 제 야 보 성 가

갑신년 제야(除夜)[86]에 서울거리 거니는데

聖誕燦光掛假柴
성 탄 찬 광 괘 가 시

성탄의 네온 빛은 임시로 세운 나무에 걸렸네.

嗟別綠猿哀惜淚
차 별 록 원 애 석 루

아! 갑신년 이별하려니 애석한 눈물 나오고

鳴迎靑酉大望佳
오 영 청 유 대 망 가

아! 을유년을 맞으니 대망의 꿈 아름다워

吾身學藝窺霜雪
오 신 학 예 규 상 설

나는 예술 공부하느라 흰머리 엿보이는데

兒子工科下石階
아 자 공 과 하 석 계

아이는 시험공부 하려고 돌계단 내려가네.

今日庶民生活苦
금 일 서 민 생 활 고

오늘의 서민들 생활은 괴로우나

• • • • • • • • • • • • • •
86 제야(除夜): 섣달의 그믐밤.

新年希夢有歡駭
신 년 희 몽 유 환 해

새해의 희망찬 꿈 기뻐 놀라는
일 있기를.

2004. 12. 20

[여설(餘說)] 어느 누가 왈(日), 세월의 빠름이 20대는 20km로
가고, 30대는 30km로 가며, 50대는 50km로 가고, 60대는
60km로 간다고 하는데 맞는 말이다. 올해도 벌서 11월 1일
을 맞았으니, 딱 두 달 있으면 새해가 온다. 그러나 사람은
세월의 흐름을 걱정할 것이 아니라 무엇을 어떻게 하면서 세
월을 보내느냐가 더 중요하다. 일례로 대학을 들어가는 학생
이 일류대학에 들어갔다면 최고의 해가 되어서 길이 기억이
되지 않겠는가! 필자는 올해에 많은 일을 했다. 실로 눈코 뜰
사이 없이 바빴다. 그렇기에 번역서가 여러 권 나오고 예술
서도 1권 나왔으며, 지금은 한시집을 정리하여 금년 내로 출
판할 예정이니, 꽤 많은 일을 한 것 아닌가!

남주소쇄원[87] 및 면앙정[88] 여유〔南州瀟灑園 及俛仰亭旅遊〕

2013년 4월 20~21일, 성균관대학교 유학대학원생 일동 학술답사.

早朝起床空腹出
조 조 기 상 공 복 출

이른 아침 기상하여 공복(空腹)으로 나와

乘鐵回龍倉洞由
승 철 회 룡 창 동 유

회룡에서 전철 타고 창동을 경유하였네.

春雨霏霏俱雨裝
춘 우 비 비 구 우 장

봄비가 비비(霏霏)하니 모두 우장(雨裝)하였는데

潭陽瀟灑好時遊
담 양 소 쇄 호 시 유

담양 소쇄원 좋은 시절에 유람한다네.

乘客此日喫酒茶
승 객 차 일 끽 주 다

차타고 여행하며 술과 차 마시는데

· · · · · · · · · · · ·

87 소쇄원(瀟灑園): 1530(중종 25)년, 소쇄 양산보(梁山甫)가 전라남도 담양군 남면(南面) 지곡리(芝谷里)에 만든 정원(庭園).

88 면앙정(俛仰亭): 조선시대 1524년에 시인 송순이 고향인 전라도 담양에 면앙정이라는 정자를 지었다.

窓外草原多馬牛
창 외 초 원 다 마 우

창밖 초원에는 말과 소 많다네.

造物卜址太白下
조 물 복 지 태 백 하

조물주가 태백산 아래 터를 잡
았으니

弘益人間施遍周
홍 익 인 간 시 편 주

널리 사람에게 이로운 세상 두
루 베풀었다네.

檀君青丘祈永福
단 군 청 구 기 영 복

단군은 청구(青丘)에 영원한 복
기원하고

知足念願勞運舟
지 족 염 원 노 운 주

지족선사(知足禪師)[89]의 염원
운주사의 노고라네.

五六時間遲遲行
오 육 시 간 지 지 행

대여섯 시간의 더딘 여행길

南州萬里訪濱洲
남 주 만 리 방 빈 주

남주(南州) 만 리의 물가를 방
문한다네.

瀟灑園前脩竹衝
소 쇄 원 전 수 죽 충

소쇄원 앞에는 수죽(脩竹)이 하
늘 찌르는데

· · · · · · · · · · · · · ·

89 지족선사(知足禪師): 10년을 면벽(面壁)한 유능한 스님이었는데, 하
룻밤에 황진이한테 무너지고, 곧바로 짐을 싸서 절을 나와 전라도
화순에 있는 운주사에서 평생을 참회하며 조선의 평안을 위해 많
은 부처를 제작하여 세웠다는 전설이 있다.

梁氏此地惱世憂
양 씨 차 지 뇌 세 우

양산보[90]는 이곳에서 세상의
걱정을 고뇌했다네.

亭子三棟閑閑間
정 자 삼 동 한 한 간

정자 세 동 한가한 사이인데

隱遁寒士理學求
은 둔 한 사 이 학 구

은둔한 한사(寒士) 이학을 연구
했다네.

竹岸寒亭飛翼簷
죽 안 한 정 비 익 첨

대나무 언덕 한정(寒亭) 날듯한
처마

澄淵躍魚碧落鷗
징 연 약 어 벽 락 구

맑은 연못 고기 뛰고 하늘에는
기러기

....

90 양산보(梁山甫): 1503년(연산군 9)~1557년(명종 12). 조선 전기의
문신. 본관은 제주(濟州), 자는 언진(彦鎭), 호는 소쇄옹(瀟灑翁)이다.
조부는 부사직(副司直) 양윤신(梁允信)이고, 부친은 창암(蒼暗) 양사
원(梁泗源)이다. 모친은 신평송씨(新平宋氏)이다. 정랑(正郎) 김후(金
珝)의 딸인 광산김씨(光山金氏)와 결혼하여 3남 1녀를 두었다. 어려
서 정암(靜庵) 조광조(趙光祖)의 문하에서 학문을 배웠으며, 이후 성
균관에 유학하였다. 1519년(중종 14) 중종이 친히 주관한 시험에
서 17세의 나이로 합격하였으나, 대간(臺諫)들의 반대로 취소되고
이를 애석히 여긴 중종이 물품을 내려 위로하였다. 그 해 기묘사
화(己卯士禍)로 조광조가 실각하자, 전라남도 담양(潭陽)으로 내려와
소쇄원(瀟灑園)을 짓고, 자호를 소쇄옹(瀟灑翁)이라 하였다. 평소 《대
학(大學)》과 《중용(中庸)》을 깊이 연구하였으며, 하서(河西) 김인후
(金麟厚), 청송(聽松) 성수침(成守琛)과 교유하였다. 조광조 사후 하서
와 함께 사림(士林)의 폭넓은 지지를 받았다. 병환이 있어 1557년
(명종 12) 3월 20일 55세의 나이로 세상을 떠났다.

息影前淵樹林美
식 영 전 연 수 림 미

식영정 앞 연못의 수림이 아름
다운데

吾等聯坐酒詩酬
오 등 연 좌 주 시 수

우리들 연하여 앉아 술 마시고
시 읊었지.

四面群峰蓋煙霞
사 면 군 봉 개 연 하

사면의 많은 산봉우리 안개에
가렸는데

川成大淵潺潺流
천 성 대 연 잔 잔 유

내는 큰 연못 이루고 잔잔히 흐
른다네.

蟾津江水如古樣
섬 진 강 수 여 고 양

섬진강 물 옛 모양과 같은데

水中黑石點點休
수 중 흑 석 점 점 휴

수중의 검은 돌 점점이 아름답네.

雲鳥樓家大夫宅
운 조 루 가 대 부 댁

운조루는 대부(大夫)의 집인데

白紅梅花見纖柔
백 홍 매 화 견 섬 유

홍백의 매화 섬세하고 유약하
게 보이네.

求禮飯店山菜佳
구 례 반 점 산 채 가

구례의 밥집에는 산채가 맛있
는데

臨海特區地異丘
임 해 특 구 지 이 구

바다 임한 특구인 지리산의 언
덕이라오.

韓化賓館山下麓
한 화 빈 관 산 하 록
한화콘도 지리산 기슭에 있는데

臨水背山深樹林
임 수 배 산 심 수 림
물에 임하고 산 등진 깊은 수림
이라오.

華嚴寺中扁聯美
화 엄 사 중 편 련 미
화엄사 가운데 편액과 주련이
아름다운데

禽鳴兎走日照臨
금 명 토 주 일 조 림
해 뜨는 아침 새 울고 토끼 달
아난다오.

剛庵老家入書館
강 암 노 가 입 서 관
강암 노가(老家)의 서예관에 들
어왔으니

穀倉監營名全州
곡 창 감 영 명 전 주
곡창으로 이름난 전주의 감영
(監營)이라오.

先生名聲揚方谷
선 생 명 성 양 방 곡
선생의 명성은 방곡(方谷)을 드
날리고

三樹善名益嘉求
삼 수 선 명 익 가 구
세 아들 착한 이름 더욱 아름다
움 추구한다오.

二層各家展示好
이 층 각 가 전 시 호
이층에 각 가의 전시가 좋으니

其人書札何此投
기 인 서 찰 하 차 투
그 사람들 서찰을 어찌 이곳에 들여왔는가!

歸路山路煙霞裏
귀 로 산 로 연 하 리
귀로의 산로에는 안갯속인데

山中蛇路見萬岑
산 중 사 로 견 만 잠
산중의 사로(蛇路, 좁은 길)에서 일만 봉우리 본다오.

幄手別離期次年
악 수 별 리 기 차 년
악수하고 이별하며 다음 해 기약하는데

車中歌聲仙世音
차 중 가 성 선 세 음
차중의 노랫소리 신선 세상의 소리.

〖여설(餘說)〗 소쇄원의 이름은 많이 들었지만 가서 보기는 이번이 처음이다. 이는 필자의 대학원생활의 마지막 여행이니, 유학대학장인 이기동 교수의 인솔 아래 여유(旅遊)를 하였다. 소쇄원에 도착하여 들어가는데 입구의 대나무가 인상적이었다. 안에 들어가니 세 채의 정자가 있는데, 매우 고풍스런 정자였다. 그러나 너무 단조로워서 좀 서운한 생각이 들었다. 뒤에는 높은 산이 있고 따라서 깊고 넓은 골짜기가 있어서 필자는 혹 그 안에 또 무엇이 있지 않은가 하고 둘러보고 문의해 봤지만 소쇄원은 이것뿐이었다.

가랑비〔細雨〕

辛蛇驚蟄已過時
신 사 경 칩 이 과 시

신사년 경칩일이 이미 지난 이 때에

昨夜雪天春信遲
작 야 설 천 춘 신 지

어젯밤 내린 눈 봄소식 더딜 건가!

農夫心細雨降地
농 부 심 세 우 강 지

농부의 마음은 세우(細雨)가 땅 적셔주는 것인데

造物志蒼林綠枝
조 물 지 창 림 록 지

울창한 숲 푸른 가지는 조물주의 뜻이라.

2001. 3. 28

〔여설(餘說)〕 세우(細雨)는 부슬부슬 내리는 이슬비를 말하는 데, 이를 가랑비라고도 한다. 봄의 농부는 봄비가 내리길 학수고대하며 밭을 갈고 씨를 뿌린다. 그러나 농부의 경작에 기대지 않는 산야의 초목은 울창하기만 하니, 조물주의 힘은 위대한 것이다. 경칩이 되면 평양에 있는 대동강 물도 풀린 다고 한다. 이때에 동면에 들어간 개구리는 나와서 알을 까서 올챙이를 생산한다. 이것이 봄소식인 것이다.

가문 봄〔春旱〕

水落山間樹草蕪
수 락 산 간 수 초 무
수락산에 나무와 풀 무성한데

家田播種眠無蘇
가 전 파 종 면 무 소
텃밭에 뿌린 씨앗 싹 띄우지 않고 잔다네.

朝寒午暑是春日
조 한 오 서 시 춘 일
아침은 춥고 낮은 더운 이러한 봄날에

罔息雨天祈雨呼
망 식 우 천 기 우 호
비 온다는 소식 없어 기우제를 지내네.

〖여설(餘說)〗 수리시설이 부족한 전통사회에서는 다양한 방식의 기우제를 통해 가뭄을 극복하고자 하였다. 비에 대한 관심은 〈단군신화〉에서 이미 확인된다. 환웅(桓雄)이 풍백(風伯), 우사(雨師), 운사(雲師)를 거느리고 인간세계에 하강했다는 것은 이런 점을 잘 드러내고 있다. 전통적으로 가뭄은 자연기후 현상임에도 치자(治者)의 부덕(不德)에 원인이 있는 것으로 여겼다. 고대 부족국가인 부여의 경우 가뭄이나 장마가 계속되어 오곡이 영글지 않으면 그 허물을 왕에게 돌려 '왕을 마땅히 바꾸어야 한다' 고 하거나 '죽여야 한다' 는 풍속이 있었다.

상춘(賞春) 2수

南國園林嫩葉纖
남 국 원 림 눈 엽 섬

남국 원림(園林)에 새로운 잎 예쁘고

村隅舊址萬花瞻
촌 우 구 지 만 화 첨

마을 옆 성터에서 많은 꽃을 본다네.

江沙白鷺爭遊戲
강 사 백 로 쟁 유 희

모래사장에는 백로가 다투어 유희하는데

釣士眠看釣線潛
조 사 면 간 조 선 잠

조사(釣士)는 졸면서 잠긴 낚싯줄만 바라본다네.

水落枯枝嫩葉纖
수 락 고 지 눈 엽 섬

수락산 마른 가지 새순이 아름다운데

林中萬蘂艶姿瞻
임 중 만 예 염 자 첨

숲 속의 많은 꽃 아름답다네.

迎鳴雀鳥登熊石
영 명 작 조 등 웅 석

새들 노랫소리 들으며 곰 바위에 오르니

前見靄雲峰出尖
전 견 애 운 봉 출 첨

앞의 운애(雲靄)로 산봉우리만 보인다네.

2003. 4. 7

〖여설(餘說)〗 첫째 시 결구(結句)에 조사(釣士)가 보이는데, 이는 강태공에게서 시작된다. 그래서 조사(釣士)를 강태공이라 부르는데, 강태공은 조사(釣士)에 그치지 않고 정치에 투신하여 주(周)무왕을 도와 천하를 통일하고 백성들이 편안하게 살 수 있도록 한 인물이다.

칠백의총(七百義塚)

七百烈人何以愚
칠 백 열 인 하 이 우
칠백의 열사를 어찌 어리석다고 하나!

一心求國士軍驅
일 심 구 국 사 군 구
일심으로 나라를 구하려 군사를 몰았네.

朝鮮王室蒙平壤
조 선 왕 실 몽 평 양
조선의 왕실은 평양으로 몽진(蒙塵)[91]하고

倭寇强兵取漢都
왜 구 강 병 취 한 도
왜구의 강병(强兵)은 서울을 취했다네.

然故重峯因唱義
연 고 중 봉 인 창 의
그러므로 중봉(重峯)[92]은 이를 인해 창의(唱義)하였는데

----

91 몽진(蒙塵): 머리에 먼지를 쓴다는 뜻으로, 임금이 난리를 피하여 안전한 곳으로 감을 비유적으로 이르는 말. 난리를 피하여 안전한 곳으로 가다.

92 중봉(重峯): 조선왕조 선조 때의 문신·학자. 자는 여식(汝式), 호는 중봉(重峯)·도원(陶原)·후율(後栗). 이율곡·성혼(成渾)의 문인. 직간(直諫)으로 왕의 노여움을 받아 유배(流配)·파직(罷職)·강등(降等) 등 파란이 많았으나, 임진왜란 때 의병을 일으켜 금산서 싸우다 7백 의병 및 아들 완기(完基)와 함께 전사함. 이이(李珥)의 기발이승

是中承業合同途 이런 가운데 승업(承業)[93]은 같
시 중 승 업 합 동 도　은 길로 합세했네.

錦山戰鬪皆全滅 금산(錦山)의 전투(戰鬪)에서
금 산 전 투 개 전 멸　다 죽었는데

朴統治墳此復蘇 박 대통령의 성역화로 이를 다
박 통 치 분 차 복 소　시 소생케 했네.

〖여설(餘說)〗 중국 제(齊)나라 전횡(田橫)을 따르던 군사 500명
이 지도자를 따라 한 사람도 달아나는 자 없이 죽은 것이 유
일한 것이었는데, 임진란 때 금산전투에서 조헌을 따르던 군

....
일도설(氣發理乘一途說)을 지지하여 이이의 학문을 계승 발전시켰
다. 영조(英祖) 때 영의정으로 추증됨. 저서로는 《중봉집(重峰集)》·
《중봉동환봉사(重峰東還封事)》가 있고, 청구영언(靑丘永言)에 시조 3
수가 전함. 문묘(文廟)에 배향됨. 시호(諡號)는 문열(文烈).
93 전승업(全承業): 중봉(重峯)의 문인. 자는 효선(孝先), 호는 인봉(仁峰).
참판 팽령(彭齡)의 손자. 관직은 사재감첨정. 중봉과 함께 창의(倡
義). 중봉의 밑에서 군수물자를 담당하는 막료로 활약하였고, 중봉
이 쓴 상소문을 가지고 의주로 가던 도중 당진에서 중봉이 이끄는
7백 명의 군사가 전멸하였다는 소식을 접하고 상소문은 부관 곽현
에게 맡기고 금산으로 돌아와 벗 박정량과 같이 중봉의 시신을 수
습하여 장례를 치르고, 나머지 7백 의사는 시신을 한 곳에 묻었음.
《인봉집(仁峰集)》이 있고, 후율서원(後栗書院)에 배향됨.

사 700명이 일본군과 싸우다가 전사했다고 한다. 여기에 영규의 군사 승군(僧軍) 300명도 함께 전사했으니, 1,000명이 전사하였다. 이 시의 경연(頸聯) 승업(承業)은 필자의 14대조이다. 조헌의 제자로 막하에서 군량(軍糧)을 담당하였다고 한다.

동남아의 대 지진과 해일〔東南亞大地震海溢〕

東南亞國安居辰
동 남 아 국 안 거 신

동남아 국가들 편안히 지내던 때에

奄忽震波醒造神
엄 홀 진 파 성 조 신

갑자기 지진의 파도 조물주를 놀라게 했네.

十萬人間沒海溢
십 만 인 간 몰 해 일

10만의 사람들 해일에 빠졌고

幾千家屋被頹淪
기 천 가 옥 피 퇴 륜

수천(數千)의 가옥 무너져 물에 잠겼네.

吁嗟殘命怨號泣
우 차 잔 명 원 호 읍

아! 남은 생명은 울부짖으며 원망하는데

何必天災棄恤民
하 필 천 재 기 휼 민

하필 천재는 불쌍한 백성을 버렸나!

世界各邦援速手
세 계 각 방 원 속 수

세계 각국은 빠른 손으로 구원하려 하나

那時回復索前春
나 시 회 복 색 전 춘

어느 때에 회복하여 전의 봄날을 찾을까?

2005.

〖**여설(餘說)**〗지진과 해일은 너무나 무서운 재앙이다. 이런 재앙을 천재(天災)라 하는데, 10만 명의 사람이 순식간에 해일에 쓸려갔다고 하니 너무 끔찍한 일이다. 필자도 이 해일의 광경을 TV를 통해서 똑똑히 보았다. 그렇기에 사람이 이 세상을 살아가면서 어디에 터를 잡고 사는가가 무척 중요하다. 한마디로 말해서 기름진 곳에서 자라는 곡식은 많은 열매를 맺는데, 메마른 곳에 뿌리를 내린 곡식은 열매를 맺기가 매우 어려운 것이다. 사람도 매한가지이다.

을유년(乙酉, 2005) 동방서법탐원회 신년교례회(東方書法探源會新年交禮會)

靑鷄正月快晴天
청 계 정 월 쾌 청 천

을유년 정월의 쾌청한 날

此歲初交問泰年
차 세 초 교 문 태 년

이 해 처음 만난 사람 신년의 태평함 묻네.

遠距弟師安候喜
원 거 제 사 안 후 희

멀리 떨어진 사제 간 안부 물으니 기쁘고

京鄕朋友細情傳
경 향 붕 우 세 정 전

경향(京鄕)의 벗들 세정(世情)을 전하네.

擧觴酬酢總和態
거 상 수 작 총 화 태

술잔 들어 수작(酬酢)[94]하니 다 화합된 모습

歌舞醉興皆醉仙
가 무 취 흥 개 취 선

가무(歌舞)하는 취한 흥취 다 취선(醉仙)이네.

今日各離看幾日
금 일 각 리 간 기 일

오늘 각기 떠나면 어느 날에 볼꼬!

----

94 수작(酬酢): 술잔을 주고받는 것.

但祈新念鍊于先   다만 새로운 각오로 우선 서법
단 기 신 념 연 우 선   연마하길 빌어본다오.

〖여설(餘說)〗 필자가 속해있는 동방서법탐원회는 매년 신년교
례회를 연다. 여초 김응현 선생께서 살아계실 때는 선생님을
모시고 했지만, 이제는 돌아가시고 우리 회원들 100여 명 이
상이 모여서 교례를 한다. 이때는 전국에 있는 회원들이 모
두 모인다. 부산, 마산, 광주, 전주, 대구, 대전 등 전국 각지
에서 모이는 성대한 교례회이다.

처음으로 당음(唐音)[95]을 읽은 감회〔始讀唐音有感〕

盛唐音韻展看監 성 당 음 운 전 간 감	성당(盛唐)[96]의 시 펼쳐보니
律呂歌辭美碧巖 율 려 가 사 미 벽 암	율려(律呂)[97]의 가사 푸른 산 암벽보다 아름답네.
詩本敍情書實際 시 본 서 정 서 실 제	본시 시는 정을 펴고 또 실제를 쓰는 것인데
吟春臨水泛孤帆 음 춘 임 수 범 고 범	물가에 나와 봄 감상하는데, 외로운 배만 떠있네.

2003. 4. 24

....

95 당음(唐音): 중국 원나라의 양사굉이 당나라 때의 좋은 시를 가려 뽑아 엮은 책.

96 성당(盛唐): 중국 당(唐)나라의 문학사를 그 융성 단계로 보아, 초당 (初唐), 성당(盛唐), 중당(中唐), 만당(晚唐)의 네 시기로 나누었을 때 둘째의 시기. 713(현종 2)년에서 대종 때까지의 시기로 이백(李白), 두보(杜甫), 왕유(王維), 맹호연(孟浩然)과 같은 위대한 시인이 나왔다. 당시(唐詩)가 가장 융성하던 때이다.

97 율려(律呂): 음률과 악률이라는 뜻으로, '음악' 또는 '가락'을 이르는 말.

〖**여설(餘說)**〗 조선의 선비들이 처음으로 시를 배울 때에는 반드시 당음(唐音)으로 배웠다고 한다. 당음(唐音)에는 오언절구, 칠언절구, 오언율시, 칠언율시가 기록되어 있다. 그리고 당(唐)의 시를 배워야 속되지 않고 좋다는 것이다. 그래서 필자도 당음을 여러 번 읽어보고 또한 인사동에서 가르치기도 하였다.

다산(茶山)의 천일각(天一閣)

萬里南洲大路新 만 리 남 주 대 로 신	만 리 남주(南洲)에 새로 큰길 뚫렸는데
登樓望見無窮陳 등 루 망 견 무 궁 진	누각에 오르니 끝없이 펼쳐진 바다 보이네.
茶山謫地孤探究 다 산 적 지 고 탐 구	다산 선생 유배지에서 외롭게 탐구하여
著述千編敎後人 저 술 천 편 교 후 인	많은 책 저술하여 후인(後人) 가르쳤네.

2003. 7. 15

〖여설(餘說)〗 필자는 강진에 있는 다산초당을 두 번 방문했다. 천일각(天一閣)은 다산초당이 있는 산 왼쪽 산등에 있는 정자인데, 이곳에서 보면 앞의 바다가 한없이 넓고 멀리 보인다. 가슴이 확 트이는 느낌을 주는데, 다산선생은 17년간 유배되어 있으면서 답답한 마음을 이곳에서 달래지 않았나 생각한다. 이 유배생활을 통하여 그는 자신의 학문을 더욱 연마해 육경사서(六經四書)에 대한 연구를 비롯해 일표이서(一表二書 : 經世遺表 · 牧民心書 · 欽欽新書) 등 모두 500여 권에 이르는 방대한 저술을 남겼고, 이 저술을 통해서 조선 후기 실학사상을 집대성한 인물로 평가되고 있다.

양신정(養神亭)[98] 유감(有感)

管城舊址風光新 관 성 구 지 풍 광 신	관성(管城)[99]의 옛터 풍광(風光)이 새로운데
四圍靑山抱養神 사 위 청 산 포 양 신	사방에 둘린 푸른 산 양신정(養神亭)을 안았네.
辭第良科淸白選 사 제 양 과 청 백 선	현량과의 급제 사양하고 청백리에 뽑혔으니
朝鮮諸人稱正人 조 선 제 인 칭 정 인	조선의 모든 사람 정인군자(正人君子)라 일컫네.

2003. 7. 20

....

98 양신정(養神亭): 1978년 12월 11일 충청북도 기념물 제29호로 지정되었다. 1545년(인종 1) 밀양부사(密陽府使)로 있다가 물러난 전팽령(全彭齡)이 낙향하여 쉬면서 글 읽는 곳으로 지은 것이다. 최초의 건물은 1597년(선조 30) 정유재란(丁酉再亂) 때 병화(兵火)로 불타 없어졌다. 그후 1620년(광해군 12)에 다시 지었으나, 1733년(영조 9)에 붕괴되었다. 정면 2칸, 측면 2칸 규모의 목조 와즙 팔작집인 지금의 정자는 1828년(순조 28)에 다시 지은 것이다. 이 정자를 처음 지을 때의 사정을 기록한 소세양(蘇世讓:1486~1562)의 《양신정기(養神亭記)》가 전한다. 전팽령 선생은 필자의 16대조이다.

99 관성(管城): 충북 옥천의 구호(舊號)임.

〖여설(餘說)〗 충북 옥천은 산이 높고 금강이 흘러서 아주 풍광
이 좋은 곳이다. 필자의 22대조 판서 전유(全侑)공이 고려조
에서 관성군(管城君)의 봉호를 받았으므로 옥천 전씨라는 성
씨가 생겼는데, 송정(松亭) 전팽령(全彭齡)은 전유(全侑)의 6
대손이다. 송정(松亭)은 중종 때에 처음으로 도입된 현량과
(賢良科)에서 2등으로 급제했지만, 임금 앞에서 보는 전시(殿
試)에 나가지 않아서 벼슬에 오르지 않았고, 뒤에 정시(正試)
에 응시하여 합격하고 벼슬길에 올랐으며, 청백한 정사를 펴
서 청백리에 선정되었다.

봄날 차창에 휘날리는 비설(飛雪)의 풍경〔春天 見於車窓 飛雪風景〕

雲黑春天降雨思
운 흑 춘 천 강 우 사

봄날 검은 구름 껴 비 내릴까 생각했는데

六花如蝶擧仙姿
육 화 여 접 거 선 자

나비 같이 내리는 눈 모두 신선의 자태라네.

乘車賓客觀飛雪
승 차 빈 객 관 비 설

차 안의 승객들 휘날리는 눈 구경하는데

丘岸柳楊素細枝
구 안 유 양 소 세 지

언덕의 버드나무 가지 흰 눈에 덮였네.

前岳瞬間作白界
전 악 순 간 작 백 계

앞산은 순간에 백계(白界)의 세상 되었고

窓空忽急寫佳詩
창 공 홀 급 사 가 시

창에 비친 하늘 갑자기 아름다운 시를 썼네.

雜多今世又多事
잡 다 금 세 우 다 사

잡다한 세상사 또한 사건도 많은데

造物何如此造麗　조물주는 어떻게 이런 아름다
조 물 하 여 차 조 려　움을 만드오.

2005. 2. 21

〖여설(餘說)〗어느 날 회룡역에서 전차를 탔는데, 마침 차창으
로 하얀 눈이 쏟아지기 시작했다. 승객들 모두 차창을 바라
보며 기뻐하는데, 나는 문득 시흥(詩興)이 일어서 이 시를 읊
었다. 10여 년이 지난 지금도 그때의 정황이 눈에 선하게 떠
오른다. 중랑천을 옆에 끼고 전차는 달리는데, 좌측에는 수
락산이 버티고 있고, 오른쪽에는 도봉산이 있는데, 눈은 나
비가 날 듯 펄럭이며 날고 있었으니, 이러한 광경은 매우 보
기 어려운 광경이다. 어찌 시심(詩心)이 일지 않겠는가!

광산부 부인(光山府夫人)[100] 기적비(紀績碑)

本出名門美色香
본 출 명 문 미 색 향

본래 명문에서 출생하여 아름다운 향기 있었는데

嫁於懿愍前程洋
가 어 의 민 전 정 양

의민(懿愍)[101]에게 출가하여 앞길이 양양(洋洋)했네.

産生仁穆瑞雲發
산 생 인 목 서 운 발

인목대비(仁穆大妃)[102] 출산하니 상서로운 기운 발양(發揚)하고

迎婿君王運勢昌
영 서 군 왕 운 세 창

군왕 사위로 맞으니 운세 창달(暢達)했네.

群惡得權吾失位
군 악 득 권 오 실 위

악한 무리 권세 잡으니 나의 가문 자리 잃었고

一家罹罪我哀傷
일 가 이 죄 아 애 상

일가가 죄에 걸리니 우리는 슬픔에 상하였네.

· · · · · · · · · · · ·

100 광산부 부인(光山府夫人): 연흥부원군(延興府院君) 김제남(金悌男)의 부인. 이목대비의 어머니. 영창대군의 외할머니. 선조(宣祖)의 장모.

101 의민공(懿愍公): 연흥부원군(延興府院君) 김제남(金悌男)이니, 선조의 장인이다.

102 인목대비(仁穆大妃): 선조의 계비(繼妃). 영창대군의 어머니.

流居耽國淚辛苦
유 거 탐 국 루 신 고

제주도에 유배되어 신고(辛苦)의 눈물 뿌렸는데

今日後孫碑謫鄕
금 일 후 손 비 적 향

오늘 후손들은 적거지(謫居地)[103]에 비를 세웠다네.

〖여설(餘說)〗 필자가 한때는 연안김씨종친회의 일을 수년간 하였다. 이때에 회장은 김종진인데, 당시 제주도 북제주군에 있는 광산부 부인이 적거(謫居)하던 곳에 '대비공원'을 만들고 그곳에 커다란 비 16기 이상을 세우고 성대한 행사를 했다. 필자도 초청을 받아서 우리 부부가 같이 참석하여 함께 축하한 적이 있다. 이곳도 하나의 관광지가 되었을 것이다. 이것은 모두 김종진 회장의 공로이다.

---

103 적거지(謫居地): 귀양살이 하던 곳.

계미(癸未)년 입추(立秋)

凉風秋水小魚纖
양 풍 추 수 소 어 섬   서늘한 바람에 시내의 작은 고
기 예쁜데

山麓農園熟果甛
산 록 농 원 숙 과 첨   산자락 농원에는 익은 과일이
달다네.

庭畔菊花含艷發
정 반 국 화 함 염 발   뜰 가의 국화 농염하게 피었는데

野原臥犢見毫尖
야 원 와 독 견 호 첨   들에 누운 송아지의 터럭 날카
롭다네.

〖여설(餘說)〗 한시의 절구(絶句)는 기승전결(起承轉結)로 시를 짓는다. 기구(起句)는 시를 처음으로 일으키는 구절이고, 다음 승구(承句)는 기구(起句)를 이어받는 구이며, 전구(轉句)는 승구(承句)와 전혀 다른 말로 돌리는 구절이고, 결구(結句)는 기승전(起承轉)의 구를 종합하여 끝을 맺는 것이다. 율시는 이와 다르다. 율시의 작법은 율시에서 설명하기로 한다.

외유(外遊)

仲秋宵漢白雲連 중 추 소 한 백 운 연	중추의 은하수 흰 구름처럼 연했는데
鐵馬行遊癸未年 철 마 행 유 계 미 년	계미년에 기차 타고 유람을 나섰네.
窓外稻波成萬里 창 외 도 파 성 만 리	창밖 벼의 물결 만 리를 이루었는데
今開書展大田邊 금 개 서 전 대 전 변	오늘 열리는 서예전은 대전에서라네.

2003. 9. 20

〖여설(餘說)〗 국제서법예술연합 한국본부 충청분회에서 대전에서 서예전시회를 가졌다. 필자는 본부이사로 참여했다. 이 시는 그때에 KTX를 타고 내려가면서 지은 시이다. 필자는 이 시를 행초로 작품을 만들어서 중국의 서안(西安)에 있는 섬서성미술관에서 전시를 하고, 이 작품을 섬서성미술관에 기증하고 돌아왔으니, 지금도 필자의 작품이 섬서성미술관에 보관되어 있다.

국추(菊秋)

前後千山紫色多
전 후 천 산 자 색 다

앞뒤 천산에는 붉은 빛이 많은데

冒霜寒菊艶岩阿
모 상 한 국 염 암 아

서리 뒤집어쓴 국화 바위언덕
에 아름답게 피었네.

婦童栗下忙收果
부 동 율 하 망 수 과

며느리와 아이는 밤 줍기 바쁜데

騷客看楓讚嘆過
소 객 간 풍 찬 탄 과

소객(騷客)은 단풍보고 감탄하
며 지나가네.

2003. 10 10

〖여설(餘說)〗 도연명은 국화를 사랑했다. 국화는 가을의 숙살의
기운에도 이에 굴하지 않고 아름다운 꽃을 피운다. 그렇기에
선비들은 국화를 사군자(四君子)에 넣어서 사랑했던 것이다.
옛적 선비들은 절개를 지키는 것을 사랑했는데, 소나무의 변
하지 않는 푸름과 대나무의 곧은 절개와 푸른 잎, 그리고 국
화의 서리를 능멸하는 절개를 좋아했던 것이다. 그래서 군자
는 불사이군(不事二君)이라 해서 고려 말에 두문동 72현이 탄
생한 것이고, 수양대군이 단종을 몰아내자 사육신과 생육신
이 나타난 것이다.

벗 동악(東岳) 이광우(李光雨) 사장과 같이 수락산을 등반하면서 우연히 읊다.〔與友東岳李光雨社長 登水落山 偶吟〕

太古此山花樹枝
태 고 차 산 화 수 지

태곳적에도 이 산 나뭇가지 꽃이 피었을 것인데

群生千物見蘭芝
군 생 천 물 견 란 지

군생(群生)한 만물 중에 난초와 지초 보이네.

春風吹散夢新葉
춘 풍 취 산 몽 신 엽

봄바람 언 듯 부니 새싹은 나오려 하고

鳥囀歌聲好逸居
조 전 가 성 호 일 거

새들의 노랫소리 편안히 삶을 좋아함이네.

諸者步登康健念
제 자 보 등 강 건 염

모든 사람 걸어서 산에 올라 건강 생각하는데

唯吾臨岳自然思
유 오 임 악 자 연 사

유독 내가 산에 오름은 자연을 생각해서라네.

松林綠臭皆余友
송 림 록 취 개 여 우

송림(松林)의 나무 냄새 다 나의 벗이니

無言峰巒授養怡　　말 없는 산봉우리 즐거움 기르
무 언 봉 만 수 양 이　　게 한다네.

〖여설(餘說)〗 벗 이광우(李光雨) 안성당 한의원 사장은 평생 한
　의원을 경영하면서 많은 환자에게 건강을 선사한 사람이다.
　체구는 작아도 마음은 넓어서 형제들에게 많은 땅을 사서 경
　작하며 살게 하였고, 지금도 지역에서 많은 성금을 희사하며
　지역발전에 동참하고 있다. 필자와는 마음이 맞아서 이따금
　같이 등산을 한다.

꽃피는 봄〔花春〕

解氷天地暖風生
해 빙 천 지 난 풍 생

해빙한 천지에 따뜻한 바람 부니

楊柳垂枝出葉爭
양 류 수 지 출 엽 쟁

늘어진 버들가지 푸른 잎 다투어 나네.

東岸杜鵑紅赤艷
동 안 두 견 홍 적 염

동쪽 언덕의 진달래 붉은 빛 아름답고

村隅櫻蘂滿開榮
촌 우 앵 예 만 개 영

마을 모퉁이 벚꽃은 흐드러지게 만개했네.

水田吠黽啼聲亂
수 전 폐 민 제 성 난

물 논의 개구리 요란하게 우는데

林裡鳴禽配匹迎
임 리 명 금 배 필 영

숲 속의 새들은 짝을 찾아 운다네.

初老快心登後嶽
초 로 쾌 심 등 후 악

초로(初老)에 유쾌한 마음으로 뒷산 오르니

四圍和暢見春情
사 위 화 창 견 춘 정

사위(四圍)는 화창하여 춘정(春情)을 느꼈다네.

2005. 4. 27

281

〚여설(餘說)〛 봄은 모든 생물에게 생명을 선사한다. 경칩이 되면 대동강 얼음이 풀리고, 동면(冬眠)하는 동물들도 슬슬 기어서 나온다. 산천에 새싹이 나면 겨울에 주린 짐승들은 풀을 뜯어서 배를 불리고, 사람들은 나물을 캐서 건강을 찾는다. 얼음 속에서 숨죽이며 숨어있던 물고기들도 나와서 유영하며 좋아라고 물 밖으로 뛰어오른다. 이어서 온 산야에는 꽃이 피고 열매를 맺으니, 이보다 더 좋은 계절은 없는 것이다.

어린이 날 5월 5일〔乙酉年 五月 五日 兒童日〕

酉年五月忽然還
유 년 오 월 홀 연 환

닭의 해 오월이 갑자기 돌아오니

和暢淸天與蘂班
화 창 청 천 여 예 반

화창한 청천(淸天)은 꽃과 더불어 어울렸네.

初夏數鶯誇黃翼
초 하 수 앵 과 황 익

초하(初夏)에 몇 마리 앵무새 노란 날개를 과시하고

早朝群柳露靑顔
조 조 군 유 로 청 안

이른 아침 여러 버드나무 푸른 얼굴 내미네.

携兒父母皆遊賞
휴 아 부 모 개 유 상

아이 손잡은 부모들 모두 봄나들이하는데

帶酒我余俱步山
대 주 아 여 구 보 산

술통 찬 우리들은 함께 산을 거닐었네.

此日何時童日錄
차 일 하 시 동 일 록

어느 때에 이 날을 어린이날이라 기록했나!

鮮末黎明近世間
선 말 여 명 근 세 간

조선 말 여명기의 근세의 사이라 하네.

〚**여설(餘說)**〛 어린이는 나라의 희망이고 우리들의 희망이다. 누군들 자기 자식을 잘 기르려고 하지 않을까마는 자식 기르는 것도 그렇게 녹록한 것은 아니다. 어제 신문에는 유명한 조모 목사의 아들이 여섯 번 결혼했다는 신문기사를 봤다. 이것이 있을 수 있는 이야기인가! 필자의 생각으로는 그 목사는 매우 불행한 사람이다. 왜냐면 나의 미래는 내가 만드는 것인데, 자식이 나의 미래라고 생각하면, 필자의 말이 맞지 않는가! 그러므로 우리는 정신을 바싹 차리고 살아야 한다. 물론 자식을 기르는 것도 정신을 차려야 한다.

이라크(伊拉克)

古來伊拉克多豪
고 래 이 랍 극 다 호

예부터 이라크는 호걸이 많다 하는데

崇拜一神沙漠勞
숭 배 일 신 사 막 로

유일신(唯一神) 숭배하며 사막에서 노력한다네.

地下採油資富貴
지 하 채 유 자 부 귀

지하에서 석유 캐니 부귀의 자산인데

强邦橫暴亂災遭
강 방 횡 폭 란 재 조

강국의 횡포에 재란(災亂)을 만났네.

〖여설(餘說)〗 미국의 부시 대통령이 이라크를 침범하였으니, 이유는 이라크의 독재자 후세인 대통령이 화학무기인 독가스 공장을 운영한다는 이유였다. 후세인은 미국에 비해 약자였는데, 중동의 맹주를 꿈꾸면서 미국과 대적하였기에 전쟁에 패하고 잡혀서 사형을 당하는 변을 당했다. 세계의 독재자 대부분이 국민을 경시하여 사람 죽이는 것을 파리 목숨처럼 여기면서도 막상 자기의 목숨이 위태할 때에는 무척 비굴하게 살려고 애원하는 것을 많이 봤다. 리비아의 대통령 가다피도 그랬다.

산중약수(山中藥水)

山中藥水流細微
산 중 약 수 유 세 미

산중에 약수 졸졸졸 흐르는데

巖壁群松繞四圍
암 벽 군 송 요 사 위

암벽의 많은 소나무 사방을 둘렀네.

覓健汝吾登此處
멱 건 여 오 등 차 처

건강 찾아 너와 나 이곳에 올라

一標甘飮卽還歸
일 표 감 음 즉 환 귀

한 바가지 달게 마시고 곧 돌아간다네.

〖여설(餘說)〗 약수하면 우선 생각나는 곳이 있다. 부여군 외산면 반교리의 뒷산, 아미산의 중간허리에 커다란 물구멍이 있어서 이 구멍에서 많은 물이 사시사철 철철철 흐른다. 그래서 필자는 그때 '이 물을 받아서 약수로 만들어서 팔면 어떻겠는가!' 하고 생각한 적이 있다. 본 시(詩)의 제목은 이 약수가 아니고, 우리 집의 뒷산인 수락산 중턱에서 나오는 약수를 말한다. 이 약수는 많이 나오지는 않지만 바위틈에서 나오므로 등산객들에게 많은 사랑을 받는 약수이다.

여초 김응현 선생(如初金膺顯先生)이 사시는 설악산을 방문하였다.

이는 곧 2005년 5월 13일에 동방서법탐원회 회원 일동이 모두 방문한 것이다.〔訪問如初金膺顯先生之居處之內雪嶽九龍洞天 卽乙酉年 五月 十三日 東方書法探源會 會員一同 皆訪問〕

清明五月加清天
청 명 오 월 가 청 천

청명한 오월 하늘은 더 맑은데

尋訪九龍江岸烟
심 방 구 룡 강 안 연

구룡동천 방문하려니 강안에 안개만 자욱해

老柿囀鶯誇言善
노 시 전 앵 과 언 선

늙은 감나무의 꾀꼬리 잘도 지저귀는데

麟蹄村老苦耕田
인 제 촌 로 고 경 전

인제의 촌로(村老)는 밭 갈기가 힘겹다네.

門人行遠問師候
문 인 행 원 문 사 후

제자들은 원행(遠行)하여 스승 문안하는데

夫子林泉作隱賢
부 자 임 천 작 은 현

스승은 임천(林泉)에서 은현(隱賢)이 된다 하네.

夏香雪嶽前後勝
하 향 설 악 전 후 승

여름 향기 설악산은 앞뒤가 승경인데

一身疲瘦索眞仙
일 신 피 수 색 진 선
파리한 몸으로 진선(眞仙)을 찾
는다네.

[[여설(餘說)]] 여초(如初) 김응현(金膺顯) 선생께서 말년에 서울
의 생활을 접고 강원도 내설악의 구룡동천에 집을 짓고 그곳
에서 신선처럼 살았다. 우리들은 1년에 한두 번씩 가서 뵙고
돌아왔다. 봄날의 구룡동천은 마치 신선의 선경과도 같았으
니, 잘 정돈된 축대에는 사이사이에 철쭉꽃이 피었고, 산새
들은 아름답게 지저귀었다. 설악산에서 내려오는 내는 마치
옥구슬이 흐르는 것 같이 맑았다. 어느 누가 이런 선경을 마
다하랴마는 이도 또한 모든 여건이 맞아야 되는 것이다. 아!
부러운 생활이여!

을유(乙酉)년 5월(五月)

細雨晴天深綠枝
세 우 청 천 심 록 지

가는 비 개니 푸른 가지 더욱
푸르러

早朝淸氣爽心滋
조 조 청 기 상 심 자

이른 아침 신선한 기운 상쾌함
을 더하네.

後園禽鳥呢喃囀
후 원 금 조 이 남 전

후원의 새들 울고 또 우는데

江岸葉芽風動詩
강 안 엽 아 풍 동 시

강안(江岸)의 나뭇잎은 바람에
날려 시가 되네.

悠悠漢川含霧遠
유 유 한 천 함 무 원

유유한 한천(漢川) 안개를 머금
어 멀리 보이는데

靑靑高嶽碧巖奇
청 청 고 악 벽 암 기

청청(靑靑)한 높은 뫼 푸른 바
위가 기이하네.

年中連續陰陽齊
연 중 연 속 음 양 제

일 년 내내 연속하여 음양이 고
르니

萬像生成是節丕
만 상 생 성 시 절 비

삼라만상이 생성하는 이 계절
이 크다네.

2005. 5. 20

〔여설(餘說)〕 오월처럼 좋은 계절은 없다. 온 산은 신록으로 물들고 산야에는 온갖 꽃들로 가득 차 있다. 봄에 내리는 감우(甘雨)는 천금을 주어도 살 수가 없는 비이다. 이런 비가 왔으니, 더 말해 무엇하겠는가! 경연(頸聯)의 한천(漢川)은 노원구 월계동에 흐르는 중랑천을 한천(漢川)이라고 부른다. 필자는 그 주위에서 서예한문학원을 운영했기에 잘 안다. 아마 이 시도 그때 지은 시가 아닌가 한다.

장천사(莊泉祠)

장천사는 대한민국 서예작가협회 초대작가인 창석 김창동(菖石 金昌東) 형의 부친인 고당(顧堂) 김규태(金奎泰) 선생을 모신 서원이다. 2005년 9월 13일, 전남 구례의 장천사에서 제향(祭享)을 올리고 이 시를 지었다.

事親爲孝卽行元
사 친 위 효 즉 행 원

어버이께 효도함은 곧 행실의 으뜸인데

積善之家必慶繁
적 선 지 가 필 경 번

적선(積善)한 집에 반드시 경사가 남았다네.

敎學慕賢含愛國
교 학 모 현 함 애 국

후학 가르치고 어진 사람 사모하며 애국하였고

築祠崇祖作佳村
축 사 숭 조 작 가 촌

서원 지어 조상 숭배하니 아름다운 농촌 되었네.

後生雲集祀先士
후 생 운 집 사 선 사

후생들 운집하여 선사(先士)께 제사 드리고

子姪來參索本源
자 질 래 참 색 본 원

자질(子姪)들 참석하여 본원(本源)을 탐색한다네.

求禮畓田波黃稻
구 례 답 전 파 황 도

구례 전답에는 누런 벼가 파도치니

年年祭享每豊言 　해마다　제사지내는데　매번　풍
연 년 제 향 매 풍 언 　성하다　말하리.

2005. 9. 13

〖여설(餘說)〗 고당(顧堂) 김규태(金奎泰) 선생은 아들 7형제를
두었다. 개화기에 전남 구례에서 훈학을 하였고, 시도 잘하
고 서예도 잘 쓰셨다. 들리는 말에 의하면, 정인보 선생 같
은 사람들이 와서 문의했다고 하니 위인(爲人)을 알만하다.
아들 7형제 중에 막둥이인 김창동 군이 집을 팔아서 선친의
유고집을 국역하고 서예유묵전을 예술의 전당에서 열었다.
필자의 절친한 벗이기도 하지만 너무나 장한 일을 했기에 존
경하여 마지않는다. 요즘의 세상에 누가 그렇게 할 수가 있
겠는가! 아름답도다.

을유년(乙酉年)(2005) 초설(初雪)

昨夜寒風起黑雲 작 야 한 풍 기 흑 운	지난밤 부는 찬바람에 먹구름 일더니
曉看山地覆銀文 효 간 산 지 복 은 문	새벽천지 온통 은문(銀文)으로 덮였네.
至今始雪冬天旱 지 금 시 설 동 천 한	오늘에야 첫눈 오니 겨울이 가물었는데
槿域關東隔道聞 근 역 관 동 격 도 문	근역(槿域)의 관동지방 길이 막혔다 들리네.

2005. 1. 17

〚여설(餘說)〛 눈이 오면 온천지는 은백색으로 변하여 아름다움의 극치를 연출한다. 그러나 눈이 쌓이면 활동하기가 매우 어려우니, 우선 걸어 다니기가 어렵고 차량으로 이동하기도 어렵다. 그리고 산속에 사는 동물들은 굶어야 하고, 새들도 모두 굶어야 한다. 왜냐면 눈 속에 모든 것이 숨어 있으므로 먹이를 찾을 길이 없다. 그리고 눈은 올 때는 좋아 보이지만 녹을 때는 말할 수 없을 만큼 지저분하다. 차라리 비는 올 때는 안 좋지만, 그친 뒤에는 온 세상을 씻어내서 상쾌하기 그지없다.

우연히 짓다. 〔偶成〕

雨霽西風樹葉凋
우 제 서 풍 수 엽 조

비 개고 서풍 부니 나뭇잎 떨어지는데

霜寒來處槁蓬蕭
상 한 래 처 고 봉 소

서리 내려 곳곳에 쑥대 말랐다네.

連霖退去秋天遠
연 림 퇴 거 추 천 원

장마 물러가니 가을 하늘 높은데

田畓豊殷賴節調
전 답 풍 은 뢰 절 조

논밭의 풍성함은 계절의 조화 의지함이네.

2003. 10. 2

〖여설(餘說)〗 전구(轉句)에서 '장마 물러가니 가을 하늘 높다' 라고 했으니, 연일 내리는 장마는 정말 지긋지긋한 것이고, 비 갠 가을하늘이 높다는 것은 당연한 이치이다. 가을하늘은 본시 높은 것인데, 비가 갠 뒤의 가을하늘이니 어떻겠는가! 그리고 결구(結句)에 '논밭의 풍성함은 계절의 조화 의지함이네.' 는 계절이 조화로워야 풍성한 가을이 된다는 말로, 우순풍조(雨順風調)하지 않으면 풍성한 가을이 되지 않는 것이다. 그러므로 풍년도 흉년도 하늘에서 주는 것이다.

을유(乙酉)년 중추절(仲秋節)

一年農事力耕餘
일 년 농 사 역 경 여

1년 농사 힘써 가꾼 나머지의 오늘

自古人心是日如
자 고 인 심 시 일 여

예부터 사람들 오늘만 같으면 한다네.

玩月兒童難見月
완 월 아 동 난 견 월

달 구경 하려는 아이들 달 보기 어려운데

待歸老母望依閭
대 귀 노 모 망 의 려

돌아오기 기다리는 노모(老母) 마을 어귀 바라보네.

每年兄宅上茶禮
매 년 형 댁 상 다 례

매년 형님 댁에서 차례(茶禮) 올리니

今者先靈定窆居
금 자 선 영 정 폄 거

지금 선영에는 폄거(窆居)[104]가 편안하리.

棗栗柿梨皆熟實
조 율 시 리 개 숙 실

대추·밤·감·배 등 모두 익었으니

....
104 폄거(窆居): 무덤 속에 있는 것을 말함.

歲中此節嘉俳書　년 중 이 계절을 한가위라 한다네.
세 중 차 절 가 배 서

2005. 9. 26

〖여설(餘說)〗 '더도 말고 한가위만 같아라.' 라는 말이 있다. 이때는 가난하건 부자건 간에 모두 풍족하기 때문이다. 처음으로 수확한 쌀과 과실로 정갈하게 차례상(茶禮床)을 차려 조상께 올리고, 형제와 조손(祖孫)간에 모여서 오순도순 지난 일을 이야기하고, 조상(祖上)의 얼과 가문의 앞으로의 계획을 세우는 중요한 시간이다. 핵가족으로 분화되어 살아가는 요즘, 4촌간에 모여서 자리를 함께해야 서로를 알 수가 있다. 만약 이런 시간이 없으면 4촌이 누군지 알지 못하는 경우도 있게 된다.

을유년(2005)에 초정 권창륜(權昌倫) 형이 옥관문화훈장을 받았다.

이후에 국제서법예술연합 한국본부의 이사 및 고문과 그의 문생이 크라운호텔에 모여 축연을 하였다.〔乙酉年 艸丁權昌倫兄 受勳玉冠文化勳章 以後 國際書法藝術聯合韓國本部 理事及顧問 又其門生 會於王冠飯店 祝宴〕

艸丁本出國之東 초 정 본 출 국 지 동	초정(艸丁)은 본래 우리나라 동쪽 출신인데
自少高遊與筆同 자 소 고 유 여 필 동	어려서부터 고상하게 붓과 같이 놀았다네.
文史哲言連日得 문 사 철 언 연 일 득	문학 · 역사 · 철학 · 언어를 연일 배우고
刻刀書墨續時中 각 도 서 묵 속 시 중	각도(刻刀)와 서묵을 이어서 때때로 알맞게 했네.
昨年展示揚天下 작 년 전 시 양 천 하	지난해 전시는 천하를 드날렸는데
今歲褒勳認大功 금 세 포 훈 인 대 공	올해 훈장 받아 대공(大功)을 인정받았네.

親友門生爲祝會　　친우와 문하생들 축하하기 위
친 우 문 생 위 축 회　　해 모여

唱歌擧酒賀宴融　　노래하고 술 마시니 축하하는
창 가 거 주 하 연 융　　연회 무르익었네.

2005. 10. 27

『여설(餘說)』 초정은 필자와의 관계는 동방연서회는 선배이고, 동방서법탐원회는 1회 동료이다. 필자가 본 초정은 예술성이 탁월하고 리더십이 있다. 현재 국제서법예술연합 한국본부를 여초 선생의 뒤를 이어서 이끌고 있다. 그리고 예천군에서는 '초정 서예관'을 관내에 건축하여 초정의 서법을 기린다. 동료로서 부럽기 짝이 없는 일이다. 그러나 예술은 앞으로가 더 중요하니, 더 높은 경지로 승화하기를 기원한다.

2005년 봄에 이청화(李淸華) 형이 충남 부여
군 내산면 반교리에 돌아가서 작은 집을 짓
고 산다. 내가 고향으로 내려가는 길에 방문
하여 환담하고 읊었다.〔2005年 春, 李淸華兄,
歸於忠南扶餘郡外山面盤校里, 而建立小廬, 卽居
住也. 余, 歸鄕路, 訪問歡談而吟矣.〕

越之耳順歸村農
월 지 이 순 귀 촌 농

이순(耳順 : 60)을 넘어 농촌으
로 돌아가니

古的淵明見義同
고 적 연 명 견 의 동

옛날 도연명과 뜻이 같음을 보
였네.

墨戲盡時遊澗澤
묵 희 진 시 유 간 택

붓글씨 쓰고 난 뒤에 시냇가에
노닐고

講敎終畢上林峰
강 교 종 필 상 림 봉

강의 끝난 뒤에는 산에 오르네.

外山設塾生徒福
외 산 설 숙 생 도 복

외산(外山)에 강좌 여니 생도는
복이 되고

盤校閑居部落雍
반 교 한 거 부 락 옹

반교(盤橋)에 한가히 사니 주민
이 화합하네.

兄也新家何意築
형 야 신 가 하 의 축

형이여 새집 무엇 때문에 세웠
는가!

遠情玆地笑相逢
원 정 자 지 소 상 봉

원정(遠情) 이곳에서 웃음으로
상봉하네.

〚여설(餘說)〛 이청화 형의 호는 소방(素邦)이다. 나와는 동방연
서회에서 같이 공부를 했다. 형은 필자와 매한가지로 공모전
에 마음 돌리지 않고 오직 서법예술에 정진한 사람이다. 어
찌 보면 진정한 서법인이라 할 수 있다. 근래의 공모전은 모
두 금전과 관계가 있다. 금전과 관계가 없는 경우는 별로 없
다고 해도 과언이 아니다. 이러한 관행은 서예뿐이 아니고
미술, 음악 등 모든 분야에서 횡행한다. 그래서 필자와 소방
형 등 몇 사람은 이러한 공모전에 물들지 않고 의연히 예술
인의 길을 가는 사람들이다.

우수(雨水)

二月南風訪海東
이 월 남 풍 방 해 동

2월의 남풍이 우리나라 찾아오니

大洞江水解氷同
대 동 강 수 해 빙 동

대동강 물도 얼음이 풀렸다네.

前山後岳煙霞帶
전 산 후 악 연 하 대

앞산 뒷산 아지랑이 아련한데

衆鳥迎春啼樹中
중 조 영 춘 제 수 중

많은 새들 봄 맞아 숲에서 운다네.

2004. 2. 8

〖여설(餘說)〗 북풍이 휘몰아치는 겨울은 견디기 어려운 지긋지긋한 계절이다. 그러나 사람들은 이를 견디어내야만 따뜻한 봄을 맞이하는 것이다. 사람도 짐승도 모두 봄을 기다리며 겨울을 지낸다. 그런데 앞산에 아지랑이 일고 숲 속에서 산새들 노래하면 봄은 벌써 다가와 있는 것이다. 땅속에 있는 씨앗은 이런 날씨가 될 것을 미리 알고 준비하고 있다가 음력 2월이 되면 딱딱한 땅을 뚫고 나오는 것이니, 연약한 싹이지만 굳세기가 땅을 뚫을 정도이다.

추석 전에 계속 비가 내리다.〔秋夕前連雨〕

連雨霏霏草木修
연 우 비 비 초 목 수

연하여 내리는 비에 초목은 자라나니

今年結實此時投
금 년 결 실 차 시 투

금년 결실(結實)은 이때에 던져졌네.

歸鄕省掃本能出
귀 향 성 소 본 능 출

귀향하여 성소(省掃)함은 본능에서 나오는데

秋日嘉俳望月休
추 일 가 배 망 월 휴

가을날의 한가위에 달을 보며 쉰다네.

2004. 9.

〔여설(餘說)〕 승구(承句)의 '금년 결실(結實)은 이때에 던져졌네'의 말은 무슨 의미인가! 때는 가을의 추석 때인지라 이때는 열매가 익을 시절이기 때문에 비가 너무 많이 오면 열매가 익는데 지장을 초래한다. 그러므로 결실이 이때에 던져졌다고 하는 것이다. 비가 내리는 것은 초목을 성장시키는데 매우 좋은 것이나, 이도 때가 알맞아야 하는 것이니, 시절에 맞지 않게 내리는 비는 오히려 망치는 비가 되는 것이다.

갑신년 가을비〔甲申秋雨〕

黑雲秋日掃墳尋　　먹구름 낀 가을날 벌초하러 가니
흑 운 추 일 소 분 심

白雨未時似夏霖　　때아닌 소나기가 장맛비 갔다네.
백 우 미 시 사 하 림

今歲風調豊百穀　　올해는 우순풍조하여 백곡이
금 세 풍 조 풍 백 곡　　풍년인데

沸騰物價慮愁深　　물가가 비등하니 걱정이 많다네.
비 등 물 가 려 수 심

〖여설(餘說)〗 전구(轉句)에 '올해는 우순풍조하여 백곡이 풍년인
데'는 시절이 좋아서 풍년이 들었다는 말인데, 결구(結句)에
서 '물가가 비등하니 걱정이 많다네.' 라고 했으니, 이는 풍년
은 들었으나, 물가가 너무 올라서 풍년의 기쁨을 상쇄했다는
것이다. 물가가 오르는 것은, 국가에서 조절하는 것으로 정치
를 잘하지 못했다는 것이니, 비록 풍년은 들었으나 정치의 실
책으로 기쁨이 되지 못했다는 것이다. 그러므로 정치가 국민
을 살리기도 하고 죽이기도 하는 것이니 우리들은 정말로 인
재(人才)를 뽑아야 하는 것이다.

춘설(春雪)

昨夜黑雲風雨寒
작 야 흑 운 풍 우 한

지난 밤 구름 일고 비바람 쳐 추웠는데

今朝飄雪滿青韓
금 조 표 설 만 청 한

오늘 아침 청구(青丘)의 나라 눈이 날리네.

萬山林樹六花世
만 산 임 수 육 화 세

만산의 수림(樹林)은 눈 세상 되었는데

昇日東天染赤乾
승 일 동 천 염 적 건

해 뜨는 동천(東天) 붉게 물든 하늘이네.

三月野草氷土裏
삼 월 야 초 빙 토 리

3월의 들풀들 언 땅속에 있는데

今時家柳細芽觀
금 시 가 유 세 아 관

오늘의 버들가지 새싹을 본다네.

春來種夫耕田汗
춘 래 종 부 경 전 한

봄 오니 씨 뿌리는 농부 밭갈이에 땀 흘리고

村舍禽聲解凍歡
촌 사 금 성 해 동 환

촌사(村舍)의 새소리 해동(解凍)을 기뻐함이네.

〖여설(餘說)〗 춘설은 겨울에서 봄으로 전환하는 시기에 오는 눈
이다. 음력으로 1월에서 3월은 봄이고, 4월에서 6월은 여름
이며, 7월에서 9월은 가을이고, 10월에서 12월은 겨울로 친
다. 양력으로 따진다면 1달씩 뒤로 밀면 대체적으로 맞는다.
그러므로 12월과 1월, 3월과 4월, 6월과 7월, 9월과 10월은
전환기인데, 이 전환기에 날씨가 급히 변환하면 생물은 상해
를 입는다. 그래서 서서히 전환하여 생물에 전혀 피해가 없
도록 변환하는 것이니, 천지우주의 법칙이 경이롭기만 한 것
이다.

산행(山行)

春日薰風借日餘
춘 일 훈 풍 차 일 여

훈풍이 부는 봄날 여유시간 빌어

欲登三角廢黃書
욕 등 삼 각 폐 황 서

삼각산에 오르려고 황서(黃書)[105]를 덮었네.

松雲險徑騷人去
송 운 험 경 소 인 거

구름 속 소나무 험한 길 소객(騷客)이 가는데

煙霞樹林烏鵲居
연 하 수 림 오 작 거

안개 낀 수림(樹林)에는 까마귀가 사네.

左右雙坡開萬蕚
좌 우 쌍 파 개 만 악

좌우의 두 언덕 일만 꽃이 피었는데

後前疊岳發原初
후 전 첩 악 발 원 초

전후 만산에는 원초(原初)[106]가 발하네.

山間中火一杯飮
산 간 중 화 일 배 음

산간에서 점심 먹고 한 잔 술마시는데

....
105 황서(黃書): 경황(硬黃)이 종이 이름이니, 법첩(法帖)을 모사하는 데 쓰는 종이이다.
106 원초(原初): 무엇이 비롯되는 맨 처음.

葛服山翁過草廬
갈 복 산 옹 과 초 려

갈복(葛服) 입은 노인 초려(草廬)를 지나가네.

[여설(餘說)] 갈복(葛服)은 갈포(葛布)로 만든 옷으로 '삼국지연의'에 보면 서서가 갈포의 옷을 입고 다닌다. 대체적으로 이 옷을 입은 사람을 도인(道人)이고 은자(隱者)로 칭한다. 도인이란 속세와 인연을 끊고 선도(仙道)의 길을 가는 사람을 말하니, '무릉도원' 같은 곳이 모두 도인들이 사는 곳이다. 이곳의 하루는 속세의 1000년과도 같다고 한다. 그래서 정령위(丁令威)[107]가 학이 되어서 요동의 화표주에 앉으려고 하니, 어느 소년이 활을 쏘아 잡으려고 해서 하늘로 떠올라갔다는 설이 있다.

---

107 정령위(丁令威): 한대(漢代)의 요동(遼東) 사람으로 영허산(靈虛山)에서 신선술을 배워 신선이 되어 갔다. 후에 학이 되어 요동에 돌아와 성문의 화표주(華表柱)에 앉았는데, 한 소년이 활로 쏘려 하자 날아올라 공중을 배회하며 이런 노래를 하고 높이 하늘로 치솟아 올라가 버렸다 한다. "새가 날아왔으니 이는 정령위라, 집을 떠난 지 천 년 만에 지금에야 돌아왔다. 성곽은 전과 같으나 사람들은 예전 사람이 아니구나. 왜 신선을 배우지 않고서 무덤만 늘여 있는가?[有鳥有鳥丁令威 古家千年今始歸 城郭如故人民非 何不學仙冢纍纍]"《搜神後記》

307

쌍십절(雙十節)

2006년 쌍십절에, 대만 대사관에서 행한 행사에 참석하였다.

中華民國誕生新
중 화 민 국 탄 생 신

중화민국이 태어남은 새로운 것이니

雙十臺灣我友親
쌍 십 대 만 아 우 친

쌍십절[108]의 대만 우리의 벗으로 친하다네.

地狹島邦治世金
지 협 도 방 치 세 금

좁은 땅 섬이지만 정치함은 금(金)이고

海中小國經營銀
해 중 소 국 경 영 은

해중(海中)의 소국이나 경영함은 은(銀)이라네.

謝辭大使言助力
사 사 대 사 언 조 력

대사의 답사는 서로 도울 것 말했는데

祝賀忠監語如春
축 하 충 감 어 여 춘

충백(忠伯)의 축사 봄처럼 화해함을 말하네.

耳順吾初參此席
이 순 오 초 참 차 석

60에 처음으로 이 자리 참석하였는데

---

108 쌍십절(雙十節): 1911년의 신해혁명(辛亥革命)과 1912년의 정부 수립을 기념하는 중화민국의 축일. 10월 10일이다.

多員飯酒緊交賓　　많은 사람들 술잔 들고 긴히 교
다 원 반 주 긴 교 빈　　제하네.

〖여설(餘說)〗 대만의 장개석은 우리가 독립운동을 할 때에 많은
지원을 아끼지 않았다. 그 뒤로 우리나라와 긴한 관계를 유
지했는데, 당시 중공(뒤에 중화민국)이 개방하였으므로, 노
태우 대통령 때에 중공과 수교하면서 대만과 외교관계를 끊
었다. 대국과 교류하여 많은 이익을 추구하기 위한 어쩔 수
없는 선택이었지만, 대만으로서는 서운함이 많았다. 이 시
를 쓸 당시에도 대만과는 연락사무소만 있었고, 대사교환은
없었다. 국제적 교류는 냉정하기가 이와 같은 것이다.

경칩에 이슬비가 내리다. [驚蟄細雨]

中春絲雨解氷冬
중 춘 사 우 해 빙 동

중춘(中春)의 가랑비 겨울추위를 푸는데

旱壤調濡冀大農
한 양 조 유 기 대 농

가문 땅 적시니 풍년 기대하겠네.

溪谷連翹黃盛發
계 곡 연 교 황 성 발

계곡의 개나리 노랗게 피었는데

水田蛙子哭啼庸
수 전 와 자 곡 제 용

물 논의 개구리는 항상 울기만 한다네.

2004. 2. 25

〖여설(餘說)〗 꽃 중에서 제일 먼저 피는 꽃은 개나리다. 개나리가 피었다는 것은 봄이 왔다는 것이니, 이때에는 눈이 오는 날이 많다. 그래도 꽃은 굳세게 피는 것이니, 이때 오는 눈은 봄눈이고, 이때 피는 꽃은 봄꽃이다. 결구(結句)에 '개구리는 항상 울기만 한다.'고 했는데, 개구리가 우는 것인지, 아니면 기뻐서 웃는 것인지는 사람은 알지 못한다. 개구리는 물을 좋아해서 물에서 사는데, 비가 오려고 하면 반드시 개구리가 먼저 알고 운다. 물을 좋아하는 개구리가 물이 하늘에서 내리는데, 어찌 울겠는가! 웃는 것이 아닌가! 그러므로 좋아하는 몸짓이라고 해야 옳은 표현이 아니겠는가!

입학(入學)하는 날

於焉驚蟄解氷江　　벌써 경칩이라 언 강 풀리니
어 언 경 칩 해 빙 강

男女生徒處處雙　　남녀학생들 곳곳마다 쌍쌍이네.
남 녀 생 도 처 처 쌍

一瞬北風呈雪界　　홀연 북풍 불어 흰 눈 휘날리는데
일 순 북 풍 정 설 계

與春入學校開窓　　봄과 같이 입학하니 학교 창문
여 춘 입 학 교 개 창　　열었다네.

〖여설(餘說)〗 겨울방학을 끝내고 학교에 나가는 학생들이 쌍쌍
으로 걸어가는데, 마침 북풍이 불고 흰 눈이 휘날린다. 그래
도 학교는 교문을 활짝 열고 학생을 맞이하는 것이다. 이 시
(詩)는 초등학생이 입학하는 날을 노래한 것이니, 이날이 오
면 어린아이의 고사리 같은 손을 잡은 어머니는 자랑스럽고
대견한 자식을 생각하면서 학교에 입학시키는 것이다. 생각
해보라. 내가 낳은 핏덩이 자식을 이렇게 키워서 어엿하게
학교에 입학시키게 되었으니, 그 기쁜 마음은 엄마가 아니면
어찌 알겠는가!

춘설(春雪)

霏霏六花是戲誰 비비(霏霏)하게 내리는 눈 누구
비 비 육 화 시 희 수 의 장난인가?

雪花枝上自然詩 가지에 앉은 눈 자연의 시(詩)
설 화 지 상 자 연 시 로세.

春風二月橫天下 이월의 춘풍 천하를 횡행하는데
춘 풍 이 월 횡 천 하

銀白瑚林豈此移 은백색의 산호 숲을 어찌 이곳
은 백 호 림 기 차 이 으로 옮겼나!

2004. 3. 2

[여설(餘說)] 봄에 내리는 눈은 촉촉해서 나뭇가지에 착착 들러
붙는다. 그렇기에 나뭇가지 끝까지 눈이 붙어있어서 마치 사
슴의 뿔과 같고 산호의 가지와도 같은 것이다. 이때 아침에
산에 오르면 모든 나뭇가지에 들러붙은 눈의 모습은 정말로
환상적이다. 이런 구경은 반드시 해빙(解氷)하는 시절이 되
어야 보이는 것이니, 북풍이 몰아칠 때의 추운 눈은 나무에
들러붙지 않아서 이런 모습을 연출하지 못하는 것이다. 그러
므로 온도의 차이에 따라 눈의 모습도 각각 다른 것이다.

엄동(嚴冬)

冬至連溫如暖帶
동 지 연 온 여 난 대

연일 동지의 날씨 남방처럼 따뜻하더니

忽來凍雪客心傷
홀 래 동 설 객 심 상

갑자기 찾은 추위 객심(客心) 상하게 하네.

山中烏鵲鳴飢苦
산 중 오 작 명 기 고

산중의 까마귀 배고프다 우는데

巖上孤松誇老蒼
암 상 고 송 과 노 창

바위 위 외로운 소나무 푸름을 과시하네.

陰氣久留善夜睡
음 기 구 류 선 야 수

음기(陰氣) 오래 머무니 밤잠 잘 자고

塞風姑勁遠陽光
새 풍 고 경 원 양 광

한풍(寒風) 아직 굳세니 양광(陽光)[109]은 머네.

結氷江上遊兒輩
결 빙 강 상 유 아 배

결빙한 강상에는 어린이들 즐거운데

----

109 양광(陽光): 봄의 따뜻한 햇빛을 말한다.

白鷺飛空去北方　백로는 하늘 날아 북방으로 간
백 로 비 공 거 북 방　다네.

2008. 1.

〚여설(餘說)〛 엄동(嚴冬)은 아주 추운겨울을 말하는데, 필자가
어렸을 적에 시골의 초가에 살 때에는 문이 잘 맞지 않아서
문틈으로 바람이 솔솔 들어왔다. 그러므로 추운 겨울에는 방
안에 있는 걸레가 얼었다. 그리고 강원도 원통에서 조금 더
들어가서 서화면 천도리에서 군대생활을 했는데, 난로가 꺼
진 날 깨어보면, 내무반 기온은 영하로 뚝 떨어져서 뼛속까
지 아픈 경험을 한 기억이 있다. 이런 추위를 엄동이라고 하
는 것이다.

정해년(丁亥年) 제일(除日)[110]

除日閑時訪峻原
제 일 한 시 방 준 원

한가한 제일(除日)에 높은 언덕
찾으니

紫雲仁壽出巖元
자 운 인 수 출 암 원

자운봉과 인수봉 으뜸으로 솟
았네.

歸鄕車輛尾追去
귀 향 차 량 미 추 거

귀향하는 차량 꼬리를 물고 가
는데

備禮山村造餅奔
비 례 산 촌 조 병 분

차례 준비하는 산촌 떡 만들기
바쁘네.

隣國中華雪大亂
인 국 중 화 설 대 란

이웃나라 중국 눈의 대란(大亂)
있다는데

我邦全土白乾坤
아 방 전 토 백 건 곤

우리나라 전국은 하늘땅이 희
다네.

多難多事一年沒
다 난 다 사 일 년 몰

다사다난(多事多難)한 한 해 저
물고

....
110 제일(除日): 섣달그믐날 밤.

戊子迎新亥歲昏
무 자 영 신 해 세 혼
무자(戊子) 새해 맞으니 정해년
은 저무네.

〚여설(餘說)〛 필자는 무자생이니, 정해년 제일(除日)이 지나면
무자년 회갑의 해가 온다. 옛적에는 회갑만 살아도 많이 살
았다고 했는데, 지금은 환갑의 나이는 늙은이로 쳐주지도 않
는다. 그만큼 평균수명이 높아졌다. 필자는 양력으로 30살
에 결혼을 했다. 그래서 자식들을 결혼시키지 못하고 환갑을
맞은 것이다. 다행히 공무원인 작은 아들이 용돈을 주어서
외국에 유람하는 자금에 보탰다. 그리고 지금은 환갑잔치를
하지 않는다. 예전과 전혀 다른 세상이 된 것이다. 빠르게
변화하는 세상을 따라가야 하는데, 노년에 젊은 문화를 따라
가기가 벅차다.

무자신년(戊子新年)

還來戊子迎初日
환 래 무 자 영 초 일

다시 찾아온 무자(戊子)년 초하루를 맞으니

開闢新天做老資
개 벽 신 천 주 노 자

개벽한 새로운 천지 늙은이의 자산이 된다네.

耳順瞬來吾白髮
이 순 순 래 오 백 발

이순(耳順: 60)이 순간에 찾아오니 나는 백발이고

有餘深想我詩詞
유 여 심 상 아 시 사

남은 시간의 깊은 묵상 나의 시(詩)라네.

執權統帥眞希望
집 권 통 수 진 희 망

집권한 통수(統帥)는 참 희망인데

分裂民情待善治
분 열 민 정 대 선 치

분열된 민심은 좋은 정치 기대하네.

更始一年加藝術
갱 시 일 년 가 예 술

다시 시작되는 1년 예술에 더욱 매진해야 하니

晩時持節守康宜
만 시 지 절 수 강 의

만년에는 절개와 건강 지킴이 마땅하리.

317

〖**여설(餘說)**〗 이순(耳順)이라는 용어는 공자께서 처음으로 사용한 단어이다. 즉 60살이 되면 누가 무슨 말을 해도 귀에 거스르지 않고 순하게 들린다는 말씀이니, 세상을 많이 산 사람은 자신이 지내온 체험으로 세상의 이치를 깨달았기 때문에 어떠한 일에도 성질을 내지 않고 잘 다스린다는 것이다. 황희정승의 종들이 서로 다투고 난 뒤, 황정승께 서로 자기가 옳다고 하니, 대감께서 '네 말도 옳고 네 말도 옳다'고 하였다. 이 말씀은 이순(耳順)이 되었기 때문에 할 수 있는 말씀이다.

봄날에 대작(對酌)하다. 〔春日對酌〕

乾坤弘大我寒微 건 곤 홍 대 아 한 미	천지는 크고 나는 한미(寒微)한데
探究書文士友圍 탐 구 서 문 사 우 위	서문(書文)[111]을 탐구하는 벗들 둘려있네.
花發春風最好節 화 발 춘 풍 최 호 절	꽃 피고 바람 부는 가장 좋은 계절인데
與君對酌誰何譏 여 군 대 작 수 하 기	그대와 대작(對酌)함을 누가 말하겠는가!

2004. 3. 17

〔여설(餘說)〕젊은 날 벗과 같이 쌍문동에 있는 천주교 공원묘원에 간 일이 있다. 이 공원묘원 안에는 소설가 '염상섭', '이무영' 등 많은 문인들의 묘지가 있기에 우리는 이곳에 가서 관람을 하고 묘지 옆에서 술을 한잔 기울이는데, 옆의 서 있는 벚나무의 꽃잎이 바람에 한들한들 떨어졌다. 그 모습은 정말로 아름다웠다. 그래서 이 시를 읊은 것이다. 생각해보라, 바람결에 날려 떨어지는 하얀 꽃잎의 모습을…

---

111 서문(書文): 서예와 학문을 말한다.

봄을 생각하다. 〔思春〕

入山狩獵往川漁　산에서 수렵하고 내에서 고기
입 산 수 렵 왕 천 어　잡으면서

古者家鄉樂素居　옛적 고향에서 빈궁한 생활 즐
고 자 가 향 락 소 거　겼다네.

半白現今忙實事　반백(半白)인 요즘 일하느라 바
반 백 현 금 망 실 사　쁘지만

春花佳節賞心虛　꽃피는 이 좋은 계절 마음 비우
춘 화 가 절 상 심 허　고 감상하리.

2004. 3. 25

〔여설(餘說)〕 당시 '산에서 수렵한다.' 는 것은, 토끼 덫을 만들
어서 토끼가 잘 다니는 곳에 놓고 이른 아침에 산에 올라가
서 토끼가 덫에 눌려서 죽었는가를 확인해보는 것이었다. 경
제적으로 여유가 있는 사람은 엽총을 사가지고 산에 다니면
서 꿩과 노루를 잡았는데, 우리 집은 그럴 여유는 없었다.
전구(轉句)에는 반백이라 했으니, 이때는 서울에서 번역원을
운영할 때이므로 승구(承句)와는 많은 세월의 격차가 있는
것이다. 결구(結句)에서 '꽃피는 봄을 완상한다.' 는 것은 예
전의 일을 모두 잊고 이 좋은 계절을 즐긴다는 것이다.

한식(寒食)

陽春花發繞城都
양 춘 화 발 요 성 도

봄꽃 만발하여 도성(都城)을 외 웠는데

省歸先塋歲歲圖
성 귀 선 영 세 세 도

선영에 성묘함은 해마다의 계획이라네.

流水潺潺孤鳥囀
유 수 잔 잔 고 조 전

흐르는 물 잔잔하고 외로운 새 우는데

滿山叢薄夢皆蘇
만 산 총 박 몽 개 소

산에 가득한 총박(叢薄)[112]들 모두 깨어날 꿈꾼다네.

2004. 4. 1

[여설(餘說)] 한식에는 개자추(介子推)를 추념하여 불을 때어 지은 따뜻한 밥을 먹지 않고 찬밥을 먹는다는 날이다. 그런데 언제부터인지는 몰라도 한식은 조상의 묘소에 성묘하고 또한 사초(莎草)와 석물(石物)을 하는 날이 되었다. 이때는 막 해동(解凍)이 된 때인지라 꽃은 피지만 잎은 아직 나오지 않아서 모든 나무는 나목(裸木)인 상태이다. 그러므로 결구

---

112 총박(叢薄): 나무 덤불.

(結句)에 깨어날 꿈을 꾼다고 했다. 조상의 묘소를 찾아 성묘하는 행위는 근본인 뿌리를 북돋우는 행동으로 복을 받는 길로 연결된다.

최충(崔冲)[113] 선생을 추모하다. 〔追慕崔冲先生〕

曾生東國近山東
증 생 동 국 근 산 동

일찍이 동국에 출생하니 산동(山東)[114]에 가깝고

養育英材孔子同
양 육 영 재 공 자 동

영재(英材) 양육함이 공자와 같다 하네.

太傅太師尊盛德
태 부 태 사 존 성 덕

태부 태사가 됨은 성덕(盛德)을 높임이고

九齋私學樹良風
구 재 사 학 수 양 풍

구재사학(九齋私學)[115]은 어진 풍습을 세웠네.

高麗文勝依其問
고 려 문 승 의 기 문

고려의 문학 성대함은 그의 학문을 의지함인데

....

113 최충(崔冲): 고려 초기의 학자·문신(984~1068). 자는 호연(浩然)이고, 호는 성재(惺齋), 월포(月圃), 방회재(放晦齋)이다. 1013년 국사 수찬관으로 《칠대실록》 편찬에 참여하였으며 고려 형법의 기틀을 마련하고, 농번기의 공역 금지 등을 상소하여 시행하였다. 벼슬에서 물러나 송악산 아래 사숙을 열고 많은 인재를 배출하였는데, 이를 문헌공도(文憲公徒)라 하였다. 또한 문장과 글씨가 뛰어나 해동공자(海東孔子)로 추앙받았다.

114 산동(山東): 중국의 산동지방을 말하니, 공자가 이곳에서 태어났다.

115 구재사학(九齋私學): 고려시대, 1055(문종 9)년에 최충(崔冲)이 제자를 가르치는 아홉 군데의 학당을 이르던 말.

槿域多賢賴是功
근 역 다 현 뢰 시 공

근역(槿域)에 어진 이 많음은
이 공을 의지함이네.

遺集不傳雖痛歎
유 집 부 전 수 통 탄

유집(遺集) 전하지 않으니 비록
통탄할 일이나

爲邦深慮實無窮
위 방 심 려 실 무 궁

나라를 위한 깊은 사려(思慮)
실로 무궁하다네.

2008. 3.

〖여설(餘說)〗구재학당(九齋學堂)을 연 최충 선생의 문도를 최충
(崔冲)의 도(徒)·시중최공도(侍中崔公徒)·문헌공도(文憲公
徒)라고도 한다. 문종 때 최충이 후진교육을 위하여 설치한
사숙(私塾)이다. 고려시대 사학은 태조 때 정악(廷鶚)이 서경
(西京)에 세운 숙(塾)이 시초이나, 1055년(문종 9) 최충이 벼
슬을 그만둔 뒤 세운 구재는 시설면이나 교육면에서 국자감
(國子監)을 훨씬 능가하여 특히 과거응시자들이 많이 몰려들
었다. 이로 인하여 학반(學班)을 구재로 나누어 악성(樂聖)·
대중(大中)·성명(誠明)·경업(敬業)·조도(造道)·솔성(率
性)·진덕(進德)·대화(大和)·대빙(待聘)이라 하였으며, 학
과는 5경(五經:易·詩·書·禮·春秋)과 3사(三史:史記·漢
書·後漢書)를 중심으로 하고 여기에 시부사장(詩賦詞章)의
학을 더하였다. 이리하여 구재학당은 과거응시를 위한 예비
학교의 성격을 띠게 되었는데, 이는 최충이 과거의 고시관인

지공거(知貢擧)를 수차 역임한 데서 연유한 것이다. 구재학당에서는 매년 여름이면 하기강습회의 하나로 하과(夏課)를 개설하였는데, 특히 귀법사(歸法寺)의 승방(僧房)을 빌려 도중(徒中)의 과거급제자로 학식이 높고 아직 임관하지 못한 자를 강사(講師)로 삼아 생도들을 교수하게 하였다.

왕인(王仁)[116] 문화축제(文化祝祭)

博士家鄉月奈城　박사의 고향은 월내성인데
박 사 가 향 월 내 성

近仇王時適嘉生　근구수왕 때 마침 아름답게 출
근 구 왕 시 적 가 생　생했네.

冠前任用儒經達　스물 전에 임용되어 유교 경전
관 전 임 용 유 경 달　에 통달했고

卄後尋倭遠智明　스물 뒤에 왜국 찾아가서 원지
입 후 심 왜 원 지 명　(遠智) 밝혔다네.

日國歷書宗學問　일본 사기에는 학문의 종사(宗
일 국 역 서 종 학 문　師)인데

----

116 왕인(王仁): 백제의 근초고왕 때 학자. 일본의 초청으로 『논어(論語)』 10권, 『천자문(千字文)』 1권을 가지고 일본에 건너가 유풍(儒風)을 천명하였으며, 그 해박한 경서(經書)의 지식으로 하여 신임을 받고 태자(太子)의 스승이 되었다. 이것은 일본의 문화를 깨우치는 중요한 계기가 되었다. 자손은 대대로 그곳에 살면서, 학문에 관한 일을 맡고 일본 조정에 봉사하여 문화 발전에 공헌하였다. 일본의 역사책 『고사기(古事記)』에는 그의 이름을 와니키시라하였고, 『일본서기(日本書記)』에는 와니(王仁)라고 나와 있다. 우리나라 역사에는 그의 이름이 전혀 보이지 않는다. 전라남도 영암에 그의 석상 및 유적지가 있다.

我邦文史引名聲
아 방 문 사 인 명 성
우리나라 역사에도 명성을 이
끌었네.

築堂祠廟贊弘蹟
축 당 사 묘 찬 홍 적
학당(學堂)과 묘사(廟祠) 지어
큰 업적 기리니

月出鄕民美慕情
월 출 향 민 미 모 정
월출산 향민(鄕民)들 사모하는
정경 아름답네.

2009. 3.

〖여설(餘說)〗이 시는 전남 영암군에서 왕인박사를 기려서 거행
하는 한시백일장에 출품한 시이다. 왕인박사는 일본의 역사
에는 이름이 보이지만 우리의 역사에는 보이지 않는 인물이
다. 여하튼 외국에 나가서 이름을 낸 것은 훌륭한 일이고,
그것도 학문을 가지고 이름을 냈으니 더욱 빛이 난다. 박사
는 아마도 월출산의 정기를 받고 태어난 사람이 아닌가 생각
한다. 아름다운 산의 정기를 받아야 훌륭한 인물이 나온다.

중암 김평묵[117] 선생(重菴金平默先生)의 학덕을 추모하다.

十三齠齓九經明
십 삼 초 츤 구 경 명

열세 살 어린 나이 구경(九經)[118]에 밝았고

二九排洋大義成
이 구 배 양 대 의 성

스물아홉에 서양 배격하여 대의(大義) 이루었네.

編輯多書捐擧業
편 집 다 서 연 거 업

많은 책 편집하느라 과거시험도 버렸는데

斥攘西勢聞英聲
척 양 서 세 문 영 성

서세(西勢) 물리쳐서 영걸한 소리 들었네.

....

117 김평묵(金平默): 조선 후기의 학자(1819~1891). 자는 치장(稚章), 호는 중암(重庵). 이항로의 문인으로, 고종 18년(1881)에 영남 유생들의 위정척사 운동을 후원하였으며, 그해 7월 상소하여 척양척왜(斥洋斥倭)를 주장하였다가 섬에 유배되었으나 흥선 대원군이 집권한 뒤 풀려났다. 저서에 《학통고(學統考)》, 《척양대의(斥洋大義)》 따위가 있다.

118 구경(九經): 《시경》, 《서경》, 《주역》, 《효경》, 《예기》, 《춘추》, 《주례》, 《논어》, 《맹자》를 가리키기도 하고, 《주례(周禮)》, 《의례(儀禮)》, 《예기》의 3례(禮), 《춘추좌씨전(春秋左氏傳)》, 《곡량전(穀梁傳)》, 《공양전(公羊傳)》의 3전(傳)에다가 《시경》, 《서경》, 《주역》을 합하여 구경이라고도 한다.

華翁門弟偉行顯 <small>화 옹 문 제 위 행 현</small>	화서(華西)[119]의 제자로 위대한 행적 나타났고
文毅裔孫踐履正 <small>문 의 예 손 천 이 정</small>	문의(文毅)[120]의 후손으로 행위 정당했네.
抱縣士林知頌儒 <small>포 현 사 림 지 송 유</small>	포천 사람들 유현(儒賢) 칭송할 줄 알아
先生弘蹟是懸名 <small>선 생 홍 적 시 현 명</small>	선생의 드넓은 행적 여기에 이름을 달았다네.

2009. 4.

『여설(餘說)』 필자의 한문학통이 화서(華西)에서 나와 중암(重菴)을 거쳐 이돈암(李敦菴), 이소남(李紹南)으로 이어지는 학문을 받았다. 그러므로 중암(重菴)은 조사(祖師)가 된다. 그리고 성균관대학교 유학대학원 유교경전·동양사상을 전공

....

119 화서(華西): 이항로 선생을 말함. 중암은 화서의 제자이다.

120 문의(文毅): 중종 때 김식(金湜) 선생을 말함. 조선 전기의 성리학자(1482~1520). 자는 노천(老泉), 호는 동천(東泉). 정우당(淨友堂)·사서(沙西). 사림파의 대표적인 인물 중의 한 사람으로 실력이 뛰어나 단기간에 부제학, 대사성에 올랐다. 남곤(南袞) 일파가 기묘사화를 일으키자, '거창(居昌)에 도피하여'라는 시를 짓고 자결하였다. 기묘명현의 한 사람으로 불린다.

했다. 《주역(周易)》에 '서세동점(西勢東漸)이라는 용어가 있다. 이는 즉 서양사상이 동양사상을 점차 잠식한다는 말이다. 이를 저지하기 위해서 화서(華西) 선생과 중암(重菴) 선생이 목숨을 걸고 노력했던 것이다. 위대하지 않은가!

복더위〔庚炎〕

霖雨晴天俗世佳
임 우 청 천 속 세 가

장마 개니 속진의 세상도 아름다운데

事忙神雜訪山家
사 망 신 잡 방 산 가

일 바쁘고 정신 복잡해 산가(山家)를 방문했네.

初庚過五熱炎滿
초 경 과 오 열 염 만

초복 지난 오늘 열 같은 무더위 가득한데

竹裏閑談樂飲茶
죽 리 한 담 락 음 차

대숲에서 차 마시며 한담(閑談)을 즐기네.

〖여설(餘說)〗 삼복은 음력 6월에서 7월 사이의 절기로 초복, 중복, 말복을 가리킨다. 하지로부터 셋째 경일(庚日)을 초복(初伏), 넷째 경일을 중복(中伏), 입추 후 첫째 경일을 말복(末伏)이라 하며, 이를 삼복(三伏) 혹은 삼경일(三庚日)이라 한다. 복날은 10일 간격으로 들기 때문에 초복에서 말복까지는 20일이 걸린다. 이처럼 20일 만에 삼복이 들면 매복(每伏)이라고 한다. 하지만 말복은 입추 뒤에 오기 때문에 만일 중복과 말복 사이가 20일이 되면 달을 건너 들었다 하여 월복(越伏)이라 한다. 복이 오면 땀이 많이 나오기 때문에 양기의

손상이 많다. 그래서 복에 삼계탕과 보신탕을 먹어서 양기를 돋운다고 하는 것이다.

추음(秋音)

鷄聲門出月西橫	닭 우는 소리에 문 나서니 달
계 성 문 출 월 서 횡	서쪽으로 기우는데

蟋蟀秋音淸氣成	귀뚜라미 울고 서늘한 기운 돈
실 솔 추 음 청 기 성	다네.

滿岳樹林姑鬱鬱	산에 가득한 수림(樹林)은 아직
만 악 수 림 고 울 울	울창한데

早朝山客愁心萌	이른 아침 등산객은 수심(愁心)
조 조 산 객 수 심 맹	이 싹트네.

〖여설(餘說)〗 필자는 이른 아침에 뒷산인 수락산 중턱의 약수터
까지 등산을 한다. 의정부로 이사 와서 지금까지 다녔으니,
15년이 경과하였다. 이는 아침의 조깅으로 하는 등산인데,
산을 오르면 땀이 쭉 난다. 아무리 추운 겨울이라도 땀이 나
와서 좋다. 그런데 개천가를 걸으면 1시간을 걸어도 땀은 나
지 않는다. 그래서 등산이 좋다는 것을 체험으로 안다. 결구
(結句)에 수심이 싹튼다는 것은 가을이 되어서 귀뚜라미가
슬피 울기 때문에 수심이 인다고 한 것이다.

갑신년(甲申年)의 태풍(颱風)

夏日炎中野鬱荊 여름날 더위에 산야는 울창한데
하 일 염 중 야 울 형

農田靑穀猝秋聲 논밭의 푸른 곡식에 홀연 가을
농 전 청 곡 졸 추 성 소리 들린다네.

忽然颱風南方雨 갑자기 온 태풍 남쪽지방 많은
홀 연 태 풍 남 방 우 비 내려

水濫堤崩浸屋生 물 넘치고 뚝 무너지니 침수된
수 람 제 붕 침 옥 생 집 생겼네.

2004. 8.

〖여설(餘說)〗 태풍은 참으로 무서운 바람이다. 집이 날아가고
홍수가 져서 많은 피해를 준다. 태풍은 대체로 가을에 오는
데, 이때는 벼는 이삭이 나오고 과실나무에는 익은 과실이
주렁주렁 열려 있어서 풍년을 약속하는 농부의 기쁨을 기대
하는 가을인데, 갑자기 태풍이 남쪽에서 불어오면 순간에 논
밭은 유실되고 강하(江河)는 넘친다. 이때의 자연은 특정인을
봐주지 않고 닥치는 대로 핥고 지나간다. 요즘은 기온이 상승
하여 태풍의 위력도 더욱 강해졌다고 한다. 요즘 필리핀에 분
하이엔 태풍은 유사 이래 가장 강력한 태풍이라 하지 않는가!
우리들은 태풍을 잘 피할 줄 아는 슬기를 지녀야 한다.

추일(秋日)

雲間片月曉天橫
운 간 편 월 효 천 횡

구름사이 조각달 새벽하늘에
기우는데

昇日東山赤畵成
승 일 동 산 적 화 성

동산에 뜨는 해 붉은 그림 그렸네.

遣熱颱風倭國雨
견 열 태 풍 왜 국 우

무더위 보내는 태풍인가! 일본
에 비 온다는데

今朝凉氣見秋榮
금 조 양 기 견 추 영

오늘아침 서늘한데 가을꽃을 보네.

2004. 8.

〖여설(餘說)〗 요즘을 지구촌시대라고 한다. 집에 가만히 앉아서
일본에 비가 온다는 것을 아는 것뿐이 아니고 세계의 움직이
는 일을 알 수가 있는 세상이다. 가을은 서늘한 바람이 부는
계절인데, 이 서늘한 바람과 햇볕에 곡식이 익고 과실이 익는
다. 시골의 초가집 위에 둥근 박 덩이가 여기저기에 있고 붉은
호박이 담장 위에 누워있는 모습은 가을의 모습인데, 가을꽃
이 보인다고 했으니, 서리를 능멸하는 국화가 활짝 핀 것이다.

추흥(秋興)

連上颱風炎過經 연 상 태 풍 염 과 경	잇따라 온 태풍에 더위 물러가는데
南山秋葉尙靑靑 남 산 추 엽 상 청 청	남산의 나뭇잎은 아직도 푸르다네.
漁翁盡夜忙釣蟹 어 옹 진 야 망 조 해	어옹(漁翁)은 밤새도록 게 잡기 바쁜데
破寂虫聲多樣聽 파 적 충 성 다 양 청	고요 깨는 벌레소리 다양하게 들리네.

2004. 8.

〖 여설(餘說) 〗 수수열매 익는 가을이 되면 밤에 게가 나와 돌아다니는데, 이를 게가 내린다고 한다. 이때가 되면 냇물에 물길을 내고 그 물길 가운데에 항아리를 묻고, 어옹은 그곳에 뾰쪽한 집을 짓고 그 안에 앉아서 등불을 켜고 밤이 새도록 지키면서 게가 물길 따라 내려가면 잡아서 그릇에 넣는다. 이것이 필자가 어렸을 적에 게를 잡던 모습이다. 그때는 일제의 식민지와 6·25동란을 바로 넘긴 시절이라 먹을 식량이 부족했기 때문에 산에 가서 노루를 잡고 내에 가서 물고기를 잡아서 먹었으므로, 내에 물고기가 많지 않았다.

정중유회(靜中有懷)

鳳鶴雖居蔚竹枝
봉 학 수 거 울 죽 지

봉황이 비록 대나무 가지에 산
다고 하니

天然風處有懷疑
천 연 풍 처 유 회 의

자연적인 풍화(風化)에 의심을
하랴!

川中鯉類相欣躍
천 중 리 류 상 흔 약

시내에 유영하는 잉어 서로 좋
아 뛰놀고

碧落鴉群與好知
벽 락 아 군 여 호 지

하늘의 까마귀 떼 서로 좋아함
을 알겠네.

靜坐我心求自養
정 좌 아 심 구 자 양

고요히 앉아 방심(放心) 찾으려
고[121] 수양하는데

達觀正位脫公私
달 관 정 위 탈 공 사

달관하여 자리 바르니 공사(公
私)가 없다네.

----

121 방심(放心) 찾으려고: 《맹자》 고자(告子)편 상에 "학문의 도는 다른
것이 아니라 그 놓은 마음을 거두어들이는 것뿐이다.[學問之道無
他 求其放心而已]"라고 하는 것을 이른다.

神念不動吾身合　나의 몸이 움직이지 않는 정신
신 념 부 동 오 신 합　에 부합하는데

四月紅花發彼陂　4월의 붉은 꽃이 저 언덕에 피
사 월 홍 화 발 피 피　었다네.

2009. 5.

〖 **여설(餘說)** 〗 달관한 인생을 노래한 시이다. 봉황은 오동나무에
앉고 대나무 열매만 따먹고 산다는 말이 있다. 봉황은 신령
한 새로, 새 중에서 가장 추앙받는 새니, 그러므로 옛적에
임금을 상징하는 곳에는 언제나 용(龍)과 봉황이 있었다. 사
람의 마음이 안정되면 4월에 핀 꽃처럼 주위를 편안하게 하
고 그리고 주위의 시선을 받는 것이다. 여기에 이르는 과정
이 경연(頸聯)에 나오는 이미 나의 마음에서 내버린 방심(放
心)을 찾는 것이다.

민세(憫世)

2009 추계 한국한시협회 공모작품.

洋夷旺盛我邦衰
양 이 왕 성 아 방 쇠

서양 문화 왕성하니 우리나라
는 쇠하고

沒落彝倫痛哭悲
몰 락 이 륜 통 곡 비

이륜(彝倫)이 몰락하니 통곡하
며 슬퍼하네.

南北兩分離散世
남 북 양 분 이 산 세

남과 북 양분되어 헤어져 사는
세대인데

東西交易國興時
동 서 교 역 국 흥 시

동과 서 교역하여 나라가 흥하
는 시대라.

使勞求利無治亂
사 로 구 리 무 치 란

노사(勞使)는 이익 추구에 분란
다스리지 못하고

政黨鬪爭不認危
정 당 투 쟁 불 인 위

당정(黨政)은 투쟁하면서 나라
위태함을 인식하지 못하네.

先進入程何迷路
선 진 입 정 하 미 로

선진국에 진입하는 길목에서
어찌 미로를 헤매나!

君余眞覺訴玆詩
군 여 진 각 소 자 시

우리들은 진정 깨닫기를 이 시
통해 호소하네.

〖여설(餘說)〗 조선시대에는 정치에 대해서는 모두 입을 닫았다. 왜냐면 잘못 입을 열면 금방 잡혀가서 역적으로 몰리거나 아니면 감옥에서 욕을 당하기 때문이다. 그러나 지금은 언론의 자유가 보장되었기에 다방면의 이야기를 마음대로 할 수가 있는 것이니, 참으로 좋은 시대가 되었다. 그러나 자유에도 책임은 따라야 하니, 자신의 행위가 주위에 불쾌감을 주거나 아님 미풍양속을 훼손하는 행위를 하는 것 등은 자재해야 한다. 일례로, 요즘 젊은이들은 여러 사람이 있는 곳에서 진한 애정행위를 하는데 이는 곤란한 행위이다. 이러한 행위는 서양의 좋지 않은 풍속을 좇는 것에 불과하니, 우리 동양에서는 동양적 사상을 생각하며 행동을 해야 한다.

추경(秋景)

忽然寒氣侵村南
홀 연 한 기 침 촌 남

홀연 서늘한 기운 남녘마을에 침투하니

紅葉千山照碧潭
홍 엽 천 산 조 벽 담

천산의 단풍 푸른 연못에 비춰네.

與友登坡望廣野
여 우 등 파 망 광 야

벗과 같이 언덕에 올라 광야를 바라보니

風搖黃穀歲豊談
풍 요 황 곡 세 풍 담

바람에 흔들리는 누런 곡식 풍년임을 말하네.

2004. 10.

〖여설(餘說)〗 올해는 우리나라에 태풍이 한 번도 불지 않아서 풍년을 이룬 해이다. 비도 시의적절하게 내렸으니 농부는 자기가 원하던 만큼 많은 수확을 하였다. 그래서인지는 몰라도 올해 김장도 풍년이 들어서 정부에서 배추밭을 사서 갈아엎는다고 한다. 이는 김장값이 너무 내려갔으므로 정부에서 김장값을 세우기 위해서 하는 행위이니, 요즘은 참으로 살만한 세상이 되었다.

열차 안에서 보는 가을 경치〔列車內秋景〕

田畓農夫忙穡農　논밭의 농부 가을걷이 바쁜데
전 답 농 부 망 색 농

霜寒山野獨靑松　서리에 상한 산야 푸른 소나무
상 한 산 야 독 청 송　만 보인다오.

出勤車內市民睡　출근하는 열차 안에 승객들 조
출 근 차 내 시 민 수　는데

吐日旦朝燦爛容　아침에 뜨는 해 찬란하게 번쩍
토 일 단 조 찬 란 용　이네.

〖여설(餘說)〗 필자는 전철을 타고 출근을 하는데, 이곳에서 시
　민들의 군상(群像)을 볼 수가 있다. 젊은 사람들은 스마트폰
　을 뚫어지게 쳐다보고 있는데 반하여 노인들은 눈을 감고 잔
　다. 이때에 전철의 창을 통하여 좌에는 수락산이 보이고, 우
　에는 도봉산이 보인다. 이를 쳐다보며 가노라면 어느 날은
　비가 내리고 어느 날은 눈이 내린다. 그런데 시의 승구(承句)
　에서는 산에 푸른 소나무만 보인다고 했으니, 벌써 낙엽은
　떨어져서 수림은 모두 나목(裸木)이 되어 있는 것이다.

한로(寒露)¹²²

登水落山上絶巖 등 수 락 산 상 절 암	수락산 암벽에 오르니
蒼蒼林樹葉紅咸 창 창 임 수 엽 홍 함	푸른 수림(樹林)에 단풍이 섞였 다네.
霜中黃菊招君子 상 중 황 국 초 군 자	서리 맞은 국화 군자를 부르는데
秋穡忙夫脫汗衫 추 색 망 부 탈 한 삼	추수하는 바쁜 농부 땀난 적삼 벗는다네.

2004. 11. 12

〖여설(餘說)〗 전에 농촌에는 지게라는 기구가 있었는데, 이 지게는 농촌에서 물건을 져서 나르는 기계로, 몇천 년 동안 농군에게는 필요불가결한 물건이었다. 필자가 어렸을 때는 농부들이 모두 지게를 지고 나무도 하고 꼴도 베어서 지고 와 짐승에게 주었으며, 곡식이 익으면 이 지게로 지고 와서 마당에서 탈곡을 하였다. 그런데 지금은 경운기라는 차가 있어

. . . .
122 한로(寒露): 일 년 중 찬이슬이 내리기 시작한다는 날. 이십사절기 (二十四節氣)의 하나로 추분과 상강(霜降) 사이에 있다. 춘분점을 기준으로 하여 태양이 황도(黃道)의 195도(度)에 이르는 때로 양력 10월 8일 경이다.

서 이것으로 물건을 나르고 논밭을 간다. 이 경운기는 농촌의 경사진 곳도 잘 다니도록 만들어진 기계이다. 농부가 추수할 때는 땀이 비오듯 한다. 그러므로 땀에 젖은 적삼을 벗는 것이다.

상추(賞秋)

忽然細雨洒家窓
홀 연 세 우 쇄 가 창

갑자기 내리는 가랑비 창문 때리는데

楓葉離枝落地江
풍 엽 이 지 락 지 강

가지 떠난 낙엽 땅과 강으로 떨어지네.

僧侶霜風袈帶衿
승 려 상 풍 가 대 금

승려(僧侶)는 찬바람에 가사의 띠 여미는데

世人踏葉愁心尨
속 인 답 엽 수 심 방

사람들 낙엽 밟으며 수심이 가득하다오.

2004. 10. 22

〔여설(餘說)〕 요즘은 낙엽에도 품질이 있으니, 단풍이 떨어진 것을 낙엽이라고 하는데, 이 낙엽에도 고운 낙엽이 있는가 하면 지저분한 낙엽이 있다. 대체로 말해서 매연이 많은 서울과 경기도 등 차가 많이 다니면서 매연을 많이 뿜어내는 지역은 낙엽이 지저분한 반면, 한적한 시골의 낙엽은 선명하고 아름답다. 필자가 이번에 시사(時祀)를 지내려고 고향에 갔다가 돌아오는데 길가의 은행잎이 그렇게 고울 수가 없었다. 이를 보는 마음도 아름다워지는 느낌을 받았고, 그 앞의

산이 '아미산'인데 이 산의 자락에 보이는 단풍이 그렇게 아름다울 수가 없었다. 그래서 차를 세우고 사진을 찍기까지 하였다.

즉사(卽事)

風飛零葉是聲詩 풍 비 영 엽 시 성 시	바람에 낙엽 날리는 소리 시 (詩)이고
鬱樹成疎造物治 울 수 성 소 조 물 치	울창한 수림이 소원(疏遠)함은 조물주의 다스림일세.
秋落春生理者誰 추 락 춘 생 리 자 수	봄에 잎 나와 가을에 떨어짐을 관리하는 자 누구인가!
歸鄕鰱隊覓巢宜 귀 향 연 대 멱 소 의	귀향하는 연어 떼는 마땅히 둥 지를 찾는다네.

2004. 11. 17

〖여설(餘說)〗 이 시도 가을을 노래한 시인데, 그 가운데 조물주와 연어 떼가 나온다. 승구(承句)의 조물주는 만능의 조물주이다. 찾아와서 일을 하지 않는데도 모두 잘 다스려진다. 그리고 결구(結句)의 연어는 귀소성(歸巢性)을 말한 것이니, 연어가 넓은 바다에서 살다가 어떻게 알고 자기가 태어난 곳으로 찾아오는 것인가! 이것은 자연의 신비함을 대표적으로 말하는 것이니, 만물은 결국 태어난 곳으로 돌아가는 것이다. 인간도 죽는 것이 아니고 돌아가는 것인가!

입추(立秋)

新秋炎日衆蟬聲 신 추 염 일 중 선 성	신추(新秋)의 무더위에 많은 매미 울어대고
白雨飄來老馬驚 백 우 표 래 노 마 경	소낙비 흩뿌리니 늙은 말이 놀래네.
雲散疊峰擧翠色 운 산 첩 봉 거 취 색	구름 흩어진 많은 산봉우리 온통 푸른색인데
激流江水夜燈明 격 유 강 수 야 등 명	격하게 흐르는 강물 야등(夜燈)만 밝다네.
愁深詠客北窓臥 수 심 영 객 북 창 와	수심 깊은 시인 북창에 누웠는데
田野黃波鳥雀輕 전 야 황 파 조 작 경	전야(田野)의 황금물결 참새들 가볍게 나네.
梧葉凉風一二落 오 엽 양 풍 일 이 락	서늘한 바람에 오동잎 하나 둘 떨어지니
蟀君爲友讀書生 솔 군 위 우 독 서 생	귀뚜라미 벗하여 독서할 생각하네.

2009. 8. 24

〔여설(餘說)〕 일요일에 옥천에 가서 나의 뿌리인 조상께 시제 (時祭)를 드리고, 부여에 있는 고향에 가서 망구(望九: 89세) 의 연세인 어머니께 인사를 올리고, 선인(先人)의 묘소를 찾 아서 성묘하고, 저녁에는 주위의 몇 사람을 오시라고 해서 잔치를 열었다. 그리고 다음날 어머니께서 들기름을 짜야 한 다고 해서 이른 아침에 부여 시내에 있는 기름집에 가니, 벌 써 몇 사람이 우리보다 먼저 와 있었다. 차례를 기다려서 기 름을 짜는데, 월요일인데도 불구하고 많은 아주머니들이 고 춧가루를 내고 들기름을 짜려고 몰려오는데 끝이 없었다. 시 골인데도 이렇게 방앗간이 잘 되는 곳이 있구나! 하고 생각 하게 되었으니, 이유는 모두 도회지에 나가서 사는 자식들에 게 고춧가루도 보내고 들기름도 짜서 보내려는 부모님들의 마음인 것이었다.

이명박 대통령의 취임을 축하하다. 〔祝李明博大統領就任〕

本來興海出農耕
본래 홍해 출 농 경
본래 흥해의 농가에서 나와

高麗通門故里驚
고 려 통 문 고 리 경
고려대학 들어가니 고향마을 놀랐네.

今歲競爭爲統帥
금 세 경 쟁 위 통 수
금년에 경쟁으로 국가원수 되었고

昔年民選尹韓京
석 년 민 선 윤 한 경
옛적엔 민선으로 서울시장 되었네.

濟世盡力煩心解
제 세 진 력 번 심 해
온 힘으로 세상 구제하니 국민의 번심(煩心) 풀리고

事草公先萬事亨
사 초 공 선 만 사 형
민초 섬기고 공사 우선하니 만사는 형통하리.

南北協流將一國
남 북 협 류 장 일 국
남북이 협조하고 교류함은 통일하려는 것

球村和合拂吾聲
구 촌 화 합 불 오 성
지구촌을 화합하여 우리의 소리 떨치시라.

〖여설(餘說)〗 필자는 노무현 정권을 매우 좋지 않게 보았다. 그래서 이명박 후보를 열렬히 밀었고, 또한 당선이 되었다. 그래서 이 축시를 쓴 것이다. 그 후로 고소영 인사의 편협함과 4대강 사업의 불요불급한 정책에 매달린 것은 매우 잘못된 것이다. 여하튼 이 시는 당선이 되었을 당시 국운이 왕성하라는 뜻으로 쓴 시이다.

가을의 문턱(秋之門庭)

炎天遲久卽凉生
염 천 지 구 즉 양 생
오랜 무더위 곧 서늘하게 되었는데

碧落尤高午日明
벽 락 우 고 오 일 명
하늘 더욱 높아진 밝은 대낮이네.

蟋蟀苦音愁詠客
실 솔 고 음 수 영 객
귀뚜라미 고음(苦音)[123]은 시객을 슬프게 하고

蜻蜓飛舞樂風淸
청 정 비 무 낙 풍 청
잠자리 하늘 날며 청풍을 즐기네.

層田稻穗黃金熟
층 전 도 수 황 금 숙
층계 논 벼이삭 누렇게 익었는데

里口梧桐葉落爭
이 구 오 동 엽 락 쟁
마을 입구 오동은 다투어 떨어지네.

簷末黑燕歸舊地
첨 말 흑 연 귀 구 지
추녀 끝 제비 강남으로 돌아가는데

晚時形影索眞誠
만 시 형 영 색 진 성
만시(晚時)의 나는 진성(眞誠)[124]을 찾는다네.

2009. 8. 26

. . . .

123 고음(苦音): 슬프고 괴롭게 우는 소리.

124 진성(眞誠): 거짓 없는 참된 정성.

〖여설(餘說)〗 지금은 볼 수 없는 풍경이지만, 가을의 풍경 중에 고추잠자리가 떼 지어서 하늘을 나는 모습은 정말 아름다웠다. 아마 지금도 시골 벽촌에 가면 개똥벌레의 불빛도 볼 수가 있고, 빨간 고추잠자리의 모습도 볼 수가 있을 것이다. 이런 풍경들이 모두 가을을 알리는 너무도 멋진 모습이 아닌가! 우리의 어린이들에게 이런 풍경을 보여주며 문학을 키우게 해야 한다. 밤하늘의 쏟아지는 별들의 모습도 아름다운 풍경인데, 이를 한시에서는 '은한(銀漢)'이라 한다.

갑신년 첫눈〔甲申初雪〕

漢江滾滾釣翁漁
한 강 곤 곤 조 옹 어

곤곤(滾滾)[125]한 한강에서 조옹 (釣翁)은 고기 잡는데

水落依依野兎居
수 락 의 의 야 토 거

의의(依依)[126]한 수락산에 산토 끼가 산다네.

日氣忽陰寒氣襲
일 기 홀 음 한 기 습

순간 구름 끼고 한기(寒氣) 엄 습하더니

飄飄初雪覆茅廬
표 표 초 설 복 모 려

휘날리는 첫눈이 초가집을 덮 었다네.

2004. 12. 2

〖여설(餘說)〗 해마다 보는 첫눈이지만, 첫눈은 서설(瑞雪)이기 에 반가운 것이다. 사실 눈이 내리는 것은 겨울이 왔다는 말 이니, 만물을 죽이는 북풍이 몰아치고 물이 얼고 땅이 얼고 하늘도 언다. 이러한 겨울은 오직 죽음의 계절인 것이다. 이 때는 돈을 벌려고 버둥거리지 말고 오직 살아있는 것을 고맙 게 여겨야 한다. 그렇기에 짐승들도 활동을 멈추고 굴속으로

---

125 곤곤(滾滾): 몹시 세차게 흐르는 모양.
126 의의(依依): 무성한 모양.

들어가고, 개구리는 돌 속으로 들어가서 동면을 하는 것이다. 우리들은 이들 짐승에게서 겨울을 지나는 방법을 배워야한다.

겨울 경치(冬景)

吾頭半白楊州寓　나는 반백에 양주에 우거(寓居)
오 두 반 백 양 주 우　하는데

水落山林作曠蕪　수락산 수림은 황무하다네.
수 락 산 림 작 광 무

冬節日溫今日雨　겨울인데도 따뜻하여 오늘 비
동 절 일 온 금 일 우　오는데

忽然風勢酷寒圖　홀연 세찬 바람 부니 혹한(酷
홀 연 풍 세 혹 한 도　寒) 오려나?

2004. 12. 9

〖여설(餘說)〗 금강산의 겨울 산을 개골산(皆骨山)이라 한다. 모
두 뼈만 남았다는 말인데, 겨울에 보는 산도 아름다움이 있
다. 필자는 군대에 있을 때에 op에 근무한 적이 있는데, 앞
에 보이는 북한의 무산이 그렇게 장중하고 아름답게 여겨졌
다. 눈이 한 번 오면 봄이 되어야 눈이 녹는 곳인데, 무산은
커다란 소가 누워있는 것 같은 모습이었다. 대체로 북한의
산은 모두 벌거숭이 산이다. 무산도 예외는 아니었지만 그래
도 그 장중한 매료에 끌린 적이 있다. 그곳에서는 금강산도
보인다.

을유년 입춘후 10일(乙酉立春後十日)

乙酉歲寒南地花
을 유 세 한 남 지 화

을유년 세한(歲寒)에 남쪽지방 꽃피는데

山川氷凍解眠蛙
산 천 빙 동 해 면 와

얼어붙은 산천에 개구리 동면을 깼네.

京畿北部連連旱
경 기 북 부 연 연 한

경기 북부엔 연이은 가뭄인데

耽國關東白雪佳
탐 국 관 동 백 설 가

제주와 관동지방 눈 내려 아름답다네.

2005. 2. 13

〖여설(餘說)〗 봄에 강원도의 산을 보면 양지와 음지의 온도 차이가 심해서 나무의 눈엽(嫩葉)이 피는 것이 약 10일 정도의 차이를 보인다. 이와 같이 남쪽지방과 북쪽지방의 기온차이도 꽤 많이 난다. 일기라는 것은 조물주의 영역이기 때문에 사람이 종잡을 수가 없으니, 이날은 제주도와 강릉지방에 눈이 내렸다는 것이다. 사람은 이런 일기에 적응하며 잘 사는 것이 제일로 난 사람이다. 적응을 못하면 사람이건 동물이건 간에 도태하고 만다.

오동잎이 새 가을을 알리네.

이는 대한한시협회에서 2009 한시대회에 출제한 시제(詩題)이다.〔梧葉報新秋 此則於大韓漢詩協會 出題於2009漢詩大會之詩題也〕

炎炎遲久忽凉迎
염 염 지 구 홀 양 영

지루하게 계속되던 더위에 갑자기 서늘함 맞이하니

庭後梧桐落落驚
정 후 오 동 낙 락 경

뜰 뒤 오동잎 놀라 떨어지고 또 떨어지네.

碧落白蜻飛樂舞
벽 락 백 청 비 낙 무

하늘엔 고추잠자리 즐겁게 날아 춤추고

路邊靑蟋伏愁聲
노 변 청 실 복 수 성

노변에는 귀뚜라미 숨어서 슬피 우네.

田畓水稻黃黃熟
전 답 수 도 황 황 숙

논밭의 벼 누렇게 익었는데

樹苑天桃赤赤成
수 원 천 도 적 적 성

동산의 천도복사 붉게 익었다네.

簷末黑燕歸舊地
첨 말 흑 연 귀 구 지

처마 끝의 제비 남쪽으로 돌아가는데

憑欄騷客入秋情
빙 란 소 객 입 추 정

난간 의지한 시인은 가을 정취에 들었네.

〖여설(餘說)〗 도화(桃花)의 시는 최호(崔護)의 시가 가장 멋지다. 여기에 소개한다. 최호는 청명(清明)날 성남(城南)으로 혼자 놀러 갔다가 목이 말라 어느 촌가를 찾아가 문을 두드리고 물을 청하였는데, 한 아름다운 묘령의 여인이 문을 열고 물을 갖다 주었다. 그리고 다음 해 청명 날에 다시 찾았는데, 문정(門庭)은 그대로이나 문이 잠겨 있었다. 그래서 "지난해 오늘 이 문 안에는 사람 얼굴과 복숭아꽃이 서로 비춰 붉었다오. 사람은 간 곳을 알 수 없고 복숭아꽃만 예전처럼 동풍에 웃고 있네.[去年今日此門中 人面桃花相映紅. 人面不知何處去 桃花依舊笑東風.]"라고 시를 읊었다.

이천호(李天浩) 선생 고희(古稀) 기념

2010년 5월 30일

貫鄉全義出於東
관 향 전 의 출 어 동

동방에서 출생하고 관향은 전의인데

聰智超才譽聞豊
총 지 초 재 예 문 풍

총명과 예지가 남다른 소문 무성했네.

中節言論揮銳筆
중 절 언 론 휘 예 필

중년에 언론에서 예리한 필치 휘두르고

晚年花樹積勤功
만 년 화 수 적 근 공

만년에 화수회에서 부지런히 공력을 쌓네.

高臺壽宴七旬讚
고 대 수 연 칠 순 찬

고대(高臺)의 수연에는 칠순(七旬)을 기리고

子姪華衣獻酌隆
자 질 화 의 헌 작 융

자질들 꼬까옷 입고 술잔 올림이 많다네.

世世閥家尊祖美
세 세 벌 가 존 조 미

세세의 문벌 조상 높임이 아름다운데

卑身謙讓此心空
비 신 겸 양 차 심 공

몸을 낮추고 겸양하니 마음 비운 것이네.

〔여설(餘說)〕 이천호 선생은 일찍이 언론계에 투신하여 연합통
신 국장을 역임하고 지금은 전의 이씨 청강공파화수회 회장
을 맡고 있으며, 재임 중에 '청강기념관'을 양평군 서종면
수입리에 건축하여 개관하였다. 필자는 청강 이제신 선생이
쓴 '청강소와'를 국역한 인연으로 이 시를 지은 것이다.

전철을 타고 출근하며〔乘電鐵出勤〕

朝早出勤乘電鐵
조 조 출 근 승 전 철

아침 일찍 전철 타고 출근하려니

窓外千象六花新
창 외 천 상 육 화 신

창밖에 보이는 천상(千象)[127]
흰 눈으로 새로워라.

遠山白景懷春日
원 산 백 경 회 춘 일

먼 산 하얀 눈 봄날을 품었는데

諸客無心借走輪
제 객 무 심 차 주 륜

모든 승객 무심히 달리는 전철
빌어 간다네.

2005. 2. 25

〔여설(餘說)〕 어느 봄날 의정부에서 낙원동의 사무실에 출근하려고 전철을 탔는데, 조금 있으니 솜털 같이 나는 하얀 눈이 펄펄 내리고 있었다. 나는 시심이 발동하여 이내 메모지를 꺼내어 이 경이로운 광경을 한시로 적기 시작했다. 이때 승객들의 모습, 서설(瑞雪)을 좋아라고 구경하는 사람이 있는가 하면 피곤하여 조는 사람이 더 많았다. 나는 그때의 그 모습이 지금도 생생하다.

· · · · · · · · · · · · ·
127 천상(千象): 갖가지 형태를 말함.

초춘(初春)의 비설(飛雪)

曉天白雪霏霏降
효 천 백 설 비 비 강

새벽의 흰 눈은 비비(霏霏)[128]하게 내리는데

如蝶舞飛仙境凌
여 접 무 비 선 경 릉

나비같이 나는 모습 선경(仙境)[129]보다 좋아라.

坤地瞬間圖白世
곤 지 순 간 도 백 세

대지(大地)는 순간에 하얀 세상 그렸으니

今年望見盛豊增
금 년 망 견 성 풍 증

금년은 풍년으로 더해지는 가을 바란다네.

2005. 3. 3

〔여설(餘說)〕마침 함박눈이 펄펄 내리고 있었다. 중국의 대문학가 사안(謝安)이 자제(子弟)들에게 이 광경을 시적(詩的)으로 표현해보라고 하니, 조카 사랑(謝朗)은 "소금을 공중에 흩뿌리는 것과 비슷합니다.(撒鹽空中差可擬)"라고 대답했는데, 사도온은 "그것보다도 버드나무 가지가 바람에 날려 춤을

· · · · · · · · · · · · ·

128 비비(霏霏): 눈이나 비가 부슬부슬 내리는 모양.
129 선경(仙境): 매우 아름다운 풍경.

363

추며 나는 듯합니다.(未若柳絮因風起)"라고 하자 사안이 크게 기뻐했는데, 뒤에 과연 사도온은 중국의 유명한 여류문학가가 되었다고 한다.

을유년 초봄〔乙酉初春〕 2수

昨夜薰風走槿東
작 야 훈 풍 주 근 동

지난 밤 훈풍이 동국(東國)[130]에 불더니

今朝春雨促春同
금 조 춘 우 촉 춘 동

오늘 아침 봄비 내려 봄을 재촉한다네.

遠山林木帶烟霧
원 산 임 목 대 연 무

먼 산 숲에는 연무(烟霧)[131]가 오르니

花信南方此地通
화 신 남 방 차 지 통

화신(花信)이 남쪽에서 이곳까지 통하였네.

見望溟海卽斜陽
견 망 명 해 즉 사 양

넓은 바다 바라보니 때는 석양인데

水極作圓無限張
수 극 작 원 무 한 장

바다 끝 원을 그려 끝없이 펼쳐졌네.[132]

---

130 동국(東國): 우리나라를 말함.

131 연무(煙霧): 안개가 낀 것을 시적(詩的)으로 표현하는 말.

132 바닷가에서 끝없이 펼쳐진 바다를 바라보면 그 끝의 선이 원으로 돌아감을 볼 수가 있다. 이를 말한 것이다.

與室南遊宿客館   아내와 같이 남유(南遊)[133]하여
여 실 남 유 숙 객 관   호텔에 묵으니

婚初回想做鴛鴦   결혼 초를 생각하고 원앙의 정
혼 초 회 상 주 원 앙   을 회상했네.

2005. 3. 26

〖여설(餘說)〗 아내와 같이 제주를 여행하였다. 저녁때에 호텔에
들어와서 바다를 보며 한 수 읊었다. 이는 연안 김씨의 대비
공원 준공일이다. 의민공종회 김종진 회장이 우리 부부를 초
청하였기에 이곳을 방문하였다.[與內室 濟州旅行中 宿於高
樓 吟暮見大海 此則延安金氏之竣工大妃公園日也 懿愍公宗
派會長金鍾進 招請吾夫婦 故訪於此處.]

∙∙∙∙∙∙∙∙∙∙∙∙∙
133 남유(南遊): 남쪽의 지방을 유람했다는 말.

하서(河西) 김인후 선생(金麟厚先生)

2010 하서문화축전 출품작

天落奎星大器生
천 락 규 성 대 기 생

하늘에서 규성(奎星)[134]이 떨어지고 대기(大器) 출생하니

時年髫齔異聰明
시 년 초 촌 이 총 명

어린 시절부터 총명이 남달랐네.

究通理學成賢哲
구 통 이 학 성 현 철

이학(理學)을 연구하여 어진 학문 이루었고

固守忠貞樹道程
고 수 충 정 수 도 정

충정(忠貞) 굳게 지켜갈 길 세웠네.

享祀廟宇師百世
향 사 묘 우 사 백 세

문묘(文廟)에 제사하니 백세의 스승이고

優遊山海友鷗盟
우 유 산 해 우 구 맹

산해(山海)에서 노닐어서 구맹(鷗盟)[135]을 벗했네.

••••••••••••
134 규성(奎星): 이십팔수(二十八宿)의 열다섯째 별자리의 별. 문운(文運)을 담당하는 별로서, 이 별이 밝으면 천하가 태평하다고 한다.
135 구맹(鷗盟): 갈매기와 사귄다는 뜻으로, 속세를 떠나 숨어살면서 자연을 즐김을 이르는 말.

栗陶唱導斯文宗 율곡과 퇴계를 창도하니 우리
율 도 창 도 사 문 종 유학의 종주인데

此日騷人頌慕情 이날의 시객 사모하는 정(情)을
차 일 소 인 송 모 정 기린다오.

〖여설(餘說)〗 문묘(文廟)는 공자(孔子)를 받드는 묘우(廟宇)니,
안자(顔子)·증자(曾子)·자사자(子思子)·맹자(孟子)를 배향
(配享)하고, 공문10철(孔門十哲) 및 송조6현(宋朝六賢)과 우리
나라의 신라·고려·조선조의 명현 18현(十八賢)을 종사(從
祀)해 태학생(太學生)들의 사표(師表)로 삼았다. 중앙에는 성
균관, 지방에는 각 향교에 건치(建置)하고 있다. 조선조에서
는 공자를 정위(正位)로 하여 4성(四聖)과 공문10철, 송조6현
을 대성전(大成殿)의 좌우에 배열, 배향하고, 동무(東廡)에
중국 명현 47위(位)와 우리나라의 명현 9위를 종사하고, 서
무(西廡)에 역시 중국 명현 47위와 우리나라의 명현 9위를
종사하였다. 그러나 광복 후 1949년 전국유림대회 결의에
의해 동무와 서무에 종사한 중국 명현의 위판(位板)을 매안
(埋安)하고, 우리나라의 명현 18위를 대성전으로 승당(陞堂)
해 오늘에 이르고 있다고 한다.

칠백의총(七百義塚)

2010 전국한시지상백일장 출품(충남, 대전 유림회 주최)

忽然倭侵震天靑
홀 연 왜 침 진 천 청

갑작이 왜구가 침범하니 푸른 하늘 진동하고

懼慄山川又地靈
구 율 산 천 우 지 령

산천이 두려워 떨고 또한 지령(地靈)도 떨었네.

宣廟率臣歸避亂
선 묘 솔 신 귀 피 란

선조는 신하 대동하고 피난을 갔고

重峯呼義出家庭
중 봉 호 의 출 가 정

중봉(重峯)은 의(義) 부르며 가정에서 나왔네.

萬千島賊屠黎首
만 천 도 적 도 려 수

수많은 왜구 백성들 도륙하는데

七百兵卒刻碑銘
칠 백 병 졸 각 비 명

칠백의 병졸 순절하여 비명에 새겼다네.

循將殉身無世事
순 장 순 신 무 세 사

장수 따라 순절하는 것 세상에 없는 일

錦溪英塚滿餘馨
금 계 영 총 만 여 형

금산의 영웅들의 무덤 남은 향기 가득하네.

【여설(餘說)】 칠백의총은 충청남도 금산군 금성면 의총리에 있는 조선 임진왜란 때 왜군과 싸우다가 장렬히 순절한 700의사의 무덤이다. 사적 제105호. 1592년(선조 25) 8월 1일 조헌(趙憲)의 의병과 영규(靈圭)의 승병이 합군하여 청주성을 수복하고, 이어 8월 18일 남은 700인의 의병을 이끌고 금산으로 진격, 고바야카와(小早川隆景)의 막강한 왜군과 혈전을 벌여 전원이 순절하였다. 4일 후인 22일 조헌의 제자 박정량(朴廷亮)·전승업(全承業) 등이 시체를 거두어 하나의 무덤을 만들고 칠백의총이라 하였다. 위에 기록된 전승업공이 필자의 14대조이다.

춘산(春山)

을유년(乙酉年, 2005)에

早曙南山衆鳥歌 조 서 남 산 중 조 가	이른 새벽 남산에 많은 새 우는데
序晚三月發花多 서 만 삼 월 발 화 다	시절 늦어 3월에 많은 꽃 피었네.
解氷深谷溪聲聞 해 빙 심 곡 계 성 문	해빙한 깊은 골짜기 시냇물 소리 졸졸졸
林樹依風暖氣和 임 수 의 풍 난 기 화	춘풍의 수림(樹林) 따뜻하여 평화롭다네.

2005. 4. 12

〖여설(餘說)〗 당(唐)나라 때 시인 두목(杜牧)은 산행(山行) 시에 "멀리 차가운 산 비스듬한 돌길을 오르니, 흰 구름 깊은 곳에 사람의 집이 있네. 수레 멈추고 앉아 늦가을 단풍 완상하노라니, 가을 단풍잎이 2월 꽃보다 더 붉구나.[遠上寒山石逕斜 白雲深處有人家 停車坐愛楓林晚 霜葉紅於二月花.]"라고 했는데, 이 시는 3월에 꽃이 피었으니 시절이 늦었다고 한 것이다. 여기서의 2월 3월은 음력을 가리킨 것으로, 양력으로 말하면 3월에 꽃이 핀다.

을유년 봄비(乙酉春雨)

相交寒暖促春新
상 교 한 난 촉 춘 신

교차하는 한난(寒暖)[136]이 새 봄 재촉하는데

細雨東風在早晨
세 우 동 풍 재 조 신

동풍(東風) 부니 새벽에 이슬비 내리네.

水傍楊柳靑葉美
수 방 양 유 청 엽 미

물가의 버드나무 푸른 잎이 아름다운데

家前田圃綠芽均
가 전 전 포 녹 아 균

집 앞 남새밭엔 푸른 싹이 여기저기 났다네.

2005. 4. 16

〖여설(餘說)〗 지긋지긋하던 추위가 어느덧 지나가고 물가의 버드나무에는 새싹이 돋고 집 앞의 남새밭에는 새싹들이 나도 모르는 사이에 파랗게 돋아남을 노래한 시다. 세월은 이렇게 무상하다. 20대의 1년과 30대의 1년이 다르게 가고 50대, 60대의 1년은 그야말로 살같이 가는 것이 세월이다.

136 한난(寒暖): 추위와 따뜻한 날씨를 가리킨다.

즉흥시 〔卽見〕

春風千里退寒雲
춘 풍 천 리 퇴 한 운

삼천리 봄바람 부니 차가운 구름 물러가고

楊柳垂枝寫綠文
양 류 수 지 사 록 문

늘어진 버드나무 가지 푸른 무늬 그렸네.

桃李杜鵑共滿發
도 리 두 견 공 만 발

도리(桃李)[137]와 진달래 함께 만발했으니

紅花嫩葉於心欣
홍 화 눈 엽 어 심 흔

붉은 꽃 눈(嫩) 잎[138]이 내 마음 기쁘게 하네.

〔여설(餘說)〕 이른 봄을 표현하는 시어(詩語)는 대략 봄바람, 버드나무 잎, 복숭아꽃, 파릇파릇 나오는 파란 잎들이 있다. 사랑으로 표현되는 따뜻함은 모진 북풍설한을 이긴다. 이 시가 이를 증명하지 않는가! 사람과 사람의 사이도 매한가지이다.

----

137 도리(桃李): 복사꽃과 오얏꽃을 말한다. 오얏에서 진화한 과실이 자두이다.

138 눈(嫩) 잎: 봄에 갓 나온 잎을 눈 잎이라 한다.

율곡사상과 십만 양병설(養兵說)

경인년 모추(暮秋)

天與其命稟聰明
천 여 기 명 품 총 명

하늘이 그에게 생명을 주고 총명을 주어서

孔孟儒文得大成
공 맹 유 문 득 대 성

공맹의 유학으로 대성(大成)을 이루었네.

黨利黨論亡國兆
당 리 당 론 망 국 조

당리당론은 망국의 조짐인데

忠心兵說救民情
충 심 병 설 구 민 정

충성의 양병설(養兵說) 백성을 구제하는 마음이네.

卽尋廟院模先正
즉 심 묘 원 모 선 정

곧 묘원(廟院)을 찾아 선정(先正)을 본받고

忽感吟風頌永亨
홀 감 음 풍 송 영 형

홀연히 시 읊어 영원한 형통을 송축하세.

盛歲暮秋興祝祭
성 세 모 추 흥 축 제

풍성한 해 모추(暮秋)에 축제 일으키니

慕賢蒙學一觴傾
모 현 몽 학 일 상 경

어진 이 사모하는 못난 나도 한 잔 술 기울이네.

〖여설(餘說)〗 율곡선생이 48세 때인 1583년 「시무육조계(時務六條啓)」를 저술했다. 「시무육조계」에서 이이는 그 유명한 '십만양병설(十萬養兵說)'을 주장하였지만 받아들여지지 않았다고 한다. 조선은 문인의 나라였기에 전쟁을 싫어하였으므로, 율곡의 예견(豫見)을 알지 못한 것이다. 마음이 맑으면 앞을 본다고 하는데, 과연 율곡은 앞을 예견하는 선지자였던 것이다. 그러나 선조는 범인에 불과했으므로 이를 받아들이지를 못한 것이다. 안타깝다.

망암 변이중[139] 선생 서거사백주년(望菴邊以中先生逝去四百週年)

長城鄕邑住孩年 <small>장 성 향 읍 주 해 년</small>	장성 향읍에서 유년을 살았는데
奇異聰明稟受天 <small>기 이 총 명 품 수 천</small>	기이하고 총명함 하늘에서 받았다네.
岬郡洛師遊佳處 <small>갑 군 낙 사 유 가 처</small>	장성과 서울의 아름다운 곳을 유람하였고

<hr>

139 변이중(邊以中): 1546(명종 1)~1611(광해군 3). 조선 중기의 문신·학자. 본관은 황주(黃州). 자는 언시(彦時), 호는 망암(望庵). 택(澤)의 아들이며, 어머니는 함풍이씨(咸豊李氏)이다. 이이(李珥)와 성혼(成渾)의 문하에서 수학하였다. 1568년(선조 1) 사마시에 합격하였다. 1573년 식년문과에 병과로 급제하였다. 그는 화차(火車) 300량을 제조하여 순찰사 권율(權慄)에게 주어 행주대첩에 크게 기여하였다. 1600년(선조 33) 사용원정, 1603년 함안군수를 지내다가 1605년 벼슬을 그만두고 고향 장성에 돌아가 여생을 보냈다. 이이와 성혼의 학통을 이어받아 성리학과 경학에 밝았으며, 군사전략에도 밝아 임진왜란·정유재란 때 큰 공을 세웠다. 특히 그가 쓴 「총통화전도설(銃筒火箭圖說)」과 「화차도설(火車圖說)」에 의거하여 화차를 제조한 공로는 우리나라 과학사에 있어서 커다란 업적이었다. 강항(姜沆)이 지은 묘지명과 이정구(李庭龜)가 지은 묘갈명 등에서 그의 학문과 인품, 뛰어난 전략과 창의성에 대하여 찬사를 아끼지 않았다. 뒤에 이조참판에 증직되었으며, 장성 봉암서원(鳳巖書院)에 제향되었다. 저서에 『망암집』이 있다.

愚齋成渾學名賢 우 재 성 혼 학 명 현	율곡과 우계 등 명현(名賢)에게 공부했다네.
龍蛇島亂隨從衛 용 사 도 난 수 종 위	임진왜란에는 왕을 수종하여 호위하였고
銃箭兵車戰力全 총 전 병 거 전 력 전	총통과 화전(火箭)으로 전력을 온전히 했네.
公去現今過四百 공 거 현 금 과 사 백	오늘날은 공이 간지 400년인데
其功光赫益光傳 기 공 광 혁 익 광 전	그 빛나는 공은 더욱 빛나게 전 한다네.

2011. 1. 27

〖여설(餘說)〗 변이중 선생의 후손 변온섭이라는 사람이 있다. 대한유도회 회장을 역임한 사람으로, 변이중 선생의 유집인 《망암집(望菴集)》을 자비를 들여서 '영가문화사'에서 번역한 것을 잘 아는데, 마침 장성문화원에서 망암 변이중 선생 서거사백주년(望菴邊以中先生逝去四百週年)을 기리는 한시대회를 했으므로, 필자가 참여하여 읊은 시이다. 후손이 자비를 들여서 조상의 문집을 번역한 것은 장한 일이다. 이런 사람을 종종 볼 수가 있다. 존경하여 마지 않는다.

차 안의 군상(群像) 〔車內群像〕

何人乘鐵座眠安　　어떤 사람 전철 타고 의자에 앉
하 인 승 철 좌 면 안　　아 편안히 조는데

久立老翁身苦難　　오래 서 있는 노옹(老翁)은 다
구 립 노 옹 신 고 난　　리가 아프다네.

冬暖夏凉機作用　　기계 이용하여 겨울은 따습게,
동 난 하 량 기 작 용　　여름은 서늘하게 하는데

軌途疾走眞便觀　　궤도로 질주하니 참으로 편리
궤 도 질 주 진 편 관　　함을 본다네.

2005. 5. 3

[여설(餘說)] 이 지구상에는 수십억의 사람이 살아간다. 그러나 그 사람들의 형태는 각기 다 다르다. 이와 매한가지로 아침에 전철을 타면, 여러 가지 형태의 사람들이 출근을 한다. 조는 사람, 신문을 보는 사람, 음악을 듣는 사람, 스마트폰을 만지작거리는 사람 등 말 그대로 가지각색이다. 이를 군상(群像)이라 한다. 그런데 전철은 선로(線路)로 가기 때문에 막히는 것 없이 편리하게 질주한다는 것이다.

어버이날

우리 부부가 시골에 가기로 하였으니, 곧 이날은 어버이날이다. 그러므로 스스로 차를 운전하여 귀향해서 한시 "어버이날"을 지었다. 〔吾夫婦將作心歸鄉 而爲問安於父母 乃是日父母日也 故自運車歸鄉 而作此詩 題父母日也.〕

自古親恩越極天   예부터 어버이 은혜 하늘을 뛰
자 고 친 은 월 극 천   어넘는데

慕情深出訪家先   사모하는 정 깊어서 우선 고향
모 정 심 출 방 가 선   집 찾았네.

當年八上形身瘦   팔십 넘은 당년에 형신(形身：
당 년 팔 상 형 신 수   신체) 파리하니

杖履田圃影可憐   지팡이 짚고 밭두렁 거니는 모
장 이 전 포 영 가 련   습 가련하다네.

2005. 5. 8

〔여설(餘說)〕 충효(忠孝)가 사람이 사는 근본이다. 효(孝)는 가정에서 해야 할 근본이고, 충(忠)은 밖에 나가 일하면서 해야 할 근본이다. 필자도 부모님을 정성껏 섬긴다고 많이 노력했지만, 어찌 부모님의 마음에 차겠는가! 그래도 어버이날이라고 해서 서울에서 충청도 부여까지 아이들과 같이 가서 부모님을 즐겁게 했으니, 나름 효도한 것이다.

지난밤의 세우(細雨) 〔昨夜細雨〕

迎春暢日綠田農 　　화창한 봄 논밭의 곡식 푸른데
영 춘 창 일 녹 전 농

細雨昨晨霑野峰 　　지난 새벽 가랑비 내려 산을 적
세 우 작 신 점 야 봉 　　셨네.

即出柴門尋後谷 　　곧바로 사립문 열고 뒷산을 찾
즉 출 시 문 심 후 곡 　　았는데

川聲飄葉養心供 　　물소리 시원한 바람 나의 마음
천 성 표 엽 양 심 공 　　기른다네.

2005. 5.

〖여설(餘說)〗 비가 와야 농사를 짓고 농사를 지어야 우리들의
먹을거리가 생산되는 것이다. 그러므로 물이 이 세상의 근본
이 되는 것이다. 물은 무색무취(無色無臭)하다. 담담하여 말
이 없고 낮은 곳으로 흐르지만, 그러나 과학적으로 물을 실
험해보니 물이 반응을 한다는 사실을 발견했다. 물의 고마움
을 새삼 느끼면서 고마움을 가지고 살아야 한다.

낭주고색(朗州古色)

낭주(朗州)는 곧 영암의 고호(古號)이다.〔朗州卽靈巖之古號也〕
신묘년(2011) 2월

雨水陽春氣象淸
우 수 양 춘 기 상 청
우수(雨水)의 봄 기상은 청명한데

解氷溪谷曲川聲
해 빙 계 곡 곡 천 성
해빙(解氷)한 계곡 굽이치는 냇물소리

深山古刹窮經靜
심 산 고 찰 궁 경 정
깊은 산 고찰에는 경전공부 고요한데

長野農家擊壤耕
장 야 농 가 격 양 경
넓은 들에 농가들 격양가 부르며 밭을 간다네.

宏偉王翁儒學授
굉 위 왕 옹 유 학 수
위대한 왕인박사 유학을 (일본에) 전수하고

莊嚴巖岳萬花屛
장 엄 암 악 만 화 병
장엄한 월출산에는 만화(萬花)가 병풍을 이루었네.

節祠佛寺多靈邑
절 사 불 사 다 영 읍
서원과 사찰이 영암에 많으니

世世玆齋禱泰平
세 세 자 재 도 태 평
세세토록 이 집에서 (나라의) 태평을 빈다오.

〖여설(餘說)〗 영암군이 왕인박사를 기려서 한시대회를 열었는
데, 그때 필자도 참여했는데 이후로 해마다 한시대회를 연
다. 이는 2011년에 참여한 시이다. 영암하면 월출산이고, 그
리고 왕인박사의 출생지이다. 왕인은 일본의 서기에 나오는
인물이지만 우리의 역사에는 나오지 않는다. 왜냐면 우리나
라에서 대과(大科)에 급제하지 못했기 때문이다. 이때는 일
본이 문화후진국이었기 때문에 왕인박사가 그곳에서 명성을
얻을 수 있었다고 생각한다.

성균관대학교 유학대학원에 입학하다.〔成均館大學校 儒學大學院 入校〕

2011년 3월, 내가 어렸을 때부터 희망하던 학교인, 곧 성균관대학교 유학대학원에 입학하니, 기쁜 마음이 발현하여 즉시 읊었다.〔2011年 我少時希望的學校 則成均館大學校儒學大學院入學 發興喜悅之心而卽吟〕

少年希願入今年
소 년 희 원 입 금 년

젊었을 때 바라던 학교 올해에 들어왔는데

泮宇初開太祖鮮
반 우 초 개 태 조 선

조선의 태조 때 문 연 성균관대학이라네.

教授日尤陶秀士
교 수 일 우 도 수 사

교수는 날마다 더욱 수재들 도야하고

生徒時益學眞賢
생 도 시 익 학 진 현

생도들은 때때로 더욱 참 어짊을 배운다네.

詩經此世感情治
시 경 차 세 감 정 치

시경은 이 세상에서 감정을 다스리고

論語元來一貫全
논 어 원 래 일 관 전

논어는 원래 일이관지의 온전한 책이네.

耳順誦書常睡目
이 순 송 서 상 수 목

예순에 공부하니 항상 졸음 오지만

383

雖然勤勉聖言傳
수 연 근 면 성 언 전

그러나 부지런히 힘써서 성인
(聖人)말씀 전하리.

〖**여설(餘說)**〗 필자는 이력이 특이한 사람이다. 초등학교를 졸업
하고 서당에서 한문을 배웠으며, 결혼한 뒤에 중·고등학교
과정을 검정고시로 마친 뒤에 한국방송대학교 국어국문과를
40대 중반에 졸업했다. 마음 같아서는 곧바로 대학원에 들
어가고 싶었지만, 생활은 어렵고 아희들은 가르쳐야 하기 때
문에 잠시 중단했다가 두 아들이 모두 장가들어서 살림을 차
린 뒤에 아내에게 대학원에 들어가야겠다고 하니, 좋다고 승
낙해서 대학원에 들어온 것이다. 이때의 나이는 64세였다.

녹음(綠陰)

淸明五月炎東邦
청 명 오 월 염 동 방

청명한 5월 동국(東國)은 무더운데

栗蘂甘香入戶窓
율 예 감 향 입 호 창

밤꽃 꿀 향기 창문으로 들어오네.

萬嶽綠林今鬱鬱
만 악 녹 림 금 울 울

만산(萬山) 푸른 숲이 울창한데

人人覓爽向山江
인 인 멱 상 향 산 강

사람들 시원함 찾아 산과 강으로 향하네.

2005. 6. 3

〖여설(餘說)〗 봄에 피는 꽃 중에서 밤꽃이 제일 늦게 핀다. 밤꽃이 필 때는 이미 산림은 울창하고 날씨는 무덥다. 밤은 귀중한 과실이다. 왜냐면 껍데기인 밤송이는 온갖 가시투성이로 타(他)의 접근을 막고, 그 안에 또 껍질이 있으며, 또 한 겹을 벗겨야 비로소 밤알을 먹게 되니, 세 겹으로 쌓여있는 귀중한 과실이 아닌가! 그러므로 제사상에 오르는 과실의 순서〔棗栗枾梨〕도 그 두 번째가 된다.

을유년 가을 밤(乙酉秋夜)

省掃歸鄕訪里農
성 소 귀 향 방 리 농

성묘하러 고향에 내려가 농가 방문하고

先塋參拜弟兄同
선 영 참 배 제 형 동

형제들과 함께 선영(先塋)[140]에 참배했다네.

相酬大醉行廊寢
상 수 대 취 행 랑 침

만취하게 수작(酬酢)[141]하고 행랑에서 자는데

盡夜蟲聲悲寺鍾
진 야 충 성 비 사 종

밤새 우는 벌레소리에 절의 종소리도 슬프네.

2005. 9. 8

〖여설(餘說)〗 나의 사무실에는 '숭조교손(崇祖敎孫)'이라는 액자가 있다. 즉 나를 있게 한 뿌리인 조상을 숭배하고 나의 열매인 자식을 열심히 가르친다는 말이다. 조선(朝鮮)은 유자(儒者)의 나라였고, 문인(文人)의 나라였다. 그렇기에 조상을 정성으로 섬겼고 자식을 열심히 가르쳤다. 오늘날도 그

---

140 선영(先塋): 조상의 무덤, 또는 조상의 무덤이 있는 곳.
141 수작(酬酢): 서로 술잔을 주고받음.

유풍이 남아있어서 조상의 묘역을 잘 손질하고 1년에 한 번씩은 그곳에 가서 성묘를 하는 것이다. 그때에 벌레 우는 소리 슬프기에 절의 종소리도 슬프게 들리는 것이다.

야국(野菊)

요천 서윤석(蓼川徐允錫)[142]형의 회갑전에 붙이다.〔寄蓼川徐允錫兄回甲展〕

冒霜山菊豈言愚
모 상 산 국 기 언 우

서리 맞은 산국(山菊)을 어찌
어리석다 말하나

耐忍風寒配士儒
내 인 풍 한 배 사 유

풍한(風寒)을 견디어내니 군자
에 짝이 되네.

歲月矢如楓葉絳
세 월 시 여 풍 엽 강

세월은 살 같아 단풍 붉었는데

黃紅花態勝秋蘆
황 홍 화 태 승 추 로

노랗고 빨간 너의 자태 가을 갈
대보다 낫네.

2005. 9. 29

〔여설(餘說)〕 지금 생각하니, 요천형의 생애가 꼭 이 시와 같다
는 느낌이다. 서리가 와도 꿋꿋하게 꽃을 피우는 국화의 향
기가 풍기는 것 같다. 지금은 고희(古稀)가 다 되었으니, 붉은
국화가 가을의 갈대보다 낫지 않은가! 불의와 타협하지 않는
인생 이것이 참 인생인 것이다. 추수(秋水)와 같은 인생.

．．．．．．．．．．．．．

142 요천 서윤석(蓼川徐允錫): 1945년생, 전남 남원 출생. 필자와 같이
동방연서회에서 여초 김응현 선생께 다년간 서예를 공부하고 국
전에 수회 입선. 1회의 개인전을 열었고, 동연서예원을 운영했다.

추모 약봉 서성[143] 선생(追慕藥峯徐渻先生)

포천종합운동장실내체육관에서

沖年孤子審佳辰
충 년 고 자 심 가 신

어릴 때 고자(孤子)된 공 좋은 때를 살펴서

侍母移京學義仁
시 모 이 경 학 의 인

어머니 모시고 서울에 이주하여 인의(仁義) 배웠네.

別試及科懸望譽
별 시 급 과 현 망 예

별시에 급제하여 명예 드날리고

蒙塵隨從闡忠臣
몽 진 수 종 천 충 신

몽진하는 선조 호종하여 충신임을 밝혔네.

宣宗顧命當流竄
선 종 고 명 당 유 찬

선조의 고명(顧命)으로 유배를 당하였고

莊穆徵招顯四隣
장 목 징 초 현 사 린

장목(莊穆, 인조)의 부름으로 사린(四隣)에 현달했네.

......

143 서성(徐渻): 본관은 대구(大丘). 자는 현기(玄紀), 호는 약봉(藥峯). 대제학 서거정(徐居正)의 현손이며, 사헌부장령(司憲府掌令) 팽소(彭召)의 증손으로, 할아버지는 예조참의 고(固)이고, 아버지는 해(嶰)이다. 어머니는 좌의정 이고(李股)의 딸이다. 이이(李珥)·송익필(宋翼弼)의 문인이다.

耆老講論同友樂 기 로 강 론 동 우 락	기로회 강론함은 벗과의 즐거움인데
輔邦高志所信伸 보 방 고 지 소 신 신	나라 보필한 높은 뜻은 소신 편 것이네.

2012. 5. 3

【여설(餘說)】 선조(宣祖)가 붕어하면서 어린 영창대군을 신하들에게 부탁하였는데, 이를 선조고명신이라 한다. 나중에 광해군이 정권을 잡고 고명신을 핍박하였으니, 약봉(藥峯)도 이에 연관이 되어서 10여 년을 유배생활을 하였다. 그 뒤 인조반정으로 다시 정계에 나왔으니, 이는 서인(西人)이 집권을 하였기 때문이다. 지금도 출세하려면 당을 잘 만나야 한다.

추유(秋遊)

신묘년 중추에 성균관대학교 유학대학원 추기학술답사기념〔辛卯秋節
成均館大學校儒學大學院 秋期學術踏査 記念〕

高嶺橫城赤葉身 고 령 횡 성 적 엽 신	횡성의 높은 산 단풍으로 치장 했는데
成均院友衣裳新 성 균 원 우 의 상 신	성균관대학원 원우들 의상이 새롭다네.
沙蔘菜飯仙人食 사 삼 채 반 선 인 식	더덕과 나물로 만든 음식 신선 의 음식인데
蕎麥酒肴俗世珍 교 맥 주 효 속 세 진	메밀로 만든 술안주 속세의 진 미라네.
師弟合歌情臆一 사 제 합 가 정 억 일	사제(師弟)가 함께 노래하니 마 음은 하나되고
女男融舞瞬間隣 여 남 융 무 순 간 린	남녀가 함께 춤을 추니 순간에 가까운 이웃 되었네.
踏査古蹟可山舘 답 사 고 적 가 산 관	고적(古蹟)인 가산관[144]을 답사 하는데

....
144 가산관: 강원도 평창군 봉평에 있는 문학가 이효석의 기념관.

老幼有次洛閩倫　　노유(老幼)가 차서 있으니 낙민
노 유 유 차 낙 민 륜　　(洛閩)¹⁴⁵의 윤리라네.

〖여설(餘說)〗 성균관대학교 유학대학원에서는 1년에 외국학술
답사 2차, 국내학술답사 2차를 다니는데, 필자는 나이가 많
지만 거의 빠지지 않고 따라다녔다. 젊어서 다녀보지 못한
교육을 늙어서 한 것이다. 위 미연(尾聯)의 가산관은 문학가
이효석 선생을 기리는 문학관이다. 봉평의 메밀꽃은 이효석
의 《메밀꽃 필 무렵》으로 유명하다. 모든 음식점에서 메밀로
음식을 만들어서 제공하고 메밀 막걸리도 만들어서 판다.

....

145 낙민(洛閩): 송나라의 학자 정명도(程明道), 정이천(程伊川)과 주자
(朱子)를 말한다. 정명도와 정이천은 낙양(洛陽) 사람이고, 주자는
복건성(福建省) 건명(建明) 사람으로 민(閩)은 복건성의 이칭(異稱)
이기 때문에 이렇게 칭한다.

즉사(卽事)

2012. 봄

往時戰亂壬辰迎
왕 시 전 란 임 진 영

지난 때의 전란(戰亂)인 임진년을 맞았는데

今歲祈豊力馬耕
금 세 기 풍 력 마 경

올해도 풍년 기원하며 밭을 힘써 간다네.

氷雪風寒忽急去
빙 설 풍 한 홀 급 거

빙설(氷雪)의 추위는 빠르게 지나가고

熱炎草樹瞬間生
열 염 초 수 순 간 생

더위 맞은 수초(樹草)는 순간 잎이 파랗다네.

天空鵲鳥飛翔遠
천 공 작 조 비 상 원

까치는 하늘 멀리 비상하는데

川水稚魚流泳爭
천 수 치 어 유 영 쟁

어린 고기 천수(川水)에서 헤엄침을 다툰다네.

早起女男忙運動
조 기 여 남 망 운 동

일찍 일어난 선남선녀들 운동하기 바쁜데

落花櫻木嘲禽聲
낙 화 앵 목 전 금 성

꽃 떨어진 벚나무에 새소리 요란하네.

〖여설(餘說)〗봄은 참으로 좋은 계절이다. 새싹이 나고 꽃이 피며 훈훈한 남풍이 분다. 얼음 녹은 내에는 물고기 유영하고 파란 천변(川邊)에는 망아지가 풀을 뜯는다. 개구리는 알을 까고 새들은 새끼를 부화한다. 이때 농부들은 밭을 갈고 씨를 뿌리며 처녀들은 나물을 캔다. 이 얼마나 아름다운 모습인가. 이를 봄이라고 하는 것이다. 이럴 때에 봄처녀는 한껏 치장을 하고 재며 걸어가는 것이다. 참으로 아름답지 않겠는가!

산속의 움집〔山廬〕

水落山中有舊廬　　수락산 가운데 움집이 있는데
수 락 산 중 유 구 려

其人長髮詠而書　　그 사람 장발에 시 읊고 글씨를
기 인 장 발 영 이 서　　쓰네.

疾風時事擧奔走　　질풍같이 빠른 세상 모두 분주
질 풍 시 사 거 분 주　　한데

惟獨閑居學太虛　　그대는 홀로 한가히 태허(太
유 독 한 거 학 태 허　　虛)[146]를 배우는구려.

2005. 10. 10

〔여설(餘說)〕 중국에는 상산사호(商山四皓)[147]가 있고, 우리나
라에는 상산삼로(商山三老)[148]가 있다. 이들은 명리(名利)를

---

146 태허(太虛): 우주의 근원.

147 상산사호(商山四皓): 호(皓)는 희다는 뜻으로, 중국 진시황(秦始皇)
때 난리를 피하여 산시성(山西省) 상산(商山)에 들어가서 숨은 네
사람의 선비. 동원공(東園公), 기리계(綺里季), 하황공(夏黃公), 각리
선생(角里先生)을 말하는데, 모두 눈썹과 수염이 흰 노인이어서 이
렇게 불렀다.

148 상산삼로(商山三老): 광해군의 실정에 벼슬을 버리고 상산(商山),
즉 상주에 내려가서 유유자적한 정경세(鄭經世), 이준(李俊), 전식
(全湜)을 말한다.

떠나서 올바른 삶을 살고자 산속으로 들어간 사람들이다. 이 시의 주인이 이런 사람이 아닐까! 말은 쉽지만 행동으로 옮기기는 어려운 것이다.

술을 마시다. 〔飲酒〕

其味淡甘不苦鹹
기 미 담 감 불 고 함

맛은 담담하고 달며 쓰고 짜지는 않으니

詩仙與汝一生咸
시 선 여 여 일 생 함

시선(詩仙)은 너와 더불어 일생을 같이했네.

暴飮何日友同伴
폭 음 하 일 우 동 반

어느 날은 벗과 동반하여 폭음(暴飮)하는데

楓節持余獨泛帆
풍 절 지 여 독 범 범

단풍철에 너 휴대하고 홀로 배 띄우리.

2005. 10. 20

〔여설(餘說)〕 동의보감에 보면 '술은 곡식의 왕이다.'라는 말이 있다. 술은 만들어진 연원도 깊을 뿐만 아니라, 제사를 지내거나 잔치를 할 때는 가장 먼저 챙겨야 할 음식이 술이다. 술이 없으면 잔치가 되지 않는다. 오죽하면 예수께서도 잔칫집에 가서 술을 만들어서 주었겠는가! 그러나 그렇게 좋은 술도 지나치면 독이 된다. 이 세상에 술 때문에 병이 들어 죽은 사람이 많다. 경계할 제1호이다.

병술(丙戌)년 입춘(立春)

木鷄飛去火鼇伸
목 계 비 거 화 오 신

을유년 가고 병술년이 왔는데

山雪川霞反像眞
산 설 천 하 반 상 진

산의 눈, 내의 안개, 진정 서로
다른 풍경이네.

吁也樹林夢嫩葉
우 야 수 림 몽 눈 엽

아! 벌써 나뭇가지 새싹을 꿈
꾸는데

我家籬側玉梅春
아 가 리 측 옥 매 춘

우리 집 울타리엔 매화의 봄이
라네.

2006. 2. 10

〖여설(餘說)〗 목계(木鷄)는 을유년을 뜻하고, 화오(火鼇)는 병술
년을 뜻한다. 이 세상에서 가장 먼저 봄소식을 알리는 꽃이
매화이다. 그러므로 설매(雪梅)가 있는데, 이는 눈 속에서 꽃
을 피우는 것이다. 꽃잎이 아름다우므로 가냘프다고 느끼지
만 이른 봄의 추위를 넉넉하게 넘기는 것이 꽃잎이다. 사람
은 그러한 추위에 밖에서 날을 새면 죽지 않으면 병이 난다.

후석 선생 효행비 수립유감(後石先生孝行碑竪立有感)

성은 조(趙), 휘(諱)는 태훈(台勳), 자(字)는 남홍(南洪), 보성(寶城)에 살았다. 자(子)는 득승(得升)이니, 서예가이다. 계사년(2013) 봄.

事親昏定槿方情 사 친 혼 정 근 방 정	혼정신성(昏定晨省)[149]하여 부모님 섬김은 동방의 정서인데
寶縣趙門聞寶聲 보 현 조 문 문 보 성	보성의 조문(趙門)에서 보배로운 소리 들렸다네.
王氏鯉魚呈善性 왕 씨 리 어 정 선 성	왕상의 빙리(氷鯉)[150]는 착한 성품 드러낸 것이고
南洪吮腫顯眞誠 남 홍 연 종 현 진 성	남홍이 종기 빨은 진실한 정성을 나타냄이네.
校宮篤實欽賢至 교 궁 독 실 흠 현 지	향교에서 독실하게 일함은 현인을 흠모함 지극함이고

----

149 혼정신성(昏定晨省): 저녁에는 잠자리를 보아 드리고, 아침에는 문안드리는 일로서, 부모를 섬기는 도리를 말한다.

150 빙리(氷鯉): 진(晉)나라 왕상(王祥)의 고사. 겨울철에 그 계모가 병이 들어 이어(鯉魚) 먹기를 원하자, 왕상이 강에 나가 옷을 벗고 얼음 위에 엎드리니 얼음이 스스로 녹으며 이어가 나왔음.

鄕黨和柔處世明 향 당 화 유 처 세 명	향당에서 화유(和柔)함은 처세 가 밝음이네.
子姪竪碑從父志 자 질 수 비 종 부 지	자질(子姪)의 비(碑) 세움 아비 의 뜻을 따름이니
當今玆擧範今生 당 금 자 거 범 금 생	오늘의 이 거사(擧事) 우리들의 모범이라네.

〖여설(餘說)〗 조득승(趙得升)은 필자의 벗이니, 서예와 한시를
잘한다. 어느 날 부친의 효자비를 세운다고 하면서 축시(祝
詩)를 부탁하므로 쾌히 승락하고 지은 시이다. 주인공인 조
태훈(趙台勳)공은 보성군의회 의원을 했다고 한다. 효도는
충(忠)과 함께 우리 동양사상을 받들어 올리는 기본이다. 나
라에 나가 벼슬하면 충성을 다해야 하고, 집에 있으면 어버
이께 효도를 다해야 한다. 그러므로 조선조에서는 이를 기본
덕목으로 삼았기 때문에 이러한 윤리를 벗어나는 사람이 별
로 없었다. 오늘날은 윤리를 가르치지 않으므로 인하여 아들
이 아비를 죽이는 일이 종종 일어남을 본다. 이를 심각하게
받아들이고 앞으로는 윤리를 더욱 엄격히 가르쳐야 한다.

성균관대학교 유학대학원 신입생환영연에 붙여

2013년, 봄

| 黑蛇三月先後同 | 계사년 3월 선배 후배가 함께 |
| 흑 사 삼 월 선 후 동 | 했는데 |

| 碩博儒生美宴逢 | 석박사 과정의 유생들 아름다 |
| 석 박 유 생 미 연 봉 | 운 잔치에서 만났네. |

| 明禮泮宮麗季建 | 예의 밝히는 반궁(泮宮)[151]은 |
| 명 례 반 궁 여 계 건 | 고려 말에 세워졌고 |

| 成仁性理鮮通崇 | 인(仁) 이루는 성리학은 조선을 |
| 성 인 성 리 선 통 숭 | 통하여 숭상했네. |

| 世變西學人倫廢 | 세상 변하게 한 서학(西學)이 |
| 세 변 서 학 인 륜 폐 | 인륜을 폐했는데 |

| 授受斯文六藝風 | 유학을 가르치고 배움은 육예 |
| 수 수 사 문 육 예 풍 | (六藝)[152]의 풍류라네. |

....

151 반궁(泮宮): 예전에, 성균관과 문묘(文廟)를 아울러 이르던 말.

152 육예(六藝): 고대 중국 교육의 여섯 가지 과목.

新入汝徒秉此道
신 입 여 도 병 차 도

새로 들어온 그대들 이 도를 잡아서

急求心本樹奇功
급 구 심 본 수 기 공

급히 방심(放心)을 구하여 특별한 공을 세우시오.

〖여설(餘說)〗 올해도 우리 유학대학원에 입학한 학생들의 면면을 살펴보면, 검찰총장 물망에 올랐다가 채동욱 검찰총장에게 밀려서 물러난 문효남 변호사를 비롯하여 삼성과 재계의 사장급 인사들과 SK그룹 최태원 회장의 부인이고, 노태우 전대통령의 따님인 노소영 여사 등 많은 유명인사들이 들어왔다. 이는 무엇을 말하는가! 이제 세계의 석학들이 서양의 교육으로는 세상을 구원하지 못한다는 것을 모두 인식하고 머리를 우리 동양의 학문으로 옮겼기 때문에, 우리나라의 유수한 인재들도 모두 우리가 망각하고 방치했던 우리의 학문을 배우려고 하여 유학의 본향인 성균관대학교 유학대학원으로 달려오고 있는 것이다. 이는 매우 고무적인 일이다.

동방연서회[153] 오십주년(東方硏書會五十周年)

東方書法硏書會 <small>동 방 서 법 연 서 회</small>	동방서법연서회의
五十周年果偉佳 <small>오 십 주 년 과 위 가</small>	창립 50주년 과연 위대하고 아름답네.
既立絕高嘉藝術 <small>기 립 절 고 가 예 술</small>	이미 절고(絕高)한 아름다운 예술을 세웠고
今天此館表諸家 <small>금 천 차 관 표 제 가</small>	오늘 미술관에서 많은 서가들이 발표회를 하네.

〖여설(餘說)〗 필자는 동방서법탐원회 1기생이다. 지금은 20기를 배출했고, 중간에 몇 년을 쉬었으니, 어언 이곳을 졸업한 지가 20여 년이 넘었다. 한국서예의 발전은 바로 동방연서

---

153 동방연서회: 서예 전반에 관한 연구 및 발표, 신예 발굴을 위하여 설립된 문화관광부 산하 서화연구기관이다. 창립회원은 김응현(金膺顯)·김용진(金容鎭)·김충현(金忠顯)·노수현(盧壽鉉)·김서봉(金瑞鳳)·민태식(閔泰植) 등이다. 초대 회장은 김용진이고, 1969년 제2대 회장으로 민태식이 선임되었으며, 1971년 3월 이후 2000년 현재까지 김응현이 회장직을 맡아오고 있다. 1961년부터 매년 5월에 "전국학생휘호대회"를 개최하고 있으며, 2년에 한 번씩 동방연서회 회원전을 열고 있다.

회가 있기에 이루어진 것이다. 그러므로 아름답고 굳센 서예의 기초를 닦았다고 할 수가 있다. 창립회원인 김응현(金膺顯)·김용진(金容鎭)·김충현(金忠顯)·노수현(盧壽鉉)·김서봉(金瑞鳳)·민태식(閔泰植) 등의 선생은 모두 고인이 되었다. 삼가 명복을 빈다.

표설(飄雪)

飄飄飛雪散鹽白
표 표 비 설 산 염 백

소금을 뿌린 듯 휘날리는 눈

寒冷午天與暗同
한 랭 오 천 여 암 동

한랭한 정오 날씨 어둠속이네.

閑暇村里無見人
한 가 촌 리 무 견 인

한가한 마을에 보이는 사람 없으니

此日乾坤絮舞中
차 일 건 곤 서 무 중

이날의 천지 솜털이 춤추는 중이네.

〖여설(餘說)〗 필자가 군대생활 할 때에, 강원도는 강추위가 기성을 부릴 때는 눈이 오지 않는다. 일단 추위가 꺾이고 봄바람이 불려고 하면 눈이 오기 시작하는데, 한 달 간을 하루도 빠지지 않고 오는 눈을 필자는 겪었다. 이럴 때에 군인들은 눈치기에 고생을 많이 한다. 매일 가래와 비를 들고 치고 또 쳐도 끝나지 않는다. 이처럼 눈이 많이 오면 아희들과 강아지는 좋아라고 뛰어다니지만, 일을 해야 하는 어른들은 일에 지장이 많다.

안병국(安秉國)[154]교수가 정년퇴임 시에 나에게 휘호(揮毫) 1점을 청하므로, 절구(絶句)를 지어서 써서 주었다. 〔安秉國敎授 停年退任時 請余揮毫一點 故作絶句而書 贈之〕

海東盛國南州生
해 동 성 국 남 주 생
해동성국의 남쪽에서 출생하여

所學神明敎授榮
소 학 신 명 교 수 영
귀신학문 밝게 배워 교수의 영광 있었네.

六五退鄕門弟淚
육 오 퇴 향 문 제 루
65세에 고향으로 물러나니 제자들 눈물 흘리는데

更窮深理道心成
갱 궁 심 리 도 심 성
다시 깊은 이치 궁구하여 도심(道心) 이루시라.

2013. 5.

〖여설(餘說)〗 안 교수가 65세가 되어서 정년퇴임을 하였고, 이에 기념논문집을 발간한다고 하면서 필자에게 한시 한 수를 짓고 이를 가지고 작품을 만들어달라고 요청하였으므로, 필자는 쾌히 응락하고 붓글씨로 작품을 만들어서 주었다. 안 교수는 명동에서 일평 선생께 한문을 같이 배운 동문이다.

----

154 안병국(安秉國): 천안에 있는 성화대의 교수이다.

추야등임(秋夜登稔)

2013년 10월 13일, 파주시에서 한시대회를 자운서원에서 개최하였다.

農桑邦本古今通
농 상 방 본 고 금 통

농상(農桑)이 나라의 근본임은 고금에 통하는데

尊聖尙賢萬世同
존 성 상 현 만 세 동

성현을 존숭함은 만세(萬世)가 한가지라네.

事事善治公事泰
사 사 선 치 공 사 태

일마다 선치(善治)하니 공사(公事)가 태평하고

時時甘雨萬頃豐
시 시 감 우 만 경 풍

때때로 단비 내려 만경(萬頃)이 풍년이라네.

紫雲墨客吟風務
자 운 묵 객 음 풍 무

자운서원 묵객은 시 짓기 바쁜데

滿席衆人眼福充
만 석 중 인 안 복 충

자리에 가득한 많은 사람 안복(眼福)을 채우네.

理學宗師栗翁廟
이 학 종 사 율 옹 묘

이학(理學)[155]의 종사 율옹의 묘사에서

---

155 이학(理學): 성명(性命)과 이기(理氣)의 관계를 설명(說明)한 유교 철학(儒敎哲學). 송(宋)나라의 주염계(周濂溪)·장횡거(張橫渠)·정명도(程明道)·정이천(程伊川)·주희(朱熹) 등이 주창(主唱)한 학설(學說).

盛秋詩會繼承中 성추(盛秋)의 시회(詩會)는 전
성 추 시 회 계 승 중　　통 계승함에 알맞네.

〖**여설(餘說)**〗 이 시는 금년에 자운서원의 시회에 참여한 시인
　데, 필자가 참여한 이유는 이 행사에 대한 부(賦)를 지으려고
　참여하였다. 미리 준비하지 못하고 이른 아침에 등산을 하면
　서 구성을 하여 참여했으니, 미흡한 점이 많은 것으로 안다.
　이날은 전국적으로 4곳에서 시회(詩會)를 열기 때문에 이곳
　에 모인 인원은 50명도 되지 않았다. 파주시에서 이날의 행
　사를 위해서 판소리 등 여러 가지 행사를 마련하였는데, 필
　자는 번역의 일에 바쁜 관계로 점심을 먹고 급히 돌아왔다.
　물론 부(賦)는 집에 와서 지었다.

박노욱 선생[156] 칠순〔朴魯旭先生古稀〕

昇平歲歲涉川丘
승 평 세 세 섭 천 구

태평한 많은 해 내와 언덕을 건 넜는데

當日古稀老體鳩
당 일 고 희 노 체 구

고희(古稀)에도 늙은 몸 편안하네.

早起探文擔册子
조 기 탐 문 담 책 자

일찍 일어나 책 지고 와 경서 궁구하였으며

吟風弄月坐江頭
음 풍 롱 월 좌 강 두

강가에 앉아 풍월을 읊었다네.

2003. 3. 27

〖여설(餘說)〗 박노욱 선생과 필자는 명동에 있는 한서대학교 동양고전연구소에서 오랫동안 같이 한문을 공부하였다. 이곳의 연구소장은 일평 조남권 선생인데, 필자와 같은 부여 출신이다. 박 선생은 정년퇴임을 하여 노는 사람인데, 공부를 좋아하여 아침을 먹으면 책가방을 짊어지고 명동으로 와서 공부를 하고, 남는 시간에는 옆에 있는 남산에 올라가는 것으로

---

156 박노욱 선생은 동국대를 나오고, 삼부토건에 부장으로 재직했으며, 지금은 명동 한서대 고전연구원에서 한문을 십여 년간 배운다.

건강을 지키면서 생활한다. 어느 날 부인이 작고했는데, 그 뒤로는 마음이 허전해서 진정하지 못하는 때가 많다. 필자가 그곳에 다니지 않으니 이젠 멀어진지 오래다.

지당(攱堂) 박일식 선생(朴日植先生) 고희연

於焉吾入古稀年 어 언 오 입 고 희 년	어언 나의 나이 고희(古稀, 70)에 들었는데
白雪頭毛效以先 백 설 두 모 효 이 선	백설 같은 머리는 선인(先人) 본받음이네.
平日鐵官通鐵馬 평 일 철 관 통 철 마	평소에는 철도원으로 기차를 통하게 하고
晩時歸客休門前 만 시 귀 객 휴 문 전	늙어서는 돌아와 문전(門前)에서 쉰다네.
名家子姪承晨省 명 가 자 질 승 신 성	명가(名家)의 자질(子姪)로 신성(晨省)[157]을 이었고
鄕里儒林務述宣 향 리 유 림 무 술 선	향리의 유림으로 술선(述宣)[158]을 힘쓴다네.

----

157 신성(晨省): 밤에는 부모의 이부자리를 보살펴 드리고, 아침에는 안부를 묻는 일. 즉 자식이 부모를 섬기는 일. 혼정신성(昏定晨省).
158 술선(述宣): 계승하고 발양(發揚)함.

同坐益友讚韻律　한자리의 벗들 시를 지어 송축
동 좌 익 우 찬 운 률　　하는데

近隣姻戚賀瓊筵　가까운 친척들은 아름다운 잔
근 린 인 척 하 경 연　　치를 축하한다네.

〖 여설(餘說) 〗 이 시는 우편으로 축시를 부탁하여 응한 시이다.
잘 알지 못하는 사람이다.

중재 하홍진옹(衆齋河弘鎭翁)의 희수연(稀壽宴)

杜甫稀壽言稀年
두 보 희 수 언 희 년

두보는 나이 70을 희년(稀年)이라 했는데

宴主河翁黑髮連
연 주 하 옹 흑 발 연

잔치 주인 하옹(河翁)은 검은머리 연하였네.

子姪座前歌舞地
자 질 좌 전 가 무 지

아들 조카 좌전(座前)에서 가무(歌舞)하는 곳

友朋堂上詠詩筵
우 붕 당 상 영 시 연

벗들은 당상(堂上)에서 시 읊는 자리라네.

餘生學究豊文藝
여 생 학 구 풍 문 예

여생을 배우고 연구하여 문학과 예술 이뤘고

早歲租官作屋椽
조 세 조 관 작 옥 연

이른 나이 세관되어 옥연(屋椽)[159]을 이뤘다네.

萬事人間何盡美
만 사 인 간 하 진 미

인간의 만사가 어찌 다 아름답겠는가?

----

159 옥연(屋椽): 서까래를 말하니, 계장급을 말한다.

413

時成書品後世傳　　때때로 이룬 서예 작품 후세에
시 성 서 품 후 세 전　전하리.

2005. 3. 29

〖여설(餘說)〗 중재(衆齋)는 나와 나이는 차이가 나지만 도의(道義)로 사귄 친한 벗이다. 그리고 동방서법탐원회의 후배 회원이다. 생시에는 우리의 고대 역사에 대해 많은 관심을 가지고 연구를 한 친구이다. 집에 사고전서를 사다 꽂아놓고 연구를 하다가 어느 날 갑자기 졸서(卒逝)했다. 매우 아까운 친구이다. 서예도 잘했다.

겨울이 봄날처럼 따뜻하기를
● 전규호시부집(全圭鎬詩賦集)

초판 인쇄 2014년 3월 10일
초판 발행 2014년 3월 15일

저   자 | 전규호
디자인 | 이명숙 · 양철민
발행자 | 김동구
발행처 | 명문당(1923. 10. 1 창립)
주   소 | 서울시 종로구 윤보선길 61(안국동)
           우체국 010579-01-000682
전   화 | 02)733-3039, 734-4798(영), 733-4748(편)
팩   스 | 02)734-9209
Homepage | www.myungmundang.net
E-mail | mmdbook1@hanmail.net
등   록 | 1977. 11. 19. 제1~148호

ISBN 979-11-951643-8-7 (03810)
10,000원

명문동양문고(明文東洋文庫)

중국 고대의 제왕학❶

중국의 신화나 전설 속에는 인본주의적 덕치 의식이 담겨져 있다. 삼황 오제를 무위자연 의 도덕정치를 실천하 고 아울러 존엄한 임금 자리를 덕 있는 사람에 게 로 높이고 있다. 이러 한 정신은 유교의 '왕 도 덕치사상' 으로 승화되었다.

장기근 著 / 4×6판 / 값 10,000원

당대 여인의 사랑❷

제1부
애절한 사랑이야기

제2부
환상과 영혼의 세계

제3부
의(義)로운 여자 협객
(俠客)

장기근 著 / 4×6판 / 값 10,000원

이태백 방랑기❸

이 책은 우리가 입에 올린 그 두보(杜甫)와 더불어 시선의 일컬음 을 받았으며 중국 역대 를 통하여 가장 뛰어난 시인으로 평가받는 이 태백의 인생과 시와 고 뇌가 담겨 있다.

김용제 著 / 4×6판 / 값 10,000원

농가월령가와 월여농가 詩❹

「농가월령가」는 고대 의 하소정과 「시경」의 빈풍시, 「월여농가」는 「예기」의 월령이 바탕 에 깔려 있어 이에 유 의하고 역주한 해석으 로 구성되었으며, 조선 왕조를 떠받들어 온 힘 은 농민이었음을 다시 한 번 느끼게 해주는 작품집이다.

김지용 · 김미란 共著 / 4×6판 / 값 10,000원

초한별록❺

이 책은 중국 역사에서 큰 비중을 차지하는 한 고조 유방과 초패왕 항 우의 흥망사를 기술한 책으로, 진시황이 불사 약을 구하는데서부터 항우가 오강에서 자살 하는데까지의 내용이 실려 있다.

이민수 譯 / 4×6판 / 값 10,000원

한문해석의 기초❻

한문의 새 문법이론 과 새 문법용어를 익 히고 한문의 특성을 바탕으로 한 과학적 인 학습을 할 수 있도 록 구성한 한문 학습 교재로, 한문의 기본 구조를 바탕으로 하 여 한자어나 한문 문 장을 과학적으로 분 석할 수 있도록 하였다.

장기근 著 / 4×6판 / 값 15,000원